만약은 없다

일러두기

- 이 책은 글쓴이가 응급실에서 겪은 다양한 실제 사례를 바탕으로 쓴 것입니다. 환자의 사생활 보호를 위해 이름을 밝히지 않았으며 세부 정보와 자세한 상황은 변형·가공했습니다.
- 국립국어원 외래어표기법을 따랐으나, 의료계에서 일반적으로 사용하는 용어나 표현은 그대로 두었습니다.

만약은 없다

응급의학과 의사가 쓴 죽음과 삶, 그 경계의 기록

남궁인 지음

문학동네

차 례

02 알지 못하는 세계: 삶에 관하여

서문

나는 분명히 죽으려 한 적이 있다. 죽음을 막연하게 여겼던 의대생 시절, 죽고자 하는 생각은 갖가지로 변형되어 머릿속을 맴돌았다. 당시 나는 밤마다 강박적으로 글을 지어댔다. 그 글들은 벌판에서 던진 부메랑처럼 멀찍이 날아갔다가 죽고자 한다는 생각으로 다시 홀연히 귀결되었다. 그 글은 읽거나 이해하기 힘든 종류의 것이어서 펼쳐보면 몇 가지 자해의 방법과 자살하려는 구체적인 계획, 죽음에 닿아야만 하는 부끄러운 이유만이 발견되었다. 그것들을 모아둔 까닭에 나는 '죽고자 했다'는 몇 백 편의 기록을 보유한 사람이 되었다.

그 터널을 간신히 몇 번 빠져나오고 나니, 나는 의사가 되어 있었다. 면허증을 책상 위에 올려놓고 몇 날을 고민했다. 의사로서의 길을 계속 갈 것인가, 아니면 도망갈 것인가. 결론은 좀처럼 명확해지지 않았다. 그것은 지금까지 이어왔던 내 목숨과도 비슷했다. 그렇게 지지부진한 고뇌로 시간을 보내다 병원의 인턴 채용 마감이 얼마 남지 않은 날, 나는 갑자기 결심했다. 죽음에 맞서봐야겠다. 내 손으로 직접 죽음을 받아내기도, 혹은 놓치기도 해봐야겠다. 이 열망의 근원을 찾아보리라.

나는 원서를 써냈고, 곧 한 종합병원에 입사했다. 모든 과를 순환해야 하는 인턴생활 1년은 금방 지나가버렸다. 곧 내가 평생 몸담을 분야를 적어 내야 했다. 나는 죽음과 가까운 몇 개의 과 중에서 고민하다가, 별 망설임 없이 응급의학과를 선택했다.

그곳에는 날것의 죽음이 있었다. 응급실에서 나는 감정과 육체의 한계를 고스란히 느낄 수 있었다. 하루 24시간을 온전한 정신으로 근무해야 했고, 하루에도 새로운 환자 수백 명이 내 앞에 섰다. 그들은 고통에 몸부림쳤고, 애처로웠으며, 절박했고, 실제로 죽음에 이르기도 했다. 수백 명 환자의 보호자들도 같이 몰려들어 응급실은 언제나 아비규환이었다. 그 한계상황에서 사람을 구해내야 했다. 나는 그것이 좋았다. 내가 실제로 죽지 못할 거라면, 내가 어디까지 치열해질 수 있을지 시험해보고 싶었다. 나는 평생 해야 하는 일로 응급의학과 의사를 선택했고, 곧 레지던트 생활을 시작했다.

일은 육체적으로 믿을 수 없이 고됐다. 간신히 허우적거리며 버텨낸다는 표현이 어울렸다. 극심한 노동과 불면으로 인한 육체의 피로는, 그에 동반된 정신적인 고통을 아무것도 아닌 것으로 만들어버렸다. 정신적으로나 육체적으로 극한까지 몰린 사람들이 차고 넘쳐 그들은 매일 나를 찾아왔다. 그 수는 너무 많아 일일이 공감하기엔 벅찼다. 그것은 병원에서 근무하는 모든 사람에게 적용되어, 그곳의 분위기를 무감하고 무정하게 만들었다. 슬픔은 그 대상이 하나일 때가 가장 슬프고, 정신적인 공황 또한 원인이 한 가지일 때가 가장 혼란스럽다. 지나치게 많은 죽음과 슬픔은 때로 아무런 감정도 느낄 수 없게 했다.

나는 실체가 없던 죽음을 실제로 마주해야 했다. 그리고 나는 여전히 같은 병을 앓고 있었다. 기운을 조금 차리면 내가 본 일에 대해 어두운 방에서 혼자 끄적이거나, 공감의 글을 몇 자 적어내려가곤 했지만, 육신이 꺼져가는 고통 앞에서 감정의 날카로움은 많이 무뎌졌다. 서늘한 감상은 가끔 있었지만, 그러고도 나는 반드시 잠들어야 했다. 다음날도 어김없이 다른 죽음들이 내 앞에 나타날 것이었으므로. 마음을 너무 많이 써버리면 몸이 견뎌내지 못했다.

죽고자 했던 사람들은 예정된 택배물처럼 도착했다. 하루에 대여섯 명씩, 1년이면 1천여 명쯤. 나처럼 죽으려고 했던 사람은 머리카락 수만큼 많았다. 그들의 의식이 남아 있을 때면 나는 경험자로서 차트가 아닌 그들의 손끝을 슬며시 잡아보고는 조심스러운 눈빛으로 위로나 격려의 말을 건넸다. 하지만 나는 지나치게 많은 환자를 보는데다 장기간의 치료와 무관한 응급의학과 의사였다. 업무의 몇 분쯤을 더 할애하는 것은 자기 위안 이상의 의미는 없었다. 게다가 그들은 '그 일'을 대부분 인생의 모난 자리로 여겼다. 자신의 삶에서 언급하고 싶지 않거나, 잠시 찾아온 삐뚤어진 상태로 기억했다. 그리하여 그들은 곧 가면을 쓰고 자신의 원래 삶으로 돌아가버렸다. 나는 육체적인 과로에 시달리는, 선부른 경험자나 상담자, 그 이상이 아니었다. 혼란스러운 계절이었다.

몇 번의 계절이 지났다. 수만 명의 환자와, 수천 명의 자살자와, 수백 구의 시신이 나를 지나쳐 어딘가로 갔다. 일은 점점 익숙해졌고, 눈앞에서 벌어지는 너무나 많은 죽음과 비극에 감정은 아무것도 벨

수 없는 칼처럼 둔탁해졌다. 하지만, 가슴속에서 무엇인가 나를 짓누르고 있었다. 무뎌지고 있다는 죄책감이었다. 마음속이 응어리져 풀어지지 않는 매듭으로 엉켜 있는 기분이 들었다.

그래서 나는 한두 편씩 기록해갔다. 내가 목격한 사실이 있었고, 그 사실을 극적으로 구성하거나 가공하는 작업이 필요했다. 그래서 여기 있는 글들은 사실과 같기도 하고, 다르기도 하다. 하지만 내가 너무나 많은 비극을 목격했고, 그것을 기반으로 이 글들을 적어냈으며, 그 과정에서 많은 시간 고민해야 했고, 자주 울었으며, 결국에는 쓰기 위해 나의 일부분을 헐어내야 했다는 사실은 변하지 않는다. 그리고 내가 그 무엇도 잊지 않기 위해 이 글들을 써내려갔다는 것도.

이제부터 여러분은, 죽으려 했던 자가 죽음 안에서 뛰어다니는 기록을 보게 될 것이다.

01

만약은 없다는 말:

죽음에 관하여

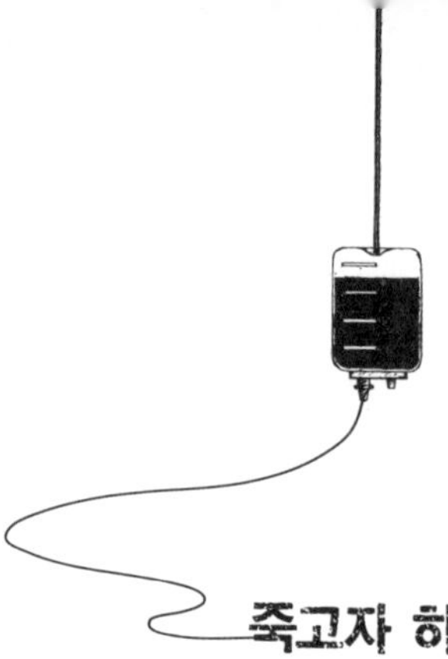

죽고자 하는 열망

의식이 없는 50대 남성이었다. 깔끔한 차림새를 한 그의 곁에는 가족들이 있었다. 집에서 겨를 없이 나온 듯 실내화 차림에 심각한 표정을 띤 그의 아내는 그가 평소에 먹었다던 수면제의 빈 통을 내밀었다. 그는 그걸 정말로 다 털어넣었는지 아무리 깨워도 미동조차 하지 않고 가쁜 숨을 내쉬었다. 수면제는 사람을 깊이 잠들게 할 수는 있어도, 대부분 영원히 잠들게 하기에는 부족했다. 다만 본래 잠들게 하는 것이 약의 목적인 까닭에 그들의 잠은 언제까지 지속될지 예측할 수 없었고, 때때로 기약 없이 며칠간 지속되기도 했다. 그는 몇 년간 우울증으로 치료받은 기록이 있었고, 다른 검사에선 별다른 이상을 보이지 않았다. 그러니 그가 약에서 깨어나 의식을 되찾을 때까지 지켜보다가 향후 정신과적인 진료를 처방하는 간단한 프로세스만이 기다리고 있었다. 나는 그의 아내에게 물었다.

“이런 일은 처음인가요?”

“아이고, 선생님. 네, 처음이에요.”

“남편 분이 우울증도 있고, 정신과 치료도 받으셨다면서요.”

“네. 조금 우울한 기색을 보이긴 했는데, 그래도 가족이나 주변사람들에게 전혀 힘든 티를 내지 않았어요. 성격도 명랑했고요. 공무원으로 지금껏 성실하게 일했는데, 가끔씩 밤에 잠이 안 온다고 하더니 정신과에서 수면제를 조금씩 받아다 먹었어요. 그런데 오늘 갑자기 이 양반이 자는 모양이 이상해서요. 약통을 찾아봤더니 고스란히 비어 있어서 신고했지요. 어떻게 될까요, 선생님.”

“드신 약이 다행히 치명적인 약도 아니고, 복용한 양도 죽을 만큼은 아닙니다. 하지만 수면제라는 게 원래 이렇게 사람을 재워버리는 약이라 해독제가 있거나 한 건 아니어서요. 약이 자연스럽게 몸 안에서 분해되면 환자 분은 일어나실 겁니다. 지금 검사 결과도 이상은 없고요. 일단 제 이름으로 입원하겠습니다. 중환자실에서 깨어날 때까지 기다렸다가 의식이 돌아오면 정신과 협진하에 병실로 옮겨 나머지 치료를 받겠습니다.”

“네…… 선생님, 잘 부탁드립니다.”

하루에도 몇 명씩 찾아오는 비슷비슷한 사연의 환자였다. 그들은 밤에 약을 먹고, 새벽이나 아침에 잠에서 깨면 퇴원을 사정하거나 화를 낸다. 자신은 잠시 실수했을 뿐이라고, 지금은 정신적으로 건강하다며 일부는 자신의 시도조차 인정하지 않는다. 유서까지 써놓고는 그냥 잠이 오지 않았을 뿐이라며 역정을 낸다. 그러고는 자의퇴원서에 서명하고 황급히 나가버린다. 그 모난 기억이나 한때의 감정을 없었던 것으로 여기거나 부끄러워하는 것이다. 그리고 그들은 제자리로 돌아가서 멀쩡하게 하던 일을 하며 살아간다. 그래서 이런 프로세스가 성립했다. 병원에서는 형식적으로 붙잡고, 그들은 낮은 담을 넘어서 사회로 돌아가는 것.

하지만 의식이 없는 사람이 일상으로 돌아갈 수는 없다. 그래서 잠들어 있는 시간이 너무 길면 중환자실로 옮겨야 했다. 그는 그런 케이스였다. 조금 더 오래 잠들었다 일어난 사람.

그는 중환자실에서 자신이 깨어날 줄 알고 있었다는 듯, 전혀 당황하지 않았다. 하긴, 약을 과량으로 입안에 털어넣고 일어난 곳이 병원이라는 사실에 놀란다면 그것도 이상한 일이다. 나는 그가 완전히 의식을 회복했다는 연락을 받고 면담을 위해 중환자실로 찾아갔다. 그는 한숨 개운하게 잘 자고 일어났다는 표정으로 편안하게 누워 있었다. 환자복을 입고 있었지만, 그가 살아온 반듯한 삶의 결을 감출 수는 없었다. 나는 주치의로서 형식적인 면담을 시작했다.

"기분이나 몸 상태는 좀 어떠십니까?"

"선생님 덕분에 불편한 것도 없이 잘 일어났습니다. 약간 머리가 띵한 것 빼고는요. 기분도 좀 나아졌구요. 병원 침대에 처음 누워봤는데 생각보다 편안합니다, 허허."

"어제는 무슨 일이 있었는지 말씀해주실 수 있습니까? 확실히, 스스로 목숨을 끊기 위해서 한 행동으로 보이는데요."

"아, 뭐, 그랬었지요. 좀 우울하다보면 그럴 때가 있는 것 아닙니까. 요새 통 잠이 안 와서 수면제를 먹기 시작했는데, 그래도 잠이 안 오니까 생각이 좀 엉키더라고요. 가족들도 있고, 정신 차려야 할 텐데 말입니다."

"이해할 수 있습니다. 잠시 그런 생각이 들 수 있죠. 어쨌든 지금 기분은 좀 나아지셨죠?"

"네, 잘 자고 나서인지 기분이 말끔하네요. 저희 집사람이랑 면담은 언제쯤 가능할까요? 가족들이 걱정했을 텐데."

"곧 면회시간이니 볼 수 있습니다. 환자 분은 일단 약물 부작용의 위험은 많이 사라진 상태입니다. 그간 저희가 관찰해왔고, 위험이 완전히 없어졌다고 판단될 때까지 모니터링할 겁니다. 이제부터 더 중요한 치료는 정신과적인 부분입니다. 오늘 협진하는 정신과 선생님이 오셔서 환자 분에 대한 향후 치료 계획을 말씀해주실 겁니다. 결과에 따라 일반 병실로 옮기실 수도 있고요. 이제 환자 분께서 마음먹기에 달렸습니다. 부디 기운내시고, 지금처럼 말끔한 기분을 유지하시길 바랍니다."

"감사합니다. 걱정하지 않으셔도 됩니다. 정신과 선생님도 만나 뵙고 얼른 퇴원해서 밖으로 나가고 싶네요."

"네, 그러면 또 뵙겠습니다."

그는 다른 약물 중독 환자들과는 달리 질문에 조리 있게 답했다. 삶에 대한 희망도 보였으며, 이후 치료 과정에 대해서도 순응적이었다. 보기 힘든 얌전한 케이스였다. 면담을 마치니 그를 살려냈다는 약간의 보람도 생겼고, 잠시 감정이 격해졌던 그를 충분히 이해할 수 있을 것 같았다. 주치의로서 손이 별로 가지 않는 환자였고, 시간이 지나면 약 기운은 분해되어 날아갈 것이었으므로, 나는 그의 치료를 시간에 맡겨놓고 다른 업무에 집중했다. 비슷한 사연의 사람들은 여전히 몰려들고 있었으니까.

다음날 받아본 정신과 협진결과도 다른 사람에 비해 희망적이었다. 경도輕度의 우울증이 의심되고 원칙상 정신과 병동에 입원해야 하지만, 환자가 원치 않아 외래에서 경과를 관찰하겠다고 했다. 나는 아침 면담을 하기 위해 일반 병실로 올라온 그를 만났다.

"어제는 잘 주무셨어요? 오늘 기분은 어떠신가요?"

"수면제를 많이 먹은 탓인지, 어제까지도 잘 잤네요, 허허. 머리 아픈 것도 한결 나아졌고요. 솔직히 중환자실은 많이 불편했어요. 일반 병실로 와서 창밖이라도 보니 살 것 같네요."

"정신과 상담은 잘 받으셨다고 하던데, 도움이 되었나요?"

"물론이죠. 친절한 선생님이더라고요. 나중에도 꾸준히 치료받을 수 있도록 이야기도 잘 했습니다. 가족들도 있으니 잘 이겨내야지요."

"오늘 퇴원하겠다고 하셨다면서요."

"네, 집에 가서 좀 쉬다가 직장에 복귀해야죠. 여기보단 집이 훨씬 나을 것 같아요."

침착한 말투에 그의 사람됨이 묻어났다. 대부분의 환자들이 하는 이야기였으므로, 나는 그의 퇴원을 수용했다. 그러고는 괜스레 정이 들어 말을 덧붙였다.

"저도 힘든 과정이 많았는데, 지금 잘 이겨내서 이렇게 아픈 사람들을 보고 있어요. 그런 일이 닥치면 말할 수 없을 만큼 힘들다는 걸 조금은 이해할 수 있지요. 분명히 이 일을 이겨내고, 다시 활기찬 삶을 시작하실 분이라고 저는 믿습니다."

그의 눈빛이 약간 흔들렸다.

"아, 선생님도 힘든 시기가 있었군요. 어쩐지 좀 공손한 분 같더라구요. 누구에게나 말 못할 힘겨운 일이 있겠죠. 다른 사람의 아픔을 전부 알지는 못해도, 따뜻한 마음이 있다면 조금이라도 이해할 수는 있겠지요. 그렇게까지 이야기해주시니 더 감사하네요."

"뭘요. 환자 분께 조금이라도 도움이 될 수 있었다면 제가 더 감사합니다."

나는 퇴원 지시를 하고 응급실로 내려와 다시 일을 시작했다. 잠시 후, 그가 퇴원 수속을 마치고 인사를 하러 응급실로 들어왔다.

"지금 퇴원하시는군요."

"네, 이제 집에 가려고 합니다."

"이틀 뒤에 정신과 외래가 잡혀 있네요. 그때 응급실도 한번 와주셔야 합니다. 혹시 모를 약의 부작용이 있을 수 있으니 간단한 검사만 하겠습니다. 다시 뵙겠네요. 활기찬 모습으로 와주셔야 합니다. 마음 편히 지내시구요."

"아, 그래요. 덕분에 신세를 많이 졌습니다. 꼭 다시 뵙도록 하지요. 선생님도 힘든 일 하시는데 앞으로도 꼭 기운내시고요."

그는 내 손을 가볍게 잡고 이야기했다. 그 손에서, 무엇인가 따뜻함이 배어나왔다. 종종걸음으로 병원을 나서는 그의 뒷모습을 보면서, 나는 익숙한 업무가 아닌 조금 다른 일을 해낸 것 같은 기분이 들었다.

그가 떠난 병원은 한산했다. 찰과상 두 명, 장염 한 명이 와서 누웠고, 한 명이 봉합된 상처의 소독을 받고 갔다. 시간은 평소처럼 금방 지나갔다.

두 시간쯤 지났을까, 119카트가 들어왔다. 또 자살 시도 환자라고 했다. 한산한 응급실로 느릿느릿 실려온 그는 7층에서 추락했으며, 구급대는 의료 지도하에 소생술이 필요 없다는 판단을 내리고 확인을 위해 왔다고 했다. 이것은 단순 이송에 가깝다. 시트를 열어 시신을 확인하고, 소생술이 필요 없었다는 구급대의 판단이 정확했다고만 말해주면, 영안실로 내려가 정해진 장례 절차에 따르게 되는 환자였다. 며칠에 한 명꼴로 내원하는, 확실한 방법으로 죽어버린 시신이었다. 벌써 카트 바깥으로 빠져나온 다리가 뒤틀려, 그 판단이 옳았음을 말해주고 있었다.

나는 하얀 포를 훌쩍 걷었다. 두 다리의 발목이 이상한 방향으로 뒤틀려 있었고, 그중 하나는 아예 침대 밖으로 '흘러내려' 있었다. 누워 있는 그의 다리를 앞으로 들자, 관절인형처럼 흐물거리며 접혔다. 나는 툭, 하고 다리를 원래 자리로 되돌려놓았다. 몸통을 누르자 오도독거리는 소리가 났고, 왼팔도 세 조각이었다. 피범벅인 얼굴은 왼쪽 두개골부터 안면까지 심하게 무너져 있었다. 전체적으로 얼굴 왼쪽이 날아가버린 느낌이었다. 나는 두부의 손상 상태를 확실히 판단하기 위해 물컹거리는 머리를 눌러보았고, 안면의 상태를 면밀히 확인했다. 그리고 나는, 곧, 훼손된 안면의 주인공을 알아볼 수 있었다.

그였다. 방금 내 손을 잡아주고 떠나간 그.

중환자실에서 눈을 뜬 그는 자신이 실패했음을 깨달았을 것이다. 더 확실한 방법을 찾아야 했을 것이다. 괜한 내색은 일을 그르칠 수 있었다. 그는 마음을 다잡고, 마지막으로 할 수 있는 혼신의 연기를 다했다. 몸에서 죽고자 하는 열망이 넘쳐났으므로 더이상 지체할 수가 없었다. 아마 구체적인 방법까지 염두에 두고 병실에 누워서 마지막 순간을 견뎠으리라.

그는 의료진을 안심시키고 무난하게 퇴원했다. 가족들도 그 모습에 마음을 놓았다. 그는 오늘 있을 가족 모임과 저녁 메뉴에 관해 이야기하면서 직접 운전을 해서 집으로 향했다. 그의 집은 복도식 아파트 7층에 있었다. 집 안에 발을 들여놓기 전에, 그는 아내에게 잠깐 바람을 쐬겠다고, 먼저 잠시 들어가서 쉬고 있으라고 말했다. 그의 아내는 퇴원하면서 챙긴 짐을 들고 먼저 집으로 들어갔다. 그것이 끝이었다. 그는 주저하지 않고 그 자리에서, 그가 마지막 장소로 점찍어두었던 문 앞 복도에서 뛰어내렸다. 두 발이 허공을 디딘 순간, 그는 자신의 성공을 직감했을 것이다.

죽고자 하는 그의 열망은 짐작할 수 없을 정도로 커서, 오히려 살고자 하는 열망처럼 보였다. 그는 가면을 쓰고 나간 사람이 아니라, 가면을 쓰고 들어온 사람이었다.

◈

그후로도 한동안 나는 자주 왼편이 으깨진 얼굴을 허공에서 목격했다. 그 입은 시체처럼 파랗고, 굳게 닫혀 있었으며, 온전히 남아 있지 않았다. 하지만 때때로 그 반쪽뿐인 입은 나에게 말을 걸었다. 타인은 지옥이며, 나는 덕분에 지옥에서 잘 지낸다고. 나는 그를 죽게 놔둔 무책임한 의사이자, 자살을 시도했던 경험자라는 사실 가운데

서 방황했다. 그를 진료했던 순간을 아무리 복기해봐도 그를 도저히 살려낼 수 있을 것 같지 않았지만, 그렇다고 내가 떳떳하게 살아남아 있어야 할 이유도 찾지 못했다. 명징한 우울과 죽고자 하는 강렬한 열망을 거스를 수 있는 것은 아무것도 없었다. 그래서 이것은 비참함이 예정되어 있는 나의 운명을 암시하는 사건이 아니었을까 생각했다. 곧 나는 마음속에서 불처럼 번져나가는 우울과 열망을 느꼈다. 우울은 확실히 다양한 악마의 얼굴을 하고 있었다. 그리고 깊은 우울은 그 끝을 알 수 없었다. 자신의 깊이도 알지 못하는 주제에, 남의 깊이를 판단할 수는 없었다.

그때처럼 죽고자 하는 열망에 깊이 시달린 적이 없었다. 그 안에서 나는 얼굴이 반만 남은 사람과 밥을 먹고 이야기를 했다. 일은 계속해야 했고, 멈출 수가 없었다. 사람들은 계속 몰려들었으며, 나는 그들의 가면을 혼자 발견하고 소스라치게 놀랐으며, 끊임없이 두려워했다. 이 이야기는 내게 하나의 상징으로 남아 있다. 치명적이었기에, 나는 평생 이 일을 품고 살아갈 것이다.

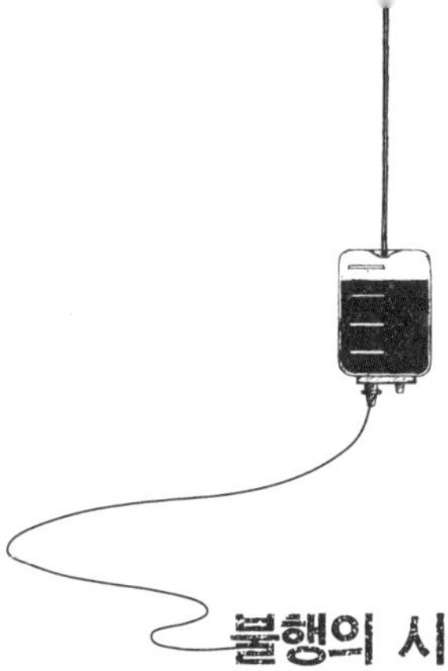

불행의 시작은 평범했다

의사는 과학자다. 과학자는 정해진 사실과 축적된 자료를 근거로 이성적인 판단을 내린다. 학문적인 통계와 수없이 쌓인 증거와 사례를 바탕으로 가장 합당한 결과를 도출하여 이를 사람에게 적용한다. 셀 수 없이 다양하고, 서로 어떤 점도 같을 수 없는 인간에게. 왜냐하면, 의사는 과학자니까.

◈

불행의 시작은 평범했다. 그것은 언제나 누구도 눈치채지 못하는 순간 찾아온다. 그녀는 다른 교통사고 사망 환자와 다를 것 없이 요란하고도 급박하게 응급실 안으로 빨려들어왔다. 땀에 전 주황색 옷을 입은 구급대원이 숭고하고도 격앙된 눈빛으로 한 명은 카트를 밀고, 다른 한 명은 누워 있는 환자의 흉부를 누르며 달렸다. 심정지라고 고래고래 소리를 지르면서. 웅성이던 사람들이 비껴나면서 내가 서 있는 곳까지 하얀 선이 그어진 듯 길이 트인다. 나는 어떠한 사람이 오든, 절대 비켜서는 안 되는 사람이므로 내 앞에 죽어가는 사람이 빨려들 듯 다가온다. 그리고 무한한 책무가 시작된다. 이 과정에 이르기까지, 여전히 너무나 평범했다.

아직 40대였다. 교통사고라고 했다. 죽기에는 너무 이르고 아까운 여자였다. 게다가 겉으로는 특별한 외상도 발견되지 않았다. 하지만 도착했을 때는 이미 심정지 상태였다. 그것도 사망 추정 시각이 상당히 오래 전인 상태로, 그래서 살아날 가망도 사라진 상태로.

절대로 포기할 수는 없었다. 내 몸이 기계적으로 움직였다. 삽관과, 정맥로 확보와, 각종 약물 처치와, 흉부 압박이 이어졌다. 기본 처치를 신속하게 마친 뒤, 나는 원인을 찾아내기 위해 실마리를 모으기 시작했다. 남편이 차를 운전했고 아내는 조수석에 앉아 있었다. 그리고 운전중 사고가 났다. 같이 타고 있던 남편은, 얼빠진 상태였지만 기적적으로 멀쩡히 살아 카트 뒤를 따라왔다.

"한적한 국도였어요. 한밤에 국도는 당연히 어두웠지요. 헤드라이트 불빛에 의지해서 가고 있었어요. 그것도 꾸불거리는 산길이었지요. 그런데 갑자기 고라니, 네, 분명히 고라니가 갑자기 튀어나왔어요. 반사적으로 핸들을 확 돌린 것 같아요. 그러고 차가 심하게 요동치더니 차도 옆 도랑에 처박혔어요. 그순간까지 기억나요. 그러고는 정신을 차려보니 구급대원이 절 깨우고 있더군요. 전 멀쩡히 깨어났는데,

제 아내의 맥박이 뛰지 않는다고 했어요. 그러고 지금 이 상태고요."

긴 머리를 질끈 묶은, 행락객 차림의 남편이 한 말은 대략 이러했다. 그는 이 상황을 받아들이지 못해 안절부절못해 했고, 초조해 보였다. 말에도 두서가 없어, 사건을 잘 종합해야 했다. 갑자기 깨어나 아내가 죽었다는 말을 들으면 이런 느낌일까, 이 정도의 당혹스러움이 밀려오는 것일까.

구급대원은 지나가던 차가 도랑에 처박힌 사고 차량의 모습을 보고 이를 신고해 현장에 가보니 문이 잠겨 있어 급히 창을 깨고 차량에 탄 이들의 상태를 살폈으며, 환자의 심정지를 인지해 의료 지도를 받고 심폐소생술을 하면서 병원까지 왔다고 했다. 한적한 국도변인데다 유리창을 깨고 사람을 빼낸 후 현장 처치가 필요한 상황이라서 병원까지 오는 데 시간이 오래 걸렸다고 했다. 사고 발생 시점부터 신고까지 시간이 얼마나 걸렸는지도 모르는 상황이라 더욱 안타까웠다. 병원으로 오면서 이미 50분이나 지났고 심정지까지 족히 한 시간은 되었다. 한 시간이면 포기해도 좋은 시간이지만, 종합적인 변수를 고려할 때 무조건 포기할 상황은 아니었다. 그래서 나는 더욱 최선을 다해 몇 번의 제세동(심실세동 또는 심방세동을 정상으로 되돌리는 수단)을 가했고, 몇 벌의 가운을 땀에 적셨고, 결국 30여 분에 걸친 처치 끝에 그녀의 맥을 살려냈다.

"시간이 없으니 빨리 들으세요. 일단 아내 분의 맥박을 돌아오게 했습니다. 이제부터 원인이 무엇인지, 외상에 관한 검사를 할 겁니다. 원인을 찾아내더라도, 아내 분의 목숨은 장담할 수 없습니다."

"아…… 살아…… 살아날 수 있는 거요? 전처럼 같이 살 수 있다는 거요?"

"장담할 수 없습니다. 지금은 아무것도 모릅니다. 저는 예측불가능한 상황을 미리 말씀드리고 싶지 않습니다."

나는 맥박이 돌아온 그녀의 외상 부위를 면밀히 관찰했다. 하지만 다시 살펴보아도 사망의 원인이 될 만한 심한 외상은 발견되지 않았다. 외상이 없어도 장기 출혈이나 뇌출혈로 사람은 쉽게 죽는다. 나는 위험을 안고 전신 CT사진을 찍기로 결정했다. 사망의 원인을 찾아 막아야 한다. 일단, 그렇게 되면, 적어도 같은 이유로 다시 죽지는 않는다. CT촬영 수납을 안내받은 남편은, 희망적인 말을 들어서인지 아니면 이미 절망적이라고 느껴서인지 방향감각도 잃어버린 듯했고 부들부들 떨면서 응급실을 걸어나갔다.

30분 후 받아본 CT사진에는 아무것도 없었다. 정말 한 점의 출혈도 발견되지 않았다. 게다가 그 30분간, 뇌 손상이 진행된 그녀에게 다시 심정지가 왔고, 나는 급히 처치해 또다시 그녀를 세상으로 되돌려놓았다. 그녀는 확정적으로 죽어가고 있었다.

상황은 미궁으로 빠져들고 있었다. 뇌출혈과 과다 출혈, 주요 장기 손상을 빼면 외상으로 죽을 수 있는 경우의 수는 거의 남지 않는다. 아니, 실제로는 없다고 봐도 무방하다. 하지만 눈앞에 죽어가는 사람이 있다. 찾아낼 수 있는 원인이 분명히 있을 것이다. 내가 놓쳤거나, 아직 내가 경험해보지 못한 죽음의 세계가 분명히 있을 것이다. 죽음의 세계는 알 수 없는 것이니까. 하지만 어찌 되었든 나는 당장 그녀를 치료해야 했다. 그녀는 분명히 위태로웠다. 미약한 바람에도 촛불이 꺼지듯 훅 목숨이 날아가버릴 것처럼.

신경외과와 일반외과는 공식적으로 그녀의 입원을 거부했다. 원인이 명확하지 않다면 그들은 개입하지 않는다. 그들이 이렇게 손을 떼버리면, 응급의학과의 내 이름으로 입원해야 한다. 응급의학과로 환자가 입원하는 경우는 설명할 수 없는 사고이거나, 자살이거나, 아니면 죽음의 원인을 알 수 없는 경우다. 그리고 입원 환자들은 대부분 의식불명에서 헤어나오지 못한다. 고로 연유는 끝까지 밝혀지지 않는다. 나는 모니터를 열어, 환자의 입원 지시를 눌렀다. 주치의는 내 이름으로. 그녀는 이제, 끝까지 나와 함께하기로 한 것이다.

자정이 넘은 시간. 비보를 듣고 그녀의 온가족이 모여들었다. 언니와 형부, 아직 어린 나이의 아들과 딸, 그리고 짐작할 수 없는 사이의 혈육까지 수십 명이 침통한 표정으로 모였다. 위아래가 어울리지 않은 옷차림과 구겨진 신발은, 그들이 얼마나 황급히 달려왔는지를 말해주고 있었다. 이들은 서로 머리를 맞대고 울거나 주저앉아 있었다. 같은 슬픔을 느끼고 있는 일군의 집단에는 옆에 서 있기만 해도 두려운 공기가 흐른다. 나는 말문을 열었다.

"제가 주치의입니다. 처음부터 환자 분을 처치한 사람이기도 합니다. 앞서 남편 분께 말씀드렸지만, 지금 환자는 살아 있는 것만으로도 기적입니다. 시간이 너무 오래 지난 상태로 도착했습니다. 상태가 아주 위태로워서 아무것도 장담할 수 없는 상황입니다. 원인도 현재로서는 알 수가 없습니다. 출혈이 한 방울도 없어요. 아주 드문 경우를 생각해야 합니다. 그 생각을 이제부터 제가 할 겁니다. 원인이 무엇이든, 어머님께 심정지가 왔고, 지금 목숨이 꺼져가고 있다는 사실은 분명합니다."

"아니, 그런 것이 가능하다는 거요? 그러니 죽었다는 거요, 아니면 살았다는 거요?"

"당혹스러운 점이 있다는 건 이해합니다. 저도, 이런 죽음은 당황스럽습니다. 진부한 말이지만, 최선을 다할 겁니다. 그리고 일단 살아 있게 하는 것이 최선입니다."

보호자들에게 에둘러 설명을 마쳤다. 그들은 무리지어 웅성이거나 서로를 감싸 안고 통곡했다. 가족의 죽음은 그만큼 받아들이기 힘든 일이었다. 그리고 나에게도 당혹스러운 일이었다. 일단 내부 출혈은 없었으므로 24시간 저체온 요법의 적응증이었다. 이는 환자의 체온을 일부러 낮춰서 심폐손상을 최소화하는 방법이었다. 중환자실에서 신경이 곤두선 채로 주치의가 환자를 모니터링해야 했다. 보호자들에게 이 방법을 설명한 후, 일단 응급실에서 체온을 내리고 초기 처치를 했다. 주치의는 나였으므로, 당장 응급실에서 먼 중환자실로 갈 수 없었다. 주치의가 곁에서 떠나면 환자가 금방 안 좋아진다. 하지만 나에겐 몰려드는 다른 환자도 있었다. 그 자정부터, 나는 그녀와, 그녀에 대해 묻는 보호자들과, 다른 환자들의 불행과 싸우며 곱절은 힘든 밤을 보냈다. 아니, 견뎌냈다.

밤을 새워 100여 명의 환자를 견딘 나는, 이제 중환자실로 올라간 내 환자가 있었으므로 오프를 반납했다. 그녀를 살려내거나, 아니면 패배할 때까지는 집에 가지 않을 작정이었다. 실은 이 예측가능한 죽음을 무조건 내 손으로 맡고 싶었다. 응급실 업무에서 벗어난 나는 중환자실로 옮겨진 환자의 얼굴을 보며 고민을 하기 시작했다.

'출혈이 나타나지 않아도 순간적으로 뇌신경의 액손(axon. 신경세

포 축삭돌기)이 타격을 입으면 심정지가 오는 경우가 있지. 하지만 그렇다고 보기엔 너무 깨끗해. 그래도 죽을 수 있나? 심장이 잘못 비껴 맞으면서 부정맥으로 사망하는 수도 있을 거야. 위험한 순간에 물리적인 타격을 받아 회로가 엉키는 거지. 그건 드물지만 증례證例도 있잖아. 과연 그런 환자가 나한테 온 건가?' 수면 부족으로 육체적인 피로가 몰려오기 시작했다. 하지만 나는 환자를 보며, 외상성 부정맥에 관한 논문을 뒤지고, 기타 사망 가능성이 있는 증례를 찾았다. 없을 수는 없는 일이었다. 바로 내 눈앞에 그러한 사례가 있었으니까.

환자의 얼굴은 이미 붓고 망가져갔다. 그런 일을 겪은 사람은 점점 중환자의 모습으로 바뀌어간다. 하지만, 생체 징후는 위험한 고비를 넘기고 저체온 요법을 견디는 안정 추세로 접어들고 있었다. '식물인간까지는 될 수 있겠어. 뭐든 해볼 거야.' 그리고 나는 어두운 응급실 구석 골방에 틀어박혔다.

평화롭던 내 전화기가 30분 혹은 한 시간마다 울리기 시작했다. 나는 적절한 지시를 하고, 잠깐씩 눈을 붙였다. 옆 건물에 있는 중환자실로 그녀를 체크하러 가면, 고민 대신 슬픔에 젖어 보호자 대기실에서 먹고 자던 10여 명의 가족이 달려와 환자의 상태를 물었다. 나는 최선을 다하고 있고, 그녀의 상태는 약간 안정적이라는 말을 했다. 그들은 어떻게 되어가냐며 나에게 화를 내기도 했고, 살려달라며 애원하기도 했다. 그 시간 동안, 그들은 내 발소리만 들어도 벌떡 일어나 다가올 정도로 나에게 의지했다. 쪽잠마저도 쉽게 청할 수 없었다. 반납한 오프는 죽음의 기색으로, 그렇게 지나갔다.

새로운 듀티duty가 시작되었다. 새로운 환자들이 역시 내 이름으로 응급실에 몰려들었고, 역시 아무도 소홀히 할 수 없었다. 수면 부족으로 확실히 내 정신이 흐려지고 있었다. 저체온 요법을 끝내고 40여 시간을 세상에서 더 버틴 그녀의 몰골은, 이미 다른 중환자들과 구분이 되지 않을 정도로 붓고 흐려졌다. 생을 붙잡고 간신히 하루 정도를 버텨냈으며, 이제 더이상 버티기 힘들다고 그녀의 생체 징후가 말하는 것 같았다. 약간은 안정적이라던 중환자실에서 걸려온 전화는, 이제 확연히 위험을 알리는 전화로 바뀌었고, 빈도도 잦아지고 있었다.

만 이틀째, 그녀에게 다시 심정지가 임박했다. 나는 전화를 받자마자 응급실에서 하던 모든 것을 제쳐두고 뛰었다. 중환자실은 옆 건물 3층에 있었고, 나는 전력질주하다가 한 번에 세 계단씩을 뛰어 올라갔다. 정확히 2분 15초가 걸렸다. 나는 후들거리는 다리로 심폐소생술을 해서 그녀의 맥박을 되돌렸다. '안 돼, 당신은 아직 갈 때가 아니야.' 이틀째 병원에서 버티고 있던 보호자 수십 명은 내 발소리를 듣고 벌떡 일어나 중환자실 문에 매달렸다. 준비도 못한 채 달려왔던 그들의 몰골은 이미 나만큼 꾀죄죄했고, 지친 기색이 역력했다. 내가 탈진한 표정으로 나오자 그들은 무릎을 꿇고 나에게 어떻게 되었느냐고 물었다.

"심정지가 왔지만, 일단 살려냈습니다. 죽음에서 간신히 구출한 겁니다."

그들은 일단 울었다. 그리고 안도했다. 아니, 혼란스러워했다.

"그게 어떻게 되었다는 겁니까. 그래서 원인을 알아냈다는 겁니까, 곧 죽을 거라는 이야기입니까?"

"저는 일단 전력질주를 해서 환자를 살릴 뿐입니다. 드물게 심장이나 뇌에 타격을 입은 죽음이라고 생각할 뿐, 다른 방법이 없습니다. 환자 분이 버틸 때까지 저는 살려낼 겁니다."

나는 이제 아름다웠던 그녀가 죽어버리는 환영을 보기 시작했다. 20분마다 걸려오는 전화는 죽음이나, 죽음과 비슷한 것을 알려댔다. 나는 진찰중에 청진기를 팽개치고 뛰어가기도 했고, 상처봉합중에 실과 바늘을 놓고 뛰어가기도 했다. 세 번의 전력질주가 더 있었다. 그때마다 잠도 자지 않고 죽음을 기다리던 보호자 무리는 벌떡 일어나 나를 신도들처럼 쫓아왔고, 죽었다 살아났다는 말을 들을 때마다 저미는 가슴을 안고 울었다. 극심한 피로에 지쳐 잠시 풋잠이 들면, 나는 그녀의 생명줄을 붙잡고 매달리거나 목덜미를 잡아채며 어디론가 달려가는 꿈을 꾸다가 땀에 절어 깨어났다. 전화가 오는 꿈을 꾸었고, 꿈을 꾸었다고 생각하고 일어나면 전화가 울렸다. 나는 중환자실에 노티notify 내용보다 일단 내가 뛰어야 할지 말지부터 알려달라고 부탁했다. 나에게 먼저 뛰라고 하면, 일단 뛰면서 상황을 들어야 시간을 아낄 수 있으니까. 나는 전화가 오면 중환자실 쪽으로 걸음을 옮기면서 전화를 받기 시작했다.

정신적인 피로가 몸과 마음을 조였다. 죽음에 관한 노이로제로 머릿속이 부글부글 끓었다. 그날 밤, 사고로 전신이 부러진 환자 한 명이 응급실에서 비참하게 죽었다. 나는 내 입으로 사망선고를 내리고 정신을 추스르지도 못한 채 다섯번째로 전력질주했다. 발을 쿵쾅거리면서, 발소리만 들어도 무언가 또 불행한 일이 생겼으리라 짐작하며 모든 이가 쳐다보는 고요한 새벽에, 나는 혼자 뛰어가 그녀의 심장을 되살려냈다.

"다시 살아났습니다." 보호자들은 이제 안도하는 게 아니라, 점점 미쳐가는 것처럼 보였다.

나는 24시간 동안 몰려드는 응급실 환자들을 간신히 버티고 주어진 두번째의 오프를 반납했다. 전신에 굵직한 관이 뚫리고, 각종 약물 투여와 인공호흡기와 수차례의 심정지를 겪어낸 그녀는 이제 거의 푸르딩딩한 시체가 되었다. 나는 가족들을 다시 모아, 패배를 인정했다.

"못 살릴 것 같습니다. 결과는 그렇지만 원인은 알 수가 없습니다. 하지만, 결과를 바꾸지는 못합니다. 저는 어느 순간부터 눈앞의 죽음을 버텨냈을 뿐, 다른 것을 하지 못했습니다. 그리고 그것마저도 이제는 쉽지 않을 것 같습니다."

가족들은 이미 너무 많이 오열했지만, 마지막으로 기운을 짜내 더 크게 오열했다. 떡진 머리를 감싸쥐고, 자신의 때묻은 티셔츠를 잡아당기며 독한 슬픔의 공기를 뿜어냈다. 나는 연민과 극심한 피로에 찌든 눈동자로 그들을 멍히 지켜보다가, 응급실 한 켠 볕이 들지 않는 골방에 틀어박혔다. 죽음은 왜 시작되는 장면과 끝나는 장면이 다른가. 이 점철된 오류로도 죽음은 오는 것인가. 머릿속이 엉킨 것처럼 혼란스러웠고, 심장이 격하게 뛰어 역겨웠다. 그녀가 눈을 감고 있었던 시간만큼 나는 자지 못했다. 그리고 이제 죽음을 기다리는 일만 남았다.

모든 기대를 저버린 저녁, 나를 보면 제일 앞서 일어나고, 가장 먼저 울던 큰아들이 면담을 요청했다. 수차례의 면담이 이어졌으므로 앞선 이야기의 반복일 뿐일 면담 요청을 나는 받아들였다. 이것으로라도 도움이 된다면 해야 했다. 큰아들은 씻지도 자지도 못해 행색이 말이 아니었다. 부릅뜬 눈은 언젠가부터 충혈이 가시지 않았다. 어머니의 죽음을 앞둔 그는, 너무나 비통하고 처참해 보였다. 우리는 조용한 곳에서 면담하기 위해 진료실로 들어갔다. 내가 진료실 문을 덜컹, 하고 닫자마자 그가 갑작스레 말을 꺼냈다. 아니, 소리를 질렀다.

"그 새끼, 그 새낍니다. 그 새끼라고요."

"네? 무슨 소리죠?"

"그 남자요. 그 새낀 우리 아빠가 아니에요. 새아빠란 말입니다. 친아버지가 돌아가시고, 어머니는 그 새끼를 만났어요. 그 새끼 하는 짓이 처음부터 이상해서 가족들이 반대했는데, 어머니는 뭔가 홀린 듯이 만나더라고요. 그 새끼 행동거지가 처음부터 역겹고 불순해 보였는데, 사고 후에 알아보니까 그 새끼가 우리 엄마 앞으로 생명보험을 대여섯 개나 들어놨어요. 돈도 없는 새끼가 말도 안 되는 비싼 보험을요. 씨발, 살인마 새끼. 계속 피해자인 것처럼 선생님께 붙어다녀서 말할 기회가 없더군요. 그 새끼 하는 꼴이 역겨워서 도저히 참을 수가 없더군요. 선생님도 생각해보세요. 그 새끼가 했던 말 말고 알아낸 게 뭐지요? 한 가지도 없잖아요. 원인도 모른다고 했잖아요. 그 새끼는 살인마라고요. 우리 엄마 죽으면 내가 그 새끼를 갈아 마실 겁니다. 끝까지 파고들어서 죽여버릴 거라고요. 선생님이 도와주셔야 합니다."

순간 혼탁하던 내 머릿속에서 섬광이 일었다. 아귀가 맞아떨어졌다. 이것은 무엇보다도 참혹한 범죄였다. 살인이었다. 살인마가 나와 이야기도 하고, 통곡도 했다. 그의 계획에서 염두에 두지 않았던 상황에 대한 일말의 불안과, 깨어나서 살 수 있느냐고 묻던 질문이 떠올랐다. 그것은 죽음이 아니라, 살아남에 대한 불안이었다. 그리고 논리적으로 교통사고 사망자의 옆자리에 탔던 사람이 멀쩡한 것도 이상한 일이었다. 그렇다면 분명 살해 방법이 있을 터였다. 그것을 입증하는 방법은 바로 부검을 하는 것이었다. 하지만 그녀는 내가 최선을 다해서 3일이나 목숨을 붙들었다. 각종 약물을 쓰고 삽관을 했으며 혈관을 뚫었다. 그렇다면, 증거는 전부 날아가버렸다. 이제, 어떤 부검을 해도, 그것을 밝혀낼 방법은 없었다. 나는 그녀에게 너무 많은 노력을 해댔다. 그녀에게서 살인의 흔적을 찾지 못할 것임을 나는 확신할 수 있었다.

나는 과학자였으므로, 살인 가능성은 염두에도 두지 못했다. 그의 증언을 믿어야 했다. 나는 사망만을 선고하는 판사였고, 다른 문제에 관해서는 전혀 판결할 수 없었다. 그렇다면 나는 피해자가 되는 것인가? 아니면 헛된 노력을 가해 사인死因을 무마한 범죄자인가? 그것도 아니라면 살인자와 같이 이야기하고, 친절한 면담도 한 공범인가? 도대체 내가 한 일은 무엇이었나? 눈앞에 살인자가 있는데, 의학저널과 논문을 뒤지는 일이었나? 도저히 이 죽음에 대해서 알 수 없다고 지껄이던 일이었나? 그것도 아니라면, 고작 매번 전력질주를 하던 거였나?

삶이 끝나는 장면과 죽음을 저지르는 장면이 엉켜 머릿속이 흐물거리며 흘러내리는 느낌이 들었다. 하지만 상황은 명확했다. 나는 마치 살인을 저지른 사람처럼 침울하게 가라앉았다.

"네. 저는 제 모든 것을 걸고, 제가 본 것을 전부 기록하고 증언할 겁니다. 지금까지 저를 믿으셨으니, 그것도 믿으실 수 있을 겁니다."

나는 정신적인 공황으로, 서 있기도 힘들었다. 그리고 곧, 나는 환자에 관한 모든 것을 포기했다. 어리둥절해하는 후배에게 환자를 떠넘기고 나는 집으로 가는 차를 몰았다. 주치의가 포기해서 곁을 떠나버린 환자는 절대로 오래 살 수 없다. 한 시간쯤 지났을까. 교통체증으로 꽉 막힌 퇴근길 어두운 불빛 속에서, 그 멈춰진 차 안에서, 후배에게서 온 전화를 받았고, 그것으로 그녀는 죽었다. 나는 후배에게 '미상, 사인을 알 수 없음'으로 사망진단서를 쓰라고 지시했다. 전화가 끊기자 나는 곧 울기 시작했다. 고요한 울음은 점점 커져 결국 통곡으로 변했다. 나는 발을 동동 구르고, 핸들과 계기판을 내리치며, 손에 닿는 모든 것을 집어던졌다. 입으로는 알 수 없는 비명과 욕설을 내뱉으며.

순간, 나는 입술을 깨물며 불행해지기로 마음먹었다. 지금 세상에서 가장 불행한 사람보다도 조금이라도 더 불행해지기로, 나는 굳게 마음먹었다.

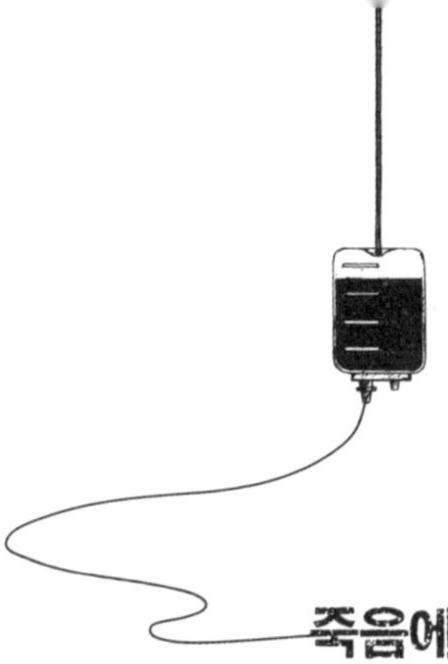

죽음에 관하여

"한 달 남았습니다. 더이상 힘들 것 같습니다."

그는 담도암 말기 환자였다. 암으로 죽어가는 사람의 경과는 대개 두 가지로 갈린다. 하나는 별문제 없이 잘 지내다가 암이 갑자기 진행되어 급격한 투병 후에 죽는 경우다. 다른 하나는 초기에 암을 발견해 몇 년간 배를 열고 닫으며 혹시나 하는 희망과 역시나 하는 좌절 속에 바뀌어가는 항암제와, 항구토제와, 기타 먹어야 하는 역한 약을 밥보다 더 많이 삼키다가 결국 병원에 지치고 진행된 암에 점차 시들어가는 경우다.

그는 완벽한 후자였다. 몇 년간의 투병 끝에 일흔을 맞은 그는 배에 길게 나 있는 칼자국의 아문 상처와 삐쩍 말라붙어 골격만 남은 몸, 몇 년간 손질하지 않아 덥수룩하고 하얗게 센 머리칼, 누렇게 뜬 전신의 피부로 자신의 상태를 말해주었다. 암은 자르고 잘라도 계속 자라났다. 항암제는 몇 년을 맞아도 역하기만 했고, 항암제를 맞고 집에 돌아오면 구토하느라 아무런 일도 하지 못하고 누워 있어야 했다. 구토가 좀 멎으면 이러다 죽을 것 같다는 기분에 역시 아무것도 하지 못했다. '이젠 자를 것도 남지 않았고, 잘라낼 방법도 남지 않았습니다. 6개월만 더 살아봅시다'라는 말을 의사에게 들었을 때 그의 여생이 정해졌다. 그는 6개월간 죄어오는 배를 부여잡고 인생 후반기의 동반자였던 항암제와 함께 남은 시간을 보냈고, 생명을 장악하기 위해 퍼지는 암으로 인한 통증에 이골이 난 몸을 갖게 되었다. 목표했던 6개월을 다 살아낸 그가 얻은 것은 배에서 나아가 전신으로 퍼진 통증, 그뿐이었다. 그 시간이라도 얻어낸 것이니, 통증을 축복이라 부를지, 아니면 또다른 불행으로 봐야 할지는 아무도 이야기해줄 수 없었다. 투병하는 동안 주변 사람들은 모두 떠났고, 그들은 그의 부고만을 기다리고 있었다. 그는 혼자였다. 통증과 암 덩어리만이 그의 동반자였는지도 몰랐다. 하지만, 전신을 죄어드는 통증으로 내 앞에 온 그는 그런 고민조차 얼마 남지 않은 몸이었다. 사람을 곧 죽게 만들 고통은 어떤 것일지, 나는 짐작하지도 못한 채 반복해서 말했다. "한 달 남았습니다." 그는 곧 다가올, 고통이 끝나버릴 시간을 통보받고는 무감한 표정으로, 정말 아무런 실망의 기색도 내비치지 않은 표정으로 대답했다.

"나도 알고 있소. 6개월이면 나도 쉽게 죽어버릴 줄 알았소. 이제부턴 정말로 얻은 삶이지. 지금까지도 지옥 같았지만 그럼에도 얻은 삶이라고 생각했소. 의사양반, 한 달이라면 당신도 모른다는 뜻 아니겠소. 나는 내일이라도 당장 죽을 것 같소. 너무 아프거든. 당신이 나한테 해줄 것이 없다는 것도 잘 알고 있소. 백이면 백 모두 그렇게 이야기했거든. 실은, 해줄 게 많다고 이야기할 때도 그리 좋지는 않았다오. 하지만 막상, 해줄 게 없다니 그것도 기분이 좋지 않구려. 어쨌든 아픈데 내가 어찌할 도리가 있겠소. 죽을 것 같은데. 나는 가족도 없고, 암 외에는 가진 것도 없다오. 병원에 오는 것 외에 내가 무엇을 할 수 있단 말이오."

"환자 분의 통증을 치유할 수 없다는 건 저도 알고 있습니다. 부끄럽지만 통증을 조금이나마 덜어드릴 수밖에요. 대신, 6개월을 다 살아내셨으니, 지옥을 바라보는 대신 당신의 일상이 하늘에서 떨어진 축복이라고 생각하면 어떨까요. 환자 분이 겪는 그 통증을 느껴보지도 못하고 죽어가는 사람이 수두룩합니다. 그들이 바랐던 것은 아이러니하게도 환자 분이 지금 누리고 있는 것 같은 삶이겠지요. 그냥 스스로 평범한 사람이라고 여기고 살아보시면 어떨까요? 제가 해드릴 말은 이런 것들밖에 없습니다. 혹여 너무 외롭고 힘드시면, 입원을 시켜드리지요."

"입원은 안 하겠소. 나는 원래 혼자 싸웠다오. 정말 죽을 것 같으면 다시 오겠소. 또 봅시다."

그는 놀랍도록 말라서 도저히 일으킬 수도 없을 것 같은 몸을 일으켜 세웠다. 침대에서 내려와 서는 데만 몇 분이 걸렸다. 그러고는 한 발 한 발 신중하게 비적거리며 걸어나갔다. 뼈다귀가 걸어 응급실 밖으로 나가는 것 같았다. 응급실 문이 열려 역광이 비쳐 그 뼈다귀의 경계가 빛으로 허물어지고, 잔상이 눈가에 어른거렸다. 그 모습은 흡사, 죽음의 모형이 제자리를 찾아가는 것처럼 보였다.

다음날, 말이 없는 교통사고 환자를 하나 받았다. 아직 젊은 50대 여성이었다. 응급실 자동문이 열리고, 멀리서부터 주황색 옷을 입은 119구급대원들이 급박하게 심폐소생술을 하면서 소생실로 들어왔다. 의식도, 호흡도 없는 그녀를 소생실 한복판에 눕혀놓고, 나는 초점 없는 그녀의 눈동자를 보며 여느 때와 같은 다짐을 했다. 내가 지체하고, 주저하는 것만으로도 이 사람을 죽일 수 있다. 조금의 실수도 없이 단호해야 한다.

소형차를 타고 가다가 마주 오는 차와 부딪힌 후 가드레일에 이중 추돌했다. 겉으로 열린 상처는 없었다. 심폐소생술을 지시하고 눌러본 흉부가 우지끈거리며 무너져내렸다. 갈비뼈가 하나도 제대로 붙어 있지 않은 것 같았다. 머리는 앞쪽으로 심하게 부어 있었지만 그나마 사지는 멀쩡했다. 할 일은 명확했다. 기도를 확보할 것. 심폐소생술을 유지할 것. 흉관을 삽입할 것. 그리고 환자가 깨어나길 기도할 것.

이어진 의료진의 익숙하고 신속한 처치에도 환자는 전혀 반응이 없었다. 심장은 누르는 대로 눌리기만 할 뿐, 자발적으로 돌아올 낌새조차 보이지 않았다. 양쪽 폐는 혈흉으로 가득찼고, 굵은 흉관에서는 고인 지 얼마 안 된 것 같은 피가 끊임없이 꿀렁거리며 흘렀다. 심폐소생술의 압력으로 핏덩이가 번져, 나는 온통 피를 뒤집어써야 했다. 핏덩이가 의료진의 옷가지와 신발을 적시고 끝내 바닥에까지 고였다. 갈비뼈가 부서졌고, 폐가 부서졌고, 심장이 부서졌고, 결국 그녀는 통째로 부서져버렸다. 완벽하고 압도적인 급사였다. 도저히 손쓸 수도 없는 외상으로, 그렇게 그녀는 단숨에 죽어버렸다.

그녀를 포기하고 돌아서려 할 때, 소생실 너머 웅성이는 소리가 들려왔다. 나는 이 환자를 살리는 데 온 신경을 쓰고 있었지만, 내가 동시에 보고 있는 환자는 스무 명이 넘었다.

"거기, 무슨 일이에요!"

"선생님, 지금 그 소생실 환자와 맞은편에서 충돌한 차량의 운전자가 도착했어요."

나는 이를 악물었다. 제길, 이 정도의 손상을 입은 환자가 또 도착한다면 응급실은 곧 마비된다. 모든 사람이 위험해질 수 있다. 빨리, 직접, 그 사람을 파악해야 한다. 나는 소생실의 뒤처리를 맡겨놓고 한 무리의 사람들을 밀치며 뛰었다.

그리고 내가 본 것은 그 사람이었다. 어제 내가 돌려보낸 담도암 말기의 그 남자.

◈

그는 집에서 확연한 죽음을 느꼈다. 마지막이라는 걸 각인시키듯 온몸이 부서지는 듯한 통증이 있었다. 그것을 축복받은 일상이라고 부르기에는 통증이 너무 지독했다. 간신히 하루를 뜬눈으로 버티자 살아 있는 게 저주인 것처럼, 그리고 그 저주가 곧 끝날 것처럼 보였다. 그는 햇살이 비추는 좁은 집을 비틀거리며 느리게 배회했다. 마지막이 분명한 조우의 순간이 영원처럼 느껴졌다. '내가 앓던 집이여, 안녕. 나는 병원에서 죽어야겠어.' 그는 끝내 돌아오지 못할 집과 작별했다. 그리고 그는, 그의 마지막 남은 재산인 낡은 소형차에 시동을 걸었다. 운전을 하는 일상은 그의 인생에서 딱 한 번 남아 있었다. 그 정도의 욕심은 부려도 되지 싶었다. 병원으로 가는 길은 멀지 않았으나 통증은 잠시도 가라앉지 않았다. 뼈만 남은, 운전대를 잡은 손아귀가 덜컹거렸다. 정신이 죽음으로 아득해지다가 돌아오곤 했다. 그때마다 차가 휘청거렸다. '이런 걸 축복이라고 살고 있으니, 참 힘에 부치는군. 하긴, 이것도 마지막이니까.' 병원까지 절반쯤 왔을 때, 고로 그의 인생에서 한 번 남은 운전이 절반쯤 끝났을 때, 폐부를 찌르는 듯한 극심한 통증이 왔다. 그의 의식이 잠시 빠져나가고, 그의 소형차도 통증을 느낀 듯 몸부림쳤다. 빗나간 그의 차는 마주 오던 차를 받아 튕겨나갔고, 그는 정신을 잃었다. 눈 떠보니 낯익은 병원이었다. 새로운 통증은 느껴지지 않았다. 어딘가 부서졌다고 해도 그것이 죽음에 이를 만한 통증이 아닌 이상, 느껴지지도 않았으리라.

"아, 어제 그 의사양반이구만. 저 그런데, 앞선 차에 탄 사람은 어찌 되었소?"

"죽었습니다. 방금."

나는 그녀의 피를 뒤집어쓴 채로 대답했다. 그 대답은 순식간에 그를 살인자로 만들었다. 하지만 보통사람이 응당 보였을 반응, 그의 표정이 구겨지거나 동공이 흔들리는 일은 없었다. 그는 회한에 찬 눈동자로 멍하니 먼 곳을 바라볼 뿐이었다. 곧 죽을 사람에게 더이상 어떤 큰일이 일어날 수 있단 말인가. 곧 죽어야 할 사람이 무엇이 더 두려울 수 있단 말인가. 그리고 우리는, 곧 죽을 사람을 비난하거나 처벌하지 못한다. 죽음은 그 자체로 완벽한 처벌이자 선고니까. 거기서 무슨 일이 더 일어날 수 있을 것인가.

그는 더이상 아무 말도 하지 않았다. 그냥 굳은 표정으로 진료에 응했다. 그의 몸은 신기하게도 상처 하나 없었다. 그의 엑스레이 필름에서도 골절 하나 발견되지 않았다. 하지만, 그 필름에선 그의 생명을 불태우고 있는 암 조직들이 가득 찍혀 나왔다. 골절이 있었어도, 그 통증을 느끼고 상처가 아물어가기 전에 암 조직이 그의 생명을 먼저 파먹어버렸으리라. 그는 묵묵히 내 말에 따라 입원했다. 그러곤, 이제 살아서는 내려오지 못할 병실로 죽음을 기다리러 갔다.

◈

그래서 우리는 생명과 우연에 대해 생각해야 한다.

죽기 전 마지막 일상을 누린 그를 누가 비난할 수 있는가. 그가 마지막으로 욕심내 누린 하루를 비난해야 하는가. 그에게는 곧 떠나버릴 세상일 뿐이며 죽음 후에 남겨질 세상에 관해 망자는 관심이 없다. 그 세상이 자신 때문에 몇 명이고 죽어버릴 세상이라고 할지라도. 그리고 그에게는 그럴 의도도 없었다. 욕심이 있었을 뿐이다. 자신이 투쟁해서 얻어온 생을 조금이라도 누리고 싶은, 지극히 평범하고 누구나 가질 수 있는 일상을 살아보고자 하는 욕심. 어차피 그것을 비난한다고 해도, 우리는 아무것도 얻지 못한다.

그렇다면 그 비난은 나를 향해 있는가. 아니, 그건 우연에 가깝다. 나의 결정이 혹여 또다른 죽음까지 초래한 헛된 격려였다 해도, 그것은 도의적으로 도저히 감당할 수 없는 범위의 우연이다. 하지만, 모든 죽음이 그렇듯 나는 거기에서 자유로울 수 없다. 나는 굴레와 속박

속에서 지내야 하므로 이 일에 관하여 두고두고 생각해야 한다.

억울한 한 죽음이 있었고, 다른 죽음이 기다리고 있다. 도저히 어떠한 책망이 불가능한, 피칠갑한 모습의 잔혹한 죽음이었다. 우리는 이 생명들이 얼기설기 위태롭게 얽힌 우연으로 이루어져 있다는 사실을 이해해야 한다. 그렇게 이해하고서도, 실은 어떤 죽음에 관해서 우리는 아무것도 알지 못한다.

그리하여, 죽음에 관해 쉽게 왈가왈부하는 것은 미친 짓이다. 그것이 타인의 문제이건 혹은 자신의 문제이건 간에 아무도 그런 일을 가볍게 입에 올려서는 안 된다. 고뇌와 고통과 그를 넘어선 우연이 혼재하는 극적이고 거대한 세계, 그 일부만을 핥으며 공감을 표하거나 어떤 죽음은 응당 왔어야 했다고 지껄이는 짓거리는 전부 미친 짓이다. 스물네 개의 갈비뼈와 폐부가 전부 으스러진 죽음에 관해서, 그리고 전신이 악성 종괴로 죄어드는 죽음에 관해서 우리는, 그 처참한 시체만을 눈앞에서 볼 뿐 아무것도 언급해서는 안 된다.

우리는 앞으로도 아무것도 알지 못할 것이다. 아마 그 죽음이 자신에게 올 때까지도.

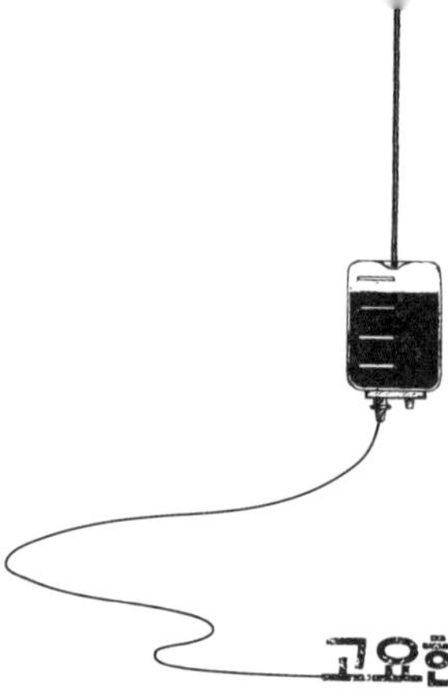

고요한 흑黑

언젠가부터 내가 사는 집에는 빛 한 톨 들어오지 않는 암실이 갖춰져야 했다. 나는 이사를 갈 때마다 암실이 될 방을 하나 정하고는, 빛이 통하지 않는 암막 커튼이나 블라인드를 창문 크기에 맞게 주문해서 설치했다. 그 작업을 나는 몇 년째 해오고 있다.

시작은 내가 응급의학과 의사가 된 다음부터였다. 응급의학과 레지던트는 24시간 밤샘 근무를 마치고 볕이 쨍쨍한 한낮에 집으로 퇴근하는 일을 반복하는 직업이었다. 퇴근할 때마다 밤샘의 피로에 정신적인 혹사가 더해져 제정신이 아니었다. 그래서 집으로 돌아오기가 무섭게 죽음과도 같은 깊은 잠에 빠지고는 했다. 하지만 몸이 파김치가 되어도, 죽음과 비극으로 팽팽하게 긴장했던 정신은 쉬 풀리지 않았다. 30시간여 만에 간신히 잠들었음에도 불구하고, 환자를 대면하는 꿈을 꾸거나 악몽을 꾸었다. 거기에 덧붙여 한낮의 햇볕까지 내리쬐면 도저히 깊게 잠들 수가 없었다. 하지만 다음날 아침부터 같은 일과가 나를 기다리고 있으므로 나는 조금이라도 더 깊게 자야 했다. 그래서 응급의학과 레지던트가 되고 며칠이 지나자마자 볕을 완벽히 차단할 수 있는 블라인드를 방에 설치했다. 한낮임에도 완벽한 어둠을 만들 수 있는 방, 시작은 그때부터였다.

눈을 뜨면 전날의 피로가 가시지 않아 몸이 침대에 들러붙은 것 같았다. 암실에서 잠들고 일어난데다 한밤중이 되었으므로 사위는 온통 깜깜했다. 몸이 움직여지지 않기도 했지만 특별한 시각적 자극도 없는 상태가 좋았던 나는, 불을 켜지 않고 한동안 침대에 더 누워 있다가 일어나곤 했다. 그게 익숙해지자 자극적인 형광등은 아예 켜지 않았고, 조명이 필요하면 미약한 백열등만 켜고 지냈다. 어차피 잠에서 깨면 내일을 위해 곧 다시 잠들어야 했고, 창밖에 볼 것도 없었으므로 블라인드는 몇 달 몇 년이 지나도 걷히지 않았다.

나는 근무가 끝나고 집에 있을 때에는 정신이 혼미하든, 또렷하든, 암실에서만 지내기 시작했다. 암실은 나를 풍성한 세계로 인도했다. 시각적인 자극이 전부 배제되자, 오감이 풍성해지고 내 안의 세계가 멀리 뻗어가기 시작했다. 조명이 있는 방에 앉아 있을 때, 우리는 무의식중에 공간을 인지한다. 사방의 벽과 천장과 바닥의 한계를 확인한다. 하지만 완벽히 빛이 차단된 방에서는 벽과 천장과 바닥의 존재마저 가늠할 수가 없다. 공간의 한계를 가늠하지 못하니 반대로 공간을 우주까지 확장해버리는 것도 가능하다. 나는 지금 갇혀 있는 암실이 아니라 우주 안에서 유영하고 있다는 자각. 이 자각 안에서 생

각의 회로는 무한히 돌아간다.

암실에서 나는 눈을 감고 있다. 눈을 떠도 암흑이지만, 암흑 속에서 눈을 감으면 한층 더 어두운 암흑이 펼쳐진다. 그 고요한 흑 안에서 나는, 회로를 돌려 개인적인 생각을 꼬고 비틀고 버무려놓는다. 어제 목격했던 환자의 죽음, 내가 저질러버린 실수, 혹은 의학적이거나 문학적인 공상, 실패한 지나간 사랑. 이 질서 안에서 내 생각은 우주 한가운데에서 부유하다가 다른 우주로 도약하려는 것처럼 꼬리를 물고 퍼져나가버린다. 나는 이 순간이 황홀하다. 그 점염하는 환희의 순간들이 나를 집어삼켜서 우주의 진공상태처럼 나를 찌그러뜨려버리거나, 불태워버릴지라도, 내 안의 생각들로 인해 달궈지는 느낌이 지극히 고요하고 치밀해서 견딜 수가 없을 만큼 좋다. 조금은 어두울지라도, 생각을 멈추지 않는 삶이라면 그렇게 살고 싶다. 고로, 내 집에는 언제나 이런 암실이 존재할 것이다.

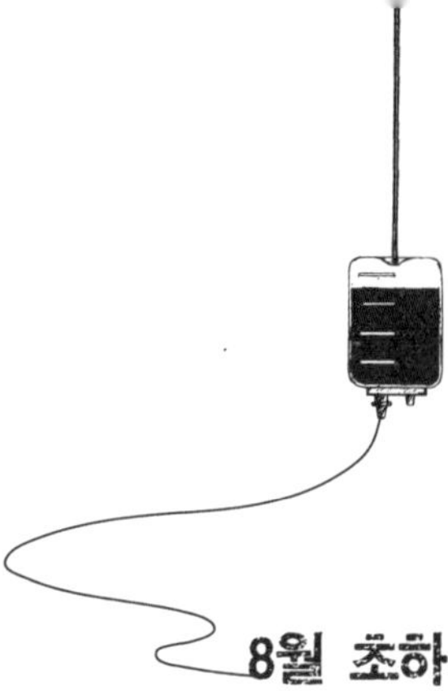

8월 초하루의 살기殺氣

서울 혜화경찰서는 술을 마시고 동거녀를 폭행해 숨지게 한 혐의로 마흔두 살 홍모씨를 검거했습니다. 홍씨는 지난 1일 새벽 서울 창신동에 있는 자신의 집에서 동거녀 서른일곱 살 이모씨를 여러 차례 때려 숨지게 한 혐의를 받고 있습니다. 경찰은 홍씨가 이혼문제 등으로 갈등을 겪다가 범행을 저지른 것으로 보고 있습니다.

새벽 4시 45분이었다. 토요일, 사람들이 열기를 내뿜을수록 응급실의 나는 시름시름 시들어간다. 물에 젖은 솜처럼 지친 새벽, 구급대에서 한 통의 전화가 온다. 30대 여성의 급사에 관한 소식. 심정지로 추정되는 환자에게 심폐소생술을 하며 달려오고 있다고 한다. 보통 이런 전화를 받으면 수화기를 들어 상황을 듣고 끊는 순간 바로 응급실 문이 열리고 그 사람이 들어온다. 구급대원들은 현장에서 응급처치를 하고, 아직 죽지 않은 자를 들쳐 업고 차에 실어서 의료 지도에 따라 심폐소생술을 시행하다가, 실패할 가능성이 높은 기도 삽관을 시도하고, 현장 상황에 때로는 절망해가며 적막한 도로 위를 요란하게 달려 병원으로 온다. 그리고 마지막으로 하는 것이 병원 통보다. 전화를 받는 순간, 나는 이 모든 과정이 이미 일어났음을 감지해야 한다. 곧 죽어갈 사람이 치열하게 실려와 내 눈앞에 나타날 것을 알아야 한다.

나는 많은 의문 없이 여러 채비를 했다. 큰 각오랄 것도 없었다. 단지, 이런 사람들은 대부분 내가 최선의 노력을 해도 거의 죽어버리므로 죽지 않아야 한다, 최선을 넘어선 최선을 해야 한다, 이런 생각이었다. 지친 몸이 뻿뻿해지고 몸에 힘이 들어갔다.

가운을 벗어던지고, 불투명 라텍스 장갑을 손에 당겨 낀다. 그리고 이를 한 번 악다문 후 응급실 밖으로 나선다. 이미 깊은 새벽이라 오늘은 이 사람을 마지막으로 더이상의 죽음은 없을 것이다. 여름밤은 짧고, 수많은 이들의 유희는 동이 트면 끝난다. 위용을 떨치듯 빨간 글씨로 큼지막하게 쓰인 응급의료센터 간판에도 긴 밤을 지낸 미광微光이 희미하게 비추고 있었다.

곧 오늘 새벽의 주인공이 도착했다. 수화기로 전해들었던 30대 여성을 급히 처치실로 옮기며 그녀를 지탱해온 몸의 부분들을 되짚었다. 하지만, 이미 흉흉한 폐가 같은 반점이 얼굴을 뒤덮고 있었고, 악관절 또한 질긴 고기처럼 굳어버렸다. 적어도 이 사람에게 '최선'이라는 의학적인 고뇌는 필요가 없었다. 이미 그녀는 '이전의' 존재일 뿐이었다.

"이 사람을 발견한 것은 언제죠?"

"30분 전입니다. 숨을 쉬지 않고 있었어요."

"혹시 이 사람과의 관계는 어떻게 되시나요?"

"같이 사는 사람입니다."

"같이 사는 사람을 이제야 발견한 이유는 뭐죠?"

"심하게 다퉜거든요. 벽 하나 사이를 두고 냉전중이었어요."

"아, 이분은 이미 돌아가셨습니다. 진작 모든 것이 정지했고, 그 또한 오래되었습니다. 이렇게 멀리 건너간 사람이 되돌아오는 방법은 없습니다."

나는 그와 몇 마디의 짧은 대화를 나누었다. 하지만 두 사람의 인생을 못박아버리기엔 충분한 말이었다. 한 사람은 다신 돌아올 수 없는 모습으로, 다른 한 사람은 살인자라는 주홍글씨를 달고 세상의 질타를 받으며 감옥에서 썩어가다가 비참한 여생을 마무리하는 것으로. 8월 초하루 전날까지도 그들은 취해서 다투고, 세상을 원망하기도 했겠지만, 시체와 살인자로 남겨질 운명은 상상해본 적도 없을 것이었다. 그것은 인간이 예측할 수 없을 만큼 부지불식간에 눈앞에 와 있었다. 바로 지금처럼.

나는 억한 마음이 들어 그녀의 육신을 면밀히 뒤졌다. 외상이 많지 않았다. 아니 외상이 없었다고 해도 될 정도였다. 사망자들의 몸에 새겨진 구타의 흔적은 쉽게 발견할 수 없는 경우가 많다. 그렇다고 사체에게 묻거나, 사체를 뒤져 검사할 수는 없는 법이다. 그래서 어떻게 죽음에 이르렀는지 나는 알 도리가 없었다. 부검대에서 그녀의 머리와 배를 갈라야 치명상이 무엇이었는지 알 수 있을 것이다. 이 새벽의 급박한 내 소임은 사망진단서를 미상으로 기입하고 출력하는 것으로 끝나버렸다. 도무지 알 수 없어 노력도 불가능한, 참으로 허무한 죽음이었다.

◈

둘이 동거하는 집에서 맥주를 나누어 마신 토요일 새벽, 그들은 여느 때와 다름없이 취한 낯빛으로 말다툼을 했을 것이다. 그러다가 여느 때와 다르게 살기가 담긴 손을 뻗쳤겠지. 취기와 분노가 뒤섞여 어디를 때리고, 또 어디를 맞았는지도 모를 만큼 치기어린 다툼. 그때 그 몰캉한 손이 사람을 죽일 줄 알았을까. 그날만큼은 절대로 다투면 안 된다는 것을 알았을까. 차라리, 8월 초하루의 살기가 그녀를 죽였다고 해야 할 것이다. 일찌감치 동이 평온하고도 침착하게 터오던 새벽에, 세상 한 켠에서 벌어진 예기치 못한 살육의 광기를 나는 그렇게 부를 수밖에 없었다. 그날이, 그저 잘못된 날이었다고.

"진짜 이렇게 포기하는 겁니까? 그냥 이렇게 죽었다고 하는 겁니까? 그 잘난 시도조차 안 해보고, 그게 의사가 하는 일입니까? 네?"

"네, 제가 하는 일입니다. 아무리 의사여도 무덤에서 뻣뻣하게 굳은 사람을 꺼내서 살려내라고 하면 터무니없는 말이겠지요. 지금 이 사람이 그렇습니다. 악관절이 굳어버렸어요. 무덤에 들어갈 사람입니다."

"아아, 이보슈. 무덤에 갈지 우리집에 갈지는 내가 정할 거요. 당신이 그렇게 정하는 게 아니요. 그러면 안 돼. 죽으면 안 된단 말이에요. 아아……."

남자는 아무것도 믿지 못했다. 너무 많은 사실을 한꺼번에 전해듣고 난 뒤 순순히 순응하거나 체념하는 것은 평범한 인간이 할 수 없는 일이다. 그는 안 된다는 탄식을 내뱉으며 내 옷깃을 잡았다가 놓고 무릎을 꿇었다.

"살려야 돼요…… 살려주세요."

"안 됩니다. 불가능합니다."

"아아아……"

그는 급기야 정신을 놓고 미쳐 날뛰기 시작했다.

구급대원이 심폐소생술을 할 때까지만 해도, 자기 연인이 저러다 기지개를 켜고 일어나는 장면을 상상했을 것이다. 침대가 병원 문턱을 넘어갈 땐 이제 살았다고, 잠에서 깨어나는 일만 남았다고 생각했을 것이다. 하지만 나는 그녀의 강직을 보고 고개를 저으며 이 모든 것을 선고했다. 재판이라면 항소할 수도 있고, 돈이라면 다시 벌 수도 있다. 하지만 이 압제자 앞에서는 항소할 수도, 하소연할 수도 없다. 죽음을 되돌릴 수도 그 결과를 바꿀 수도 없다. 모든 의사의 발언은 전부 최종심이다. 그는 조금씩 그런 상황을 납득해갔다.

그가 맨 처음 이해해야만 했던 상황이 무엇이었을까. 자신이 앞으로 살인자의 인생을 살게 되었다는 것일까. 아니면 자신의 연인이 살아 숨 쉬는 걸 이제 다시는 볼 수 없다는 것일까. 그가 당장 생각해야 했던 것은, 눈앞에 놓인 시신이었을 거라고 생각한다. 같이 살다가 갑자기 죽어버린 사람이란 그런 것이다. 싸늘하게 식은 육체를 보는 것만으로도 같이 보낸 시간들을 전부 떠올릴 수 있는 것, 엇갈린 육신이 이제 고스란히 한 사람에게 남는 것. 나의 단호한 통보에 그가 떠올렸을 것은, 이제는 추억 속에서만 반추할 수 있는 그녀의 모습이었다. 그것을 나는 남자에게서 읽을 수 있었다.

그는 일단 시신을 앞에 두고 새된 비명을 지르기 시작했다. 그것은 너무 높고 갈라진 소리여서 그가 낼 수 있는 비명의 한계치인 성싶었다. 몰려든 사람들은 옆에서 그 광경을 가만히 목도하고, 그 괴상한 소리에 귀를 기울였다. 그것은 곧 죽을 사람의 소원을 들어주고, 그 사람을 순하게 대해주는 일과 비슷했다.

모두의 시선 속에서 남자는 자신의 머리를 쥐어뜯었다. 그러고는 큰 동작으로 빙빙 돌며 허우적댔다. "안 돼. 그럴 수는 없어. 죽으면 안 돼. 그런 일은 안 돼." 그는 중얼대다가 급기야 시체에 달려들었다. 그의 옛 연인을 껴안고 보랏빛 반점으로 뒤덮인 그녀의 입술에 입을 맞댄 후 인공호흡을 시작했다. 비틀거리며, 절박하게, 꾹 닫힌 입술 너머로 취기가 남은 숨을 불어넣었다. 숨은 바람이 빠지는 경박한 소리와 함께 허공을 맴돌았고, 시체와 입 맞추는 그 광경을 지켜보던 사람들은 눈살을 찌푸렸다. 몇 명은 이미 고개를 돌려 소생실 밖으로 나가버렸다.

"5분 만입니다. 사체와 둘만 남겨둡시다."

소생실에 있던 모든 의료진이 자신의 자리로 돌아갔다. 나는 시신에 관한 책임자였으므로, 그 살풍경을 마지막까지 지켜보고 있었다. 그는 괴상한 소리를 내고 있었다. 비명, 절규, 이런 단어로도 표현되지 않는 외침이었으므로 뭐라고 콕 집어 부를 수 없었다. 절규가 이미 죽은 상태를 여전히 절규라고 부를 수는 없다. 연인의 부재와 자신의 존재를 전부 일갈하는, 존재에 관한 기담奇談과도 같은 외침의 향연. 정신이 나가버린 넋두리와 춤사위를 펼치며 그는 어디선가 본 듯한 심폐소생술을 따라하다가, 그냥 주먹으로 가슴을 탕탕 치다가, 다시 테이블을 붙잡고 몸을 늘어뜨리다가, 다시 최후의 키스인지 인공호흡인지 모를 입술의 어기적거리는 부딪힘을 반복하고 있었다.

"살아, 살아나란 말이야. 살아야 해. 일어나. 살아야 한다고."

사랑하는 사람의 죽음, 살인마, 사랑하는 사람의 죽음, 살인마. 그의 머릿속에선 이 두 가지 생각이 혼이 빠져나갈 만큼 되풀이해 교차했을 것이다. 그녀만 살아온다면 앞선 것을 전부 면할 수 있다. 하지만 그녀는 어이없이 세상을 떠난 채로 누워 있고, 그 참담하지만 대답 없는 질문들만 남았다.

유희는 오래가지 못했다. 성실한 서울 혜화경찰서 소속 경찰관들은 살인범이 있다는 신고를 받고 곧 응급실로 몰려왔다. 그들은 남자를 연인에게서 끌어내 결박했다. 그리고 시신 근처에 노란색 테이프로 결계를 친 다음 사건을 녹취해 어딘가로 보냈으며, 증거를 수집해 무전기로 시끄럽게 떠들었다. 한 명은 큰 카메라를 들고 와서 육신의 틈을 연속으로 찍어대고 있었다. 큰 반향도 없고, 모든 것이 명백했다. 이 시간을 위해 살인범에 관한 매뉴얼을 숙지했다는 듯 발 빠른 팀워크였다. 사체는 다른 사체가 가는 길을 따라 정리되고, 사건도 그간 해왔던 방법대로 처리되었다. 순식간이었다. 하필 살殺의 날을 택한 그에게 전부였던 마지막 날이 저무는 것은.

한바탕 소동을 겪고 지쳐버린 나는 소란 속에서 사체가 보이는 자리에 엎어져 풋잠이 들었다. 20분쯤 지나 무거운 몸을 일으키니, 시신과 사람들은 이미 깨끗하게 떠난 뒤였다. 소생실 침대는 방금 위생실에서 가져온 하얀 리넨으로 덮여 있었고, 응급실은 휑하니 비어 있었다. 전부 중심을 떠났다. 그 사이에는 아무 일도 일어나지 않았던 것처럼. 그래서 지금은 다른 사체를 기다리고 있다고 말하는 것처럼.

그렇게 두 인생과 비교하기는 너무 짧은 소동이, 간밤에 또 몇 개의 생이 이곳에서 증발해버렸다.

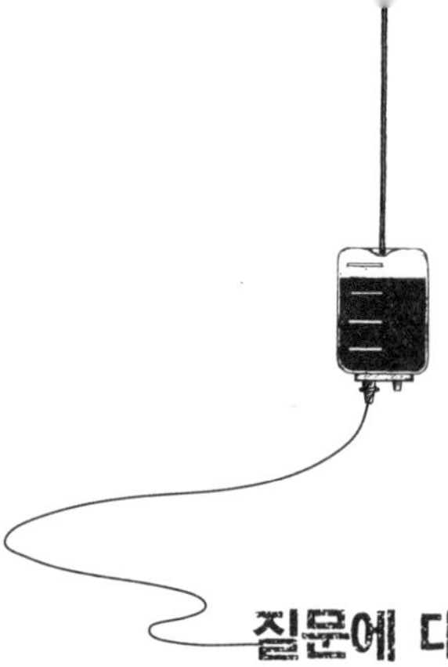

질문에 대한 답은 없다

'의사'라고 하면 어떤 물건이 떠오를까. 새하얀 가운이나 목에 건 청진기? 이제는 잘 사용하지 않는, 머리에 쓰는 동그란 반사경을 떠올리는 사람도 있을 것이다. 하지만 그중에서도 가장 숭고하게 느껴지는 물건은 메스다. 오른손에 메스를 들고 환부를 노려보는 의사의 모습은 청진기나 하얀 가운보다 위급한 느낌을 주면서도 사무적이지 않으며, 공격적이고 치열하다. 하지만 메스는 의료용 '칼'이다. 칼의 용도는 상처를 아물게 하거나 아픈 곳을 찾아내는 것이 아니다. 칼은 그야말로 살을 헤집고 가른다.

잘 벼려진, 방금 소독되어 내 앞에 쨍그랑 하며 떨어지는 날카로운 메스. 나도 메스를 살을 헤집고 가르는 용도로밖에 사용할 수 없다. 나는 메스를 들고 기도 앞쪽의 피부를 잘라 급히 삽관하거나, 상처를 벌리고 헤집고 비틀어 꿰매거나, 이물질을 꺼내고, 정맥관이나 동맥관을 꽂는다. 그 자리는 내가 아물 것이라고 기대하는 자리지만, 분명히 나는 없던 상처를 만들어내거나, 있는 상처를 벌리는 용도로도 메스를 사용한다. 그리고 그 상처가 아물면 흉터가 생긴다.

의도야 어떻든 사람의 멀쩡한 살을 잘라내는 도구가 왜 의사의 상징일까. 그것은 분명히 생명의 위협이 될 수도 있고, 결국 지워지지 않는 흔적을 남기고 말 것인데. 하루에도 몇 개씩 내가 만들어내는 가른 상처와, 남겨질 흉터가 실은 의사로서 내 욕심이 만들어낸 것은 아닐까. 나는 메스를 집어들 때마다 그런 생각이 들었다.

◈

어느 날 티셔츠와 바지에 피칠갑을 한 창백한 얼굴의 20대 여자가 응급실로 실려왔다. 의식이 가물거리는지 멍한 표정과 흔들리는 눈동자로 말을 힘겹게 이어갔다. 술집에서 사소한 말다툼 끝에 날아든 칼을 맞았다고 했다. 상처는 세 곳이었다. 등 쪽 갈비뼈에 한 군데, 복부를 스친 하나, 그리고 마지막으로 복부를 뚫고 들어간 자리.

상처를 입은 환자가 왔을 때, 의사가 맨 처음으로 하는 일은 당연히 그 상처들을 파악하는 것이다. 상처가 깊어 보일수록 면밀히 파악해야 한다. 그렇다고 상처를 파악하는 특별한 방법이 있는 건 아니다. 일단 전체적으로 상처의 위치와 길이를 본다. 그리고 하나하나 상처의 피를 닦고, 최대한으로 상처를 벌려본다. 벌려서 깊이가 짐작되지 않을 경우 그 상처의 너비에 알맞은 두께의 손가락을 골라 상처 사이로 집어넣는다. 손가락으로 그 안을 최대한 후벼서 해부학적으로 안쪽에 있을 법한 구조물을 만져본다. 이건 전혀 잔인한 과정이 아니다. 당연히 이루어져야 하는 일이다.

나는 환자를 보자마자 의료용 장갑을 양손에 꼈다. 그리고 주저함 없이 손가락을 넣어 상처를 휘저었다. 등 쪽의 상처와 복부를 스친 상처는 손가락을 넣자 금방 막혔다. 이 둘은 깊지 않았으므로 생명을 위협할 정도가 아니었다. 하지만 창백한 얼굴로 보아 마지막 상처는 불안했다. 상처 안으로 오른쪽 두번째 손가락이 들어갔을 때, 나는 이 사람이 곧 죽음과 가까워지리라 직감했다. 손가락 끝으로 느껴진 복강은 막 흘러나온 뜨겁고 붉은 피와 찢어진 내장으로 가득차 있었다. 이것 때문이었다. 도착 당시부터 의식이 희미해지고, 혈압이 분 단위로 급강하한 이유는.

의사가 최선의 노력을 한다고 해서 외상으로 인한 실혈失血을 따라잡을 수 있는가? 이것은 나를 오랫동안 지독하게 괴롭힌 문제다. 그리고 이 질문은 처음부터 성립해서는 안 된다. 있다, 라고 답한다면 그간 죽음을 선고했던 수많은 외상 환자들에 대한 나의 실수를 인정하는 셈이다. 내가 최선의 노력을 다하지 못해, 살릴 수 있는 사람을 되돌리지 못한 것이므로. 그러니 이 질문에 대한 답은 무조건 없다, 가 되어야 한다. 그러므로 없다, 라는 답을 얻기 위해서 나는 일말의 불가항력적인 상황도 피해야 한다. 그래서 나는 죽음을 예감한 실혈 환자에게 강박적으로 최선의 노력을 해댄다. 그렇지 않으면 환자의 죽음을 선언하고 정말 어쩔 도리가 없었다는 말을 할 때 의사로서 양심의 가책을 받게 되므로. 의사가 되어, 최선을 다하지 못한 이에게 사망선고를 하는 일은 정말 최악이다. 그것만은 무조건 피해야 한다.

나는 수혈할 피를 잔뜩 신청했고, 서둘러 수혈을 진행하기 위해서 아래 연차 레지던트인 A와 함께 여러 중심정맥관을 잡기로 했다. 중심정맥관은 일반 혈관주사기보다 훨씬 두껍고, 인체의 중앙까지 깊게 들어간다. 중심정맥관으로 수액과 혈액을 넣어 복강을 다 채울 때까지만 버텨준다면 그 압력으로 상처 부위가 자체적으로 지혈되어 어떻게든 살아날 수도 있었다. 게다가 이 여자는 죽기에는 너무 젊었다. 나는 정맥로 확보를 위한 도구를 달라고 소리쳤다. 중심정맥관 카트 두 개가 동시에 도착했다.

인체에서 이 굵은 관을 확보할 수 있는 정맥의 위치는 여섯 군데다. 양쪽 목과 쇄골 아래, 그리고 사타구니. 초음파로 확인하고 정확하게 혈관을 찌르는 방법도 있었지만, 응급상황에서는 위치를 확인할 시간조차 아까웠다. 나는 심호흡을 한 후 가장 확보하기 쉬운 오른쪽 쇄골 아래부터 시작했다. 반대편에서 A는 왼쪽 쇄골하정맥을 시도했다. 환자는 비만 체형은 아니었지만, 실혈로 인해 정맥 내경(안쪽 지름)이 줄어 정맥관 확보가 어려운 상태였다. 나는 상처 안에 손가락을 넣어 확인하듯 굵은 주사기를 그녀의 몸 안에 넣어 혈관을 찾아 휘적거렸다.

오른쪽 쇄골하정맥이 찢어지면서 주사기를 찌른 주위가 금세 부어올랐다. 반대편의 A는 경험이 부족한데다 상황이 급박하다보니 육안으로 보일 정도로 손을 떨었다. A는 왼쪽 쇄골 아래를 반복해서 쑤셔대고 있었지만, 정맥관 확보와는 거리가 멀어 보였다. 손에 쥔 주사기가 피부 밖으로 나왔다가 다시 들어가기를 반복했다. 세번째 시도 만에 간신히 오른쪽 쇄골하중심정맥관이 거치据置되었다. 반대편의 A는 온통 구멍투성이의 멍들고 부어버린 왼쪽 쇄골 부근을 보고 망연자실한 표정을 짓고 있었다. 일단은 준비되어 있는 기계를 가동해서 오른쪽 쇄골하중심정맥관으로 수액을 급속 투여하고 환자의 상태를 확인했다. 맥박이 약했고, 의식이 사라져가고 있었다.

A에게 왼쪽 사타구니에 있는 정맥관을 확보하도록 지시했다. 나는 환자의 입을 벌리고 삽관해 기도를 확보했다. 환자가 병원 침대에 누운 지 몇 분 되지 않은 상황이었다. 혈압은 계속 떨어지고 있었다. 심정지가 눈앞에 임박했다. 나는 다른 카트를 끌어다 놓고 우측 목덜미에 있는 정맥관을 확보하기로 했다. 주사기가 목 한복판으로 급하게 들어갔다. 내 손마저 육안으로 보일 정도로 떨렸다. 미약한 맥을 왼손으로 짚고, 근처에 지나가는 정맥을 찾았지만 좀처럼 혈관이 걸리지 않았다. 첫 시도가 실패로 돌아갔다. 바늘을 급하게 뽑고, 두번째로 바늘을 삽입하던 중 왼손에서 약하게 느껴지던 맥이 사라져버렸다. 심장이 멎는 순간이었다. 제길, 나는 바늘을 내던지고 심폐소생술에 들어갔다.

외상으로 인한 실혈 때문에 일어난 심정지에서 환자가 살아날 확률은 거의 제로에 가깝다. 이것은 앞서 나를 괴롭혔던 질문에서 '심정지에 이를 만한 실혈'이라는 전제를 붙이면 거의 절대적인 답이 될 수 있다. 아무리 최선을 다하는 의사도 죽음을 부르는 실혈량을 따라잡지는 못한다. 게다가 병원에 온 지 몇 분 안 된 환자라면 충분한 대비를 할 수 없어 더더욱 그렇다. 고로, 이 환자의 사망은 거의 확정적이었다.

급히 호출된 다른 의사들이 몰려와 심폐소생술을 벌였다. 모든 이의 가운을 적시고 진땀을 뻘뻘 흘리는 소생술이었지만, 그들 모두 이 환자의 운명에 관해 비슷한 생각을 했을 것이다. 하지만, 변하지 않을 '절대 답'이 머릿속에 들어 있을지라도 모두는 최선을 다했다. 나는 A가 결국 실패한 멍들고 퉁퉁 부은 왼쪽 사타구니를 지혈시키고, 오른쪽 사타구니에 바늘을 찔러댔다. 심폐소생술 중 정맥관을 확보하는 것은 더더욱 어려운 일이다. 환자가 쉴 틈 없이 들썩이는 와중에, 단지 감에 의존해서 바늘을 환자의 몸 안에서 휘젓는 수밖에 없기 때문이다. 결국 오른쪽 사타구니에 두번째 정맥관이 들어갔고, 의사들의 가운이 흥건히 젖었고, 한 더미의 피가 도착했으며, 환자는 죽었다.

나는 한 시간도 채 되지 않는 시간에 환자 하나를 잃었다. 불의의 사고를 겪은 여자로서는 마지막으로 불행한 날이었을 것이고, 나에게도 약간은 불행한 날이었다. 그녀와의 불행의 크기 차이가 너무 심해 나는 죄스러워졌다. 나는, 묵묵히 그녀에게 연결되어 있었지만 이제 아무 쓸모없어진 수액관을 뽑고 남은 부분을 정리하기 시작했다. 심폐소생술로 갈비뼈가 전부 부러져 푹 꺼져버린 가슴팍은 시퍼런 멍이 완연히 돋보였다. 양측 쇄골 아래 부분과 목덜미와 사타구니는 커다란 구멍과 함께 보랏빛으로 난자당한 흔적이 뚜렷했다. 관을 뽑아내자 거무죽죽한 핏물이 배어나왔다. 나는 상처마다 거즈를 눌러 닦았다. 심장이 멎었으므로, 상처에서 흘러나오던 핏물도 곧 멈췄다. 정리가 끝나자, 세상에서 가장 큰 불행을 하루 만에 겪은 그녀 위로 하얀 포가 덮였다. 그리고, 하얀 포를 뒤집어쓴 카트는 곧 영안실로 향했다. 여기까진, 깊은 자상으로 끝내 죽어버린 다른 이들과 크게 다르지 않았다.

몇 시간쯤 지났을까. 응급실로 전화 한 통이 왔다. 검시관이라는, 친숙할 것 같으면서도 의사가 실제로는 접하기 어려운 이의 목소리였다.

"○○ 환자의 사망선고하신 의사선생님, 맞나요?"

"네, 접니다. 제 책임으로 그 환자를 사망선고했습니다."

"여쭤볼 게 있어서 전화드렸습니다. 환자의 상처가 원래 이렇게 많았습니까? 가슴팍은 온통 멍든데다 복부의 자상 외에도, 사타구니와 목, 양쪽 어깨 부분이 무언가로 여러차례 찔려 있네요. 이게 전부 한 사람이 난자당한 것이 맞습니까? 의문스러워서 처음 환자를 본 선생님께 전화를 걸었습니다."

"아…… 그것들은 다 제가 만든 겁니다. 처음 봤을 때 상처는 복부에 세 곳뿐이었습니다. 나머지는 없던 것들입니다. 제 생각엔, 복부의 깊은 자상 한 개가 사망원인으로 보입니다. 나머지는 치료 과정에서 생긴 것이니 검시에선 신경 쓰지 않으셔도 됩니다."

"아, 네. 알겠습니다."

그 사체를 보고 주치의에게 전화한 사람은 초보 검시관이거나, 아니면 꽤나 용의주도한 검시관일 것이다. 왜냐하면 그것들은 병원에서 이루어지는 치료 과정 중에 흔히 생기는 것이니까. 하지만, 내가 주목한 것은 그게 아니었다. 그것들은, 내가 만들어버린 끔찍하다고도 할 수 있는 상처들이었다. 마지막으로 그녀의 시신을 정리할 때 그 흉한 자국들이 못내 마음에 걸렸기 때문이기도 했다. 검시관의 말처럼 내가 만들어놓은 상처까지 합쳐진 그녀의 사체는 끔찍했고, 도저히 한 사람의 몸에 생긴 것이라고 보기 어려웠다. 그 깊은 상처들은 내가 불가항력을 피하기 위해 만들어놓은 것이다. 최선을 다했노라는 변명을 하기 위한 것이다. 어떻게 보면 내 욕심 때문이었다.

그녀가 즉사해버렸다면 그런 난자는 없었을 것이다. 그녀가 살 수 있을 정도로 다쳤다면, 적당한 상처만 입었을 것이다. 그 상처의 주인이 살아 있었다면 나아서 흉터가 될 수도 있었다. 하지만 그녀는 치명상과 더욱 심한 상처를 입고 죽었다. 검시관이 그것을 전부 확인했으므로, 그녀는 살인범이 만든 상처와 내가 만든 상처를 전부 품고 화장장에서 태워질 것이다. 고로 모든 흔적은 불타 없어질 것이다. 하지만 그것이 면죄부일까? 그녀가 몇 개의 상처뿐인 곱고 온전한 모습으로 삶을 마무리하는 것과, 혈관 근처를 온통 난자당한 모습으로 사라지는 것에는 엄연한 차이가 있다. 나는 내 욕심에 지나치게 관대했던 것은 아닌지 생각했어야만 했다. 하지만, 찌르지 않을 수가 없었다. 떨리고 땀에 젖은 손일지라도, 찌르지 않을 수가 없다.

◈

살아남기 위해서 몸에 흉터를 지니고 사는 사람들이 있다. 목 한가운데 기관절개의 흔적이 있는 사람은 적어도 한 번은 스스로 호흡할 수 없었던 사람이다. 의사는 의미 없는 절개를 하지 않는다. 그 흉터는, 그것이 없었다면 그가 호흡부전으로 죽었으리라는 뜻이다. 목덜미에 있는 중심정맥관의 흉터도 그렇다. 그걸 지니고 사는 사람들은, 그 시술이 없었으면 순환부전으로 죽었을 것이다. 내 눈에 그 거친 자국들은 분명히 그렇게 읽힌다. 그것은 이승과 그들을 이은 끈이라고. 나는 그것들이 아물어 희미한 자국으로 남아 나중에 죽음의 문턱을 반추할 수 있는 표식으로 남기를 바라면서 찔러야 한다.

삶이 지루해질 때마다 자신의 어깨 근처를 어루만지며 죽음과 가까웠던 순간을 떠올리면서 자신을 위해 노력한 사람이 있었다고, 그 사람과 자신을 연결해주었던 흉터가 여기 있다고, 그렇게 여길 수 있는 상흔을 만드는 게 나의 일이라고 생각한다.

생각이 마무리되자 마음이 조금 홀가분해졌다. 그리고 나는, 흉터 몇 개쯤 지니고 사는 삶도 크게 나쁘지 않겠어, 라고 혼자 중얼거렸다.

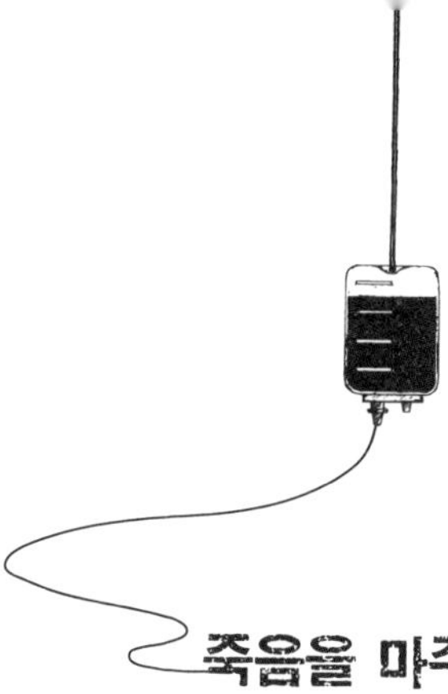

죽음을 마주하는 의식

의학과 전혀 관련 없는 보통사람이 시체에 관해 떠올린다면 곧바로 끔찍한 느낌을 받을 것이다. 죽음 이후 썩어 소멸하는 존재에 대해 구체적이고 실존적인 과정을 언급하기를 꺼리거나 공포스럽게 여기는 것은 당연하다.

의사 역시 실은 보통사람에 지나지 않으므로, 그들에게도 시체를 마주하는 것은 힘든 일이다. 더욱이 이 일은 단순히 시체를 마주하는 데서 끝나지 않는다. 상상할 수 없이 다양한 이유로 죽은 시체들을 눈앞에 두고 침착하게 사인을 밝혀내거나 되짚어가는, 본능에 반하는 일을 수행해야 한다. 그리고 이것은 이 직업을 선택한 이들이 제일 먼저 적응해야 하는 일이기도 하다. 인간의 일이란 자기가 다루고자 하는 대상을 정면으로 마주해야만 이루어지는 것이니까.

사람들은 대체로 자신의 일에 빠르게 적응한다. 의사들도 마찬가지다. 죽음을 마주하는 충격을 직업적인 사명감으로 몇 번 견뎌내고 나면, 어느 순간 웬만한 죽음에는 흔들리지 않는 자신을 마주하게 된다. 대부분이 비슷한 과정을 거친다. 처음 해부용 시체를 마주했던 순간이나, 처음으로 사람에게서 생명이 빠져나가 사체로 변하는 장면을 목격한 순간은 똑똑히 기억할 수 있지만, 어느덧 눈앞에서 죽어가는 사람에게 무뎌지는 자신을 발견하게 된다.

그런 과정을 거치며 나도 점점 무뎌져갔다. 시신이 얼마나 많이 쌓여 있든 전혀 두렵지 않았다. 그게 내가 해야 할 일이었다. 주변 의료진도 마찬가지였다. 시신이 있는 방에서 아무렇지 않게 물품을 정리하고, 컴퓨터 화면으로 다른 환자의 상태를 체크했다. 하지만 좀처럼 익숙해지지 않는 것이 있었다. 내가 책임졌던 사람의 죽음 그 자체였다. 환자가 내 책임이 되고, 내 지시대로 처치한 환자가 죽는 일. 그 일련의 과정은 좀처럼 익숙해지기 어려웠다. 그래서 생긴 한 가지 버릇이 있었다. 내가 직접 입을 열어 사망선고를 내린, 아직은 온기가 남아 있는 시체와 눈을 맞대고 잠시 그 과정을 복기하는 일이었다.

내가 입을 열어 현재의 시각과 살아생전의 이름을 말하는 순간, 그 사람은 공식적으로 죽은 것이 된다. 통곡하던 유가족은 현장 정리를 위해 밖으로 나가고, 의료진은 기계적으로 시체를 정리하기 시작한다. 그리고 나는, 계단식 접이 의자를 가져다가 망자와 눈높이를 맞춘 채, 옆으로 고개 돌린 그 얼굴을 바라본다.

매번 망자의 얼굴에는 사인이 뚜렷했다. 간이나 신장이 문제가 되었다면 얼굴은 노랗거나 검게 떠 있었고, 눈동자까지도 변색되어 있

었다. 노환으로 인한 사망이라면 얼굴은 두개골의 모양과 흡사할 정도로 말랐고, 외상이나 토혈의 경우에는 얼굴이 피범벅이었으며, 음독의 경우는 약물이 입가에서 흘러나오곤 했다. 무표정하게 입을 벌리고 있거나, 핏기가 사라진 얼굴을 끝까지 바라보는 것은 내가 거치는 일종의 리추얼, 즉 나만의 의식이었다.

의료진이 분주히 오가고 소생실 문이 닫혀 밖이 보이지 않는 그 넓은 방에서, 나는 매번 내가 그를 대상으로 지시했던 처치들을 복기했다. 시행한 처치에 따른 타임테이블을 처음부터 끝까지 외워보고, 그의 생체 반응도 전부 되뇐다. 그리고 죽음에 이르는 과정을 겪어낸 이의 얼굴을 다시 한번 교차해 본다. 단순히 서류상의 항목이나 정해진 절차에 따라 벌어진 일이 아니라 살아 숨 쉬던 사람의 일이었다고, 한 번 더 되새긴다.

'방금 벌어진 일련의 과정이 전부 최선이어야 한다. 그렇지 않으면 나는 이 사람에게 부끄러워진다.' 나는 그런 확신이 들 때까지 망자의 얼굴을 바라보곤 했다. 하지만 의학에 있어 확신은 애초에 불가능한 일이다. 아무리 확신이 들지라도 나와 대면했던 사람은 죽었으므로 그 결과를 내가 마주해야 했다.

시체는 두렵지 않지만, 죄스러움은 한없이 두려웠다. 최선을 다했다는 생각이 들어도, 나는 잘못했다고, 인간이 인간을 다룸에 미안하다고 덧붙여 매번 입술을 깨물며 말했다. 시체가 하얀 포를 뒤집어쓰고 영안실로 나갈 시간이 되어 지나가던 간호사들이 나를 두드려 깨우고 시체를 정리할 때까지, 내가 방금 한 일에 대해서 생각하며 이제 막 죽어버린 그 표정의 무게를 내 어깨 위에 얹었다. 나는 이 의식을 치러야만 그 죽음이 이해되었고, 조금은 죄책감을 덜어내고 타인의 죽음을 받아들일 수 있었다.

인간의 것이라고는 믿을 수 없는 일

세상에는 인간이 하는 일이라고는 믿을 수 없을 만큼 잔인한 일이 있다. 그것들은 당연히 맞물려 돌아가는 톱니바퀴의 한 축처럼, 도처에 아무렇지도 않게 널려 있어 사람들에게 힘겨운 책무를 지게 한다. 직접 해보지 않고는 이해할 수도 없고 또 누구도 이해해주지도 않는 잔혹한 일. 그 일을 맡은 사람들도 다른 사람들처럼 정형화된 결과를 정해진 시간까지 토해내야 한다. 그리고 많은 사람들은 점차 무뎌져 처음의 당혹스러움을 잊은 채 그 일을 맹목적으로 해낸다. 하지만 아무리 해도 익숙해지지 않는 일과 아무리 해도 그 일이 익숙해지지 않는 사람은 엄연히 존재한다. 다시 한번 말하지만, 그것은 인간이 하기에는 믿을 수 없이 잔인한 일이기 때문에.

◈

내 업무 중엔 소방대 구급대원이나 응급상황관리사의 심폐소생술 상담을 수치로 평가하는 일이 있다. 심폐소생술 상담이란 이런 것이다. 어디선가 심정지가 발생하면, 신고자는 119에 전화를 건다. 119는 전화를 받아 현장의 상황을 파악한 다음, 가장 가까운 구급대원과 차량을 현장에 급히 파견한다. 심정지 환자가 발생했다는 지령을 받은 현장의 구급대원은 부리나케 위급한 사람을 향해 달린다. 하지만 아무리 빨리 달려도 구급대원이 즉시 눈앞에 나타날 수 없다. 허나, 골든타임이라는 것이 있어 심정지가 발생하면 생존확률은 분 단위마다 기하급수적으로 떨어진다.

최대한 빠른 심폐소생술과 인공호흡, 그리고 제세동만이 빠른 속도로 세상과 멀어지는 사람을 살려낼 수 있다. 하지만 119구급대가 도착할 때까지 현장에 있는 사람은 신고자와 그 주변에 있는 사람뿐이다. 그래서 그들이 필요하다. 일단 출동 지령이 떨어지면, 구급대원이나 응급상황관리사는 전화를 통해 급히 상황을 파악한다. 현재 심폐소생술을 할 수 있는 상황인지, 교육받은 사람은 있는지, 제세동기는 주변에 있는지. 주요한 상황이 대략 파악되면 그들은 이제 심폐소생술을 지시한다. 심폐소생술을 교육받지 않았거나, 한 번도 안 해본 사람이 대부분이므로 침착하고도 정확하게 그 방법을 설명해야 한다.

"자 이제, 환자 옆에 무릎을 꿇고 앉으세요. 손에 깍지를 껴 환자의 가슴 위에 올려놓고 있는 힘껏 눌러야 합니다. 이 속도로요. 하나, 둘, 셋."

이는 반복되는 작업이므로 정해진 매뉴얼이 있다. 파악해야 하는 사항에 대한 알고리즘과, 심폐소생술 지도법도 전부 서면으로 정해져 있다. 구급대원이나 응급상황관리사는 책상 앞에 붙어 있는 이 매뉴얼을 보고 그대로 지도한다. 그리고 나는 매달 한 번씩 이 지역에서 벌어진 백여 개의 심폐소생술 상담 녹취록 파일을 연속해서 듣고, 항목별로 점수를 표기해넣는다. 물론 나도 같은 매뉴얼을 보고 합리적으로 지도했는지 평가한다. 각 사항의 점수도 정해져 있다. 의식을 잘 확인하였으므로 20점, 주변의 제세동기 가능 여부를 묻지 않았으므로 5점 감점, 이런 식으로 무감동하게 서버에 수치화해서 기입하는 역할이다.

맨 처음 이 일이 나에게 주어졌을 때, 나도 남들처럼 이 일을 대수롭지 않게 여겼다. 다분히 기계적인 일이므로 마치 단순 번역하듯 상담을 계량화하면 되지 않겠는가. 그래서 첫날 출근해서 매뉴얼을 숙지하고, 쌓여 있는 백여 개의 파일을 하나씩 열어 무심히 듣고 차례대로 점수를 매겨나갔다.

그리고…… 이것이 크게 잘못된 일이라는 것을 깨닫기까지는 오래 걸리지 않았다. 나는 첫날 몇 시간에 걸쳐 이 파일을 전부 듣고는 간신히 이를 수치화해냈다. 그리고 몇 날 며칠 동안 불면으로 고생했다. 지금은 이 일을 해야 하는 날이 돌아오는 것이 두려워 자주 날짜를 확인하고, 매달 차곡차곡 쌓이는 파일을 보면 소스라치게 놀라곤 한다. 이것은 인간이 인간에게 부여한 지나치게 잔인한 일 중 하나였다.

심폐소생술 지도를 해야만 하는 상황이라는 것은, 지금 심폐소생술을 받아야 하는 사람이 있고, 같은 공간에 그것을 보고 전화하는 사람이 있다는 것을 의미한다. 다시 말하면, 지금 죽어가는 사람과 그 사람을 살려내야 하는 사람이 함께 있는 거다. 목격자의 대부분은 심정지 환자의 곁에 있을 확률이 높은 사람, 생전에 가장 가까이에 있었던 사람이다. 가족이나 연인같이 세상에서 그를 가장 마음속 깊이 사랑하는 사람이라는 얘기다. 그 사람이 갑자기 싸늘한 시체가 되어 있는 것을 보고 가장 먼저 전화하는, 그 통화를 듣는 일이다.

평생 곁에 누워 안온한 잠을 자던 배우자가 아침에 시체가 되어 곁에 누워 있을 때, 집에 돌아왔더니 어릴 적부터 같이 컸던 형제가 목을 매달고 허공에 떠 있을 때, 교통사고로 머리가 터지고 팔다리가 사방으로 떨어져나간 자식을 봤을 때, 목에 이물이 걸려 쓰러진 아이를 봤을 때, 그리고 그것을 살려줄 곳이 하나밖에 없다는 사실을 깨닫고 하는 전화.

그들의 첫번째 반응은 대체로 동일하다. 제발, 아무것도 묻지 말고 빨리 와주면 안 되겠냐고, 도저히 견딜 수도 볼 수도 없으니 제발 지금 나타나주면 안 되겠느냐고 묻는다. 같을 수밖에 없다. 그런 일을 혼자 견딜 수 있는 사람은 없으니.

물리적으로 현장에 도착하기까지 시간은 걸릴 수밖에 없고, 그때까지 당신이 시간을 벌어야 한다는 설득에 마지못해 그들은 사랑하는 사람을 구하러 나선다. 기계적인 상담이지만, 상황은 악화되고, 수신자의 감정은 점차 격앙되어 분위기는 점차 무시무시해진다. 몸을 가누지 못해 비틀거리는 몸짓이나 쿵쿵대는 발걸음이 전해오고, 주변에는 곡소리나 비명소리가 깔린다. 외침이나 고함에 통화가 중단되는 경우도 있다. 그들은 횡설수설하며, 거의 들리지 않는 상태임에도 초인적으로 지시에 따른다. 평생 그 위치를 생각해보지도 않았던, 사랑하는 이의 심장일지도 모르는 곳을 누르면서, 큰 소리로 우는 사람도 있고 알아들을 수 없는 소리를 내는 사람도 있다. 대부분은 흐느끼면서 빨리 도와달라고, 여기 한시 바삐 와달라고 중얼대며 세상에서 가장 처연한 심폐소생술을 이어간다. 팔은 휘청거리고, 앞은 보이지도 않는 인생 최악의 순간에 그들은 누군가와 통화를 한다. 그리고 평생을 두고 잊지 못할 순간들이 고스란히 녹음된, 그 몇백 개의 죽음들이 파일이 되어 매달 내 컴퓨터에 들어온다. 하나하나가 다 괴물 같은 죽음이다. 그것은 언젠가부터 열어 듣지 않아도 나를 노려보고 있다.

나는 매달 하루, 100여 개의 파일을 연속해서 듣는다. 인간이, 같은 인간의 최악의 순간을 여과 없이 듣는다. 음성일 뿐이지만, 전해오는 것은 그 공간이다. 사랑하는 이를 눈앞에서 막 잃어버린 절망이 감도는 공간.

나는 일일이 슬퍼하다가, 슬픔에 지쳐 분노하다가, 분노에 지쳐 허탈해하다가, 내겐 감정의 껍데기만 남는다. 머릿속에는 "우리 오빠가…… 지금…… 목을 매달고……"라든지, "어머니, 대답 좀 해보세요. 아악…… 어머니"라든지, "우…… 우리 아이가 엎어져 강물에 떠 있어요." 이런 말들이 떠돈다. 이 일을 마치면 한동안은 불면에 시달린다. 그 공간이 내 침실에 고스란히 옮겨진 것처럼 나는 매일 밤 몸서리친다.

인간이 무슨 권리로 다른 인간의 여과 없는 마지막 순간을 엿듣는

가. 아니, 이것을 이 악물고 들어야 하는 일이 같은 인간에게 주어지는 것이 정당한 일인가. 하지만, 나에게서 모든 게 빠져나가 빈껍데기만 남을지라도 해야 한다. 인간에게 고통이 있고 그것이 조금이라도 덜어지는 일이라면.

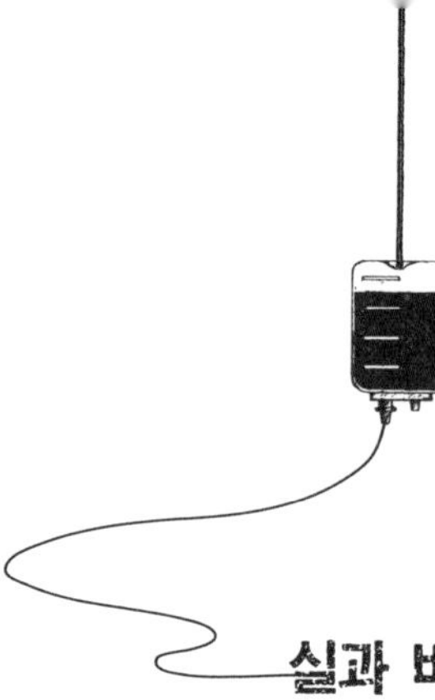

실과 바늘
그리고 지독한 진실

예수. 그의 첫인상은 예수였다. 가시나무 면류관을 뒤집어쓰고 십자가에 사지를 못박힌 채 흘러내린 피로 얼굴과 팔다리가 뒤덮인 뼈다귀만 남은 남자. 정확히 주님의 형상으로 그는 내게 왔다. 하얗게 센 봉두난발과 아무렇게나 자라 목덜미까지 내려오는 흰 수염, 벌거벗은 상체에 넝마 같은 바지만 걸친 그 사람은 인생 전체가 고단했음을 보여주듯 얼굴이 주름으로 가득했고, 그것들은 지나치게 움푹 패여 어떤 노력으로도 웃는 얼굴을 만들어내지 못할 것만 같았다. 훤히 드러난 상체는 갈비뼈의 형태가 선명하게 보일 정도로 말라 있었다. 뼈 사이는 하나같이 깊은 고랑을 이루었는데, 그가 마지못해 숨을 쉴 때마다 갈비뼈가 제각기 위태롭게 흔들렸다. 결정적으로 그의 양쪽 손목과 팔목, 그리고 얼굴과 목 부근에서는 끊임없이 피가 흐르고 있었다. 이미 사지와 목덜미도 그가 흘린 피로 범벅이었다. 흰 수염과 봉두난발에 검붉은 피가 지저분하게 얼룩져 숭고해 보이기까지 했다. 그야말로 주님의 형상이었다. 만백성의 죄를 전부 짊어지고 자신의 목숨을 희생해 십자가에 못박혀 잔인하게 죽어간, 오, 주님.

그 77세의 노인이 만백성이 아닌 자신을 위해 죽으려고 했다는 사실이 곧 명확해졌다. 보호자들은 예수를 둘러싸고 한숨을 짓거나, 혀를 끌끌 차댔다. 죽고자 하는 열망의 표현이 지겹고 진부한 놀이라도 되는 것처럼, 왜 가만히 있어도 곧 죽어버릴 노인이 매번 다른 방법으로 죽음을 시도해야만 하는지 전혀 이해하지 못하겠다는 표정으로. 그들은 한꺼번에 몰려와 이번에도 자살 시도를 하셨으니 빨리 치료해달라고만 했다. 아마도 숱한 시도의 연장인 듯싶었다. 나는 곧 모든 상처를 파악하기 시작했다.

피가 많이 난다고 해서 반드시 깊은 상처인 건 아니다. 요란하게 피를 뒤집어쓰고 온 사람일수록 흥분하지 말고 찬찬히 살펴야 한다. 옆에 떨어져 있던 것은 대못이 아닌 식칼이었다고 했다. 그걸로 얼마나 많이, 깊게 손발을 저몄느냐가 관건이었다. 나는 아예 큰 양동이에 물을 받아다 옆에 놓고 핏자국을 닦아내기 시작했다. 자살하려는 사람의 특징인 세로로 나란히 그어진 상처가 사지에서 나왔다. 자살 시도하는 과정이 잘 정리된 한 편 한 편의 슬라이드가 되어 연속된 장면으로 고스란히 내게 떠올랐다. 마치 저주받은 능력처럼.

◈

그는 죽겠다는 마음을 굳건히 먹었다. 어느 때건 같은 생각이었다. 감시하던 가족들이 외출하자 그는 주방에서 잘 벼른 식칼을 한 자루 들고 방으로 돌아온다. 오른손잡이였으므로 식칼을 오른손에 들고 기도한다. '주님, 성공해서 곁에 머물게 해주소서.' 그는 날을 아래로 향하게 잡고 힘 있게 왼쪽 손목을 썰어냈다. 왼쪽 손목에는 제법 깊은 상처가 나서 인대 몇 줄이 끊긴 활시위처럼 튕겨나가고, 정맥이 썰려 피를 뿜는다. 하지만 동맥을 완전히 썰어버리는 것은 의학 지식이나 힘이 부족한 일반인은 대개 성공하지 못한다. 77세 노인의 칼질이 동맥을 써는 것은 처음부터 무리였다. 하지만 그는 이제 손목을 그었으니 죽을 것으로 판단하고 칼을 놓고 기다린다. 정신이 몽롱해져야 하는데, 오히려 더 또렷하고 선명하다. 왼쪽 손목에선 출혈이 되려 줄어들고 있다. 아무 일도 일어나지 않는다. 안 된다. 이미 그는 돌아올 수 없는 강을 건넜고, 이번에는 무조건 죽어야 했다.

그는 다급해진다. 이대로 가다간 왼손만 조금 불편해진 채로 살아남을 것이다. 재차 살아서 남은 자식들을 대할 면목도 없다. 자기가 죽고자 결심하고 행했던 모든 일들이 머릿속에 스쳐지나간다. 이번엔 달라야 한다. 그는 오른손으로 다시 식칼을 들어 발목을 썰기로 한다.

하지만 발목은 손목처럼 연한 부위가 없다. 뒤쪽은 각도상 썰기 불편하고, 앞쪽은 딱딱하다. 그는 일단 손에 닿기 편한 왼발의 앞쪽 이음새를 썰어본다. 칼은 발목 앞에 툭 튀어나온 힘줄을 하나 끊어낸다. 그러고는 더이상 들어가지 않는다. 애초에 그 부위는 수술방에서 톱으로 썰어도 잘 안 썰리는 곳이다. 고로, 그의 다른 시도도 전부 찰과상에만 그친다. 그는 왼쪽 발목을 포기하고, 남은 오른쪽 발목을 각도에 맞게 썰어본다. 하지만, 왼쪽 발목과 다를 것이 없었고, 오히려 더 불편했다. 이번에는 인대 하나 끊어내지 못한다. 생채기만 나서 피만 조금 흘렸을 뿐이다.

그는 무슨 일이든 더 해보기로 한다. 이대로 포기할 수는 없었다. 그에겐 아직 멀쩡한 오른쪽 손목이 남아 있으므로. 이곳만 더 썰면 출혈이 누적되어 죽을 수 있을지도 모른다. 오른손에 칼을 쥐고 오른손을 썰 수 없으므로 칼을 왼손으로 바꾸어 쥔다. 하지만, 앞서 말한 것처럼 그는 오른손잡이다. 그리고 왼손의 인대는 이미 몇 개가 끊긴 상태다. 멀쩡한 손으로도 하지 못한 일을, 성치 않은 왼손이 해낼 수 없는 것은 지극히 당연하다. 억지로 왼손에 쥐어진 칼은 오른쪽 손목의 모세혈관 몇 개만 끊어내고 제 일을 멈춘다.

그는 가죽이 벗겨진 사지와, 선명해지는 정신에 당혹감과 부끄러움을 참을 수 없었다. 죽지 못해서 받을 손가락질이 두려웠다. 처음부터, 어떤 이유로든 살고 싶지 않았다. 그는 피범벅이 된 오른손으로 다시 칼을 집어든다. 그리고 충동적으로 목울대 부근을 긋는다. 목을 긋는다면 무조건 죽을 수 있다는 생각이었다.

의학적으로 목을 그어 죽으려면 정면을 비껴 옆으로 동맥을 썰어야 한다. 아니면, 정 중앙을 찔러 기도가 밖과 통하게 해야 한다. 그렇지만 나는 자살한 사람의 시신 중에서 자신의 목을 썰거나 찌른 사람을 본 적이 없다. 그러한 시도조차 보기 힘들다. 왜냐하면, 인간은 본능적으로 시신이라 할지라도 자신의 모습이 추해지는 것은 두려워하기 때문이다. 자살 시도자가 정확하게 세로 방향으로만 손목을 긋는 것도 같은 이유에서다. 그래서 오른손에 칼을 쥔 채로 자신의 신체 중 어디든 찌를 수 있다고 생각할 때, 사람들은 왼쪽 손목이나 복부를 택한다. 목을 선택할 수 없는 것은, 자신이 칼을 들고 있다고 상상해보면 자명해진다. 스스로 자신의 가장 연약하고 취약한 부위를 훼손할 수는 없다. 고로, 자신의 목을 그어 죽는 것은 어떤 의미에서는 금기다. 절대 그런 일을 벌이지는 못한다. 성공한다면, 그는 인간의 경계를 넘어선 이다.

그는 주님도, 그렇다고 초인도 아니었다. 절망스럽고 다급한 77세의 노인이, 피 흘리는 오른손 아귀의 힘으로 자신의 목을 꿰뚫을 리 만무했다. 목울대의 피부가 몇 차례 벗겨진 후, 그는 칼을 던지고 자리에 드러눕는다. 죽고자 했던 열망이 남긴 피로와 상처들이 주는 압박에 완전히 탈진해버린다. 그래서 주님께 가까이 가지 못한 예수가 탄생했다. 그는 십자로 누워 사지에 피를 흘리는 반주검의 모습으로 집에 들어온 가족들에게 발견되어 병원으로 실려왔다.

"씨발. 죽는 것은 불가능한 거요? 이렇게까지 했는데 내가 지금도 지껄일 수 있고, 손발이 움직이면서 살아 있어야 하오? 으아아아, 씨발."

그는 외모에 어울리지 않게 육두문자부터 내뱉었다. 하긴, 사지를 빼놓지 않고 훼손한 일은 나도 처음 보았다. 그 죽고자 하는 계획과 열망도 대단했을 것이고, 실패의 낙담 또한 컸을 것이다. 이런 꼴에 욕을 조금 더 한다고, 그게 이 사람에게 무슨 대수일까.

"사지를 끊어 자살 시도하신 분들은 대부분 실패합니다. 사람을 괴롭게만 만들지요. 괴롭지만, 살아납니다."

"그런 식으로 말하지 말고, 제발 부탁이오. 어떻게 해도 죽을 수가 없어. 갖은 방법을 다 써봤소. 죽는다는 것마다 다 처먹어도 멀쩡했단 말이오. 이 방법도 안 통하다니, 절망적이오. 그러지 말고 죽는 방법을 바로 알려주시오. 확실한 방법으로. 당장 죽을 수 있는 걸로 알려달란 말이오."

"일단 이 방법이 확실하지 않다는 것만 알려드리지요. 진짜로 죽으려면 다시는 손목을 긋지 마세요. 불가능합니다. 왜 그렇게까지 인생을 끝내야 하는지 잘 이해할 수가 없네요."

그의 절반도 살지 않은 내가 인생까지 언급하면서 툴툴대며 답했다. 하지만, 이해할 수 없다는 말은 진심이었다.

상처는 허무하게 얕았다. 그 깊이가 목숨에 가닿기에는 당치도 않았다. 나는 십자가에 못박힌 모양으로 누운 그에게 달려들어 실과 바늘을 들고 기계적으로 상처를 메웠다. 그가 주님이었거나, 주님 곁에 있었으면 이런 수모도 없었을 것이다. 인대는 가볍게 끌어당겨 붙였고, 상처마다 서너 바늘이 오갔다. 순식간에 그의 손과 발이 피부로 덮였다. 그가 갖고자 했던 상처의 간격이 사정없이 매몰되었다. 그는 생각에 잠겼는지 꼼짝하지 않고 바늘의 움직임을 받아냈다. 세상에 돌아왔으니, 반항할 도리가 없었다.

정신과 치료는 완강히 거부했으므로, 내가 할 수 있는 것은 봉합밖에 없었다. 정신과 면담은커녕 대화 자체가 불가능했다. 그는 죽고자 하는 방법을 물은 후엔 절대로 입을 열지 않았다. 보호자들은 얼른 그를 집에 데리고 가서 가둬놓을 생각뿐이었고, 예수님도 다시 방에 갇힐 생각뿐이었다. 무딘 칼날처럼, 어떠한 이해도 그를 파고들어갈 수 없었다. 나는 더이상 묻지 않고 기계처럼 말했다.

"봉합 위치가 많습니다. 2~3일에 한 번씩 소독을 하고 10~14일 후에 봉합된 것을 풀어야 합니다. 인대까지 봉합했으니까 최대한 움직이지 말고 손을 움직이는 데 불편한 점이 있으면 추후 내원해주세요. 덧나고 염증이 생길 수 있으니 실밥을 다 풀 때까지 항생제를 꼬박꼬박 드셔야 합니다. 봉합 후에도 치료 잘 받으시구요. 침상 안정이 필요하고요."

"허허허, 소독이라…… 허허……"

피를 닦아내서 깔끔해진 그는 부활한 예수처럼 집으로 비틀거리며 걸어나갔다. 그가 떠나고도 그날 나는 자살한 사람 몇 명을 더 받아냈다. 그리고 그 사람들 모두가 내 곁에서 떠나버렸다. 집으로 가버리거나, 죽어버리거나. 나는 내 인생에서 영영 사라져버린 그들을 생각했다. 그리고 그에 대해서도 생각했다.

◈

그 예수는 식칼을 뽑아들고 목젖까지 치밀어오르는 고독을 느꼈다. 그는 이를 악물고 주님을 갈망하다, 80여 년간 죽기 위해 살아왔다는 것을 깨달았다. 그는 죽기 위해 과거를 근거 삼았다. 그는 언제나 위태롭다고 느꼈으며, 자신을 부정했고, 한 사람을 미칠 만큼 증오했으며, 배신에 치를 떨었고, 종국에는 숨을 쉬는 공기조차 역겹게 느꼈을 것이다. 장고 끝에 그가 내린 결론은 그에게는 너무 당연한 것이었고, 식칼을 들어 자신의 손목을 써는 순간 그 결정에 한치의 흔들림도 없음을 알았다. 적어도 내 앞에 나타나기 전까지.

하지만 그가 세상으로 돌아온 곳은 그와 같은 결심을 했던 사람들이 줄을 서서 기다리는 곳이었다. 가운을 입은 문지기는 서류를 받아 읽듯이 그를 보고, 그가 침묵으로 일관하자 그를 내쳤다. 이 세상의 모든 문지기는 그런 역할을 한다. 세상이 침묵하는 그를 구제할 방법은 전혀 없다. 그에게 줄 수 있는 것은 날카로운 바늘과 실, 그리고 지독한 진실뿐이었다.

그는 다른 궁리를 시작했을 것이고, 그의 수명과 죽고자 하는 열망 중에 어떤 것이 승리할지 나는 알 수 없다. 하지만 이 이야기를 쓰는 동안에도 나는 그 예수가 마음속에서 이미 죽어, 주님 곁에 누워 있던 사람임을 믿어 의심치 않는다.

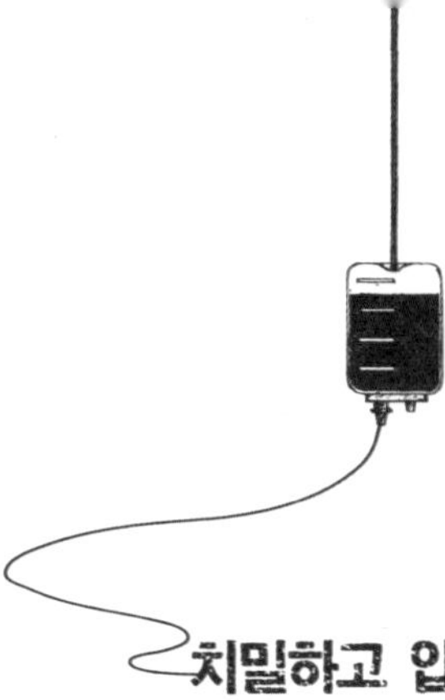

치밀하고 압도적인 스위치

여든 살까지 사셨던 할머니가 있었다. 오남매를 키워냈고, 다른 가정처럼 다툼도 있었지만 대체로 화목하게 지냈다. 그럭저럭 손주들까지 커가던 어느 무렵 할머니는 병들어갔다. 어느 날부터 혈압약을 드시기 시작했고, 언젠가부터 허리가 아프다고 하셨으며, 습관처럼 기운이 없다고 말씀하셨다. 나이가 들어 소멸해가는 노인의 전형적인 경과였다. 하지만 허리가 굽고 자주 누워 지내야 했음에도 정신만은 또렷했다. 할머니를 모시고 사는 가족들은 한 번도 그녀를 환자로 생각하지 않았다. 그냥, 나이가 드셔서 몸이 불편한 어머니거나 할머니일 뿐이었다. 나름대로 평화로운 삶이었다. 하지만 언제나 마지막은 예기치 못한 순간에 온다.

할머니는 가족들과 아침식사를 하고 있었다. 평소처럼 할머니는 천천히 자신의 밥그릇에서 밥을 떠서 삼켰다. 그러다 갑자기, 수저를 떨어뜨리고 양손으로 자신의 목을 싸맸다.

"컥…… 컥."

온가족의 시선이 그녀를 향하고, 그녀는 식탁 의자에서 굴러떨어졌다. 앞에 앉아 있던 아들은 순간 피가 머리끝까지 치솟았다. 그는 수저를 내던지고 벌떡 일어나 어머니에게 달려갔다. 가족들의 식탁 의자가 사방에 널브러졌다. 하지만 당황한 그는 어머니를 정확히 어떻게 처치해야 할지 몰랐다. 그의 머릿속에서 1분 1초가 큰 소리로 째깍거렸다. '안 돼, 어머니.' 그는 일단 죽어가는 어머니를 뒤에서 안고, 자신이 지닌 모든 힘을 다해 조였다. 그녀의 흉부가 우그러지고, 갈비뼈가 순서대로 부러져나갔다. 하지만, 축 늘어진 어머니는 미동도 하지 않았다. 아내는 울면서 수화기에 대고 비명을 질렀고, 그는 누군가 도착할 때까지, 힘이 다할 때까지, 하던 일을 반복했다. 완전히 늘어져, 전신이 파랗게 변해가는 어머니를 뒤에서 붙들고선.

여든 살의 육신은 간신히 숨만 붙어 있었다. 기도 폐색에 의한 심정지. 목격자가 즉시 이물을 빼내려고 시도했으므로, 운이 좋았다면 멀쩡하게 살아날 확률도 있었다. 하지만 여든 살은 삶보다는 죽음에 훨씬 더 민감하게 반응하는 나이다. 숨구멍이 틀어막히는 순간, 마음보다는 몸이 너무 빨리 삶을 놓아버린다. 교환되지 않는 산소와 이산화탄소, 썩기 시작하는 뇌 조직, 멈춰버리는 심장, 그리고 죽음. 순식간에 도미노가 넘어가듯이 이것들은 순서대로 진행되었다. 그나마 눈앞에 있던 아들이 뛰어나가 이 과정을 가로막았다. 그래서 어머니는 죽음으로 굴러떨어지는 이 과정의 어디에선가 멈춰 섰다. 그것이 바로, '간신히 숨만 붙어 있는' 상태였다.

이 육신에서 적어도 한 번은 심장이 멈췄다. 구급대원은 무수축 상태를 기록한 종이를 내밀었다. 그것은 긴 종이에 평행선을 그은 단순한 기록이었다.

"현장은 아수라장이었습니다. 아드님이 죽어가는 어머니를 껴안고 있었습니다. 처치를 하자, 무수축 상태가 얼마 지나지 않아 돌아왔습니다. 그러고는 이 상태로 이송했습니다."

할머니는 흉부 가운데가 푹 꺼진 채로 중환자구역 침대에 누웠다. 손발의 살이 가엾게 말라 그녀의 상태를 짐작하게 했다. 의식이 없고, 자극에도 반응이 없었다. 호흡만 미약하게, 그것도 누가 지켜보자 마지못해 하고 있는 것 같았다.

"아드님이 어머니를 일단 살려내셨습니다. 아드님이 아니었다면, 즉사하셨을 겁니다. 이제는 저희가 최선을 다해 치료하겠습니다."

"바로 처치했으니 어머니는 살아나시는 겁니까? 어떻게 되는 겁니까? 확률이라도 알려주실 수 있을까요?"

"이제 48시간 정도는 의식이 얼마나 회복되는지 봐야 합니다. 여든 살은 뇌 손상에 너무 민감합니다. 애초에 우리나라에서 병원 밖 심정지가 회복될 확률은 2퍼센트 정도입니다. 여든 살이 넘은 경우엔 그 수치는 절망적으로 떨어져 0.5퍼센트 미만이 됩니다. 저도 한 번도 본 적이 없습니다."

"살려본 적이 없는 환자라는 말씀인가요?"

"아니, 아닙니다. 다만, 환자가 살아나지 않았던 것입니다."

할머니는 내 이름으로 수속해서 중환자실에 눕혔다. 이미 심박이 돌아온 환자에게 내가 할 수 있는 것은, 그것을 잘 유지하는 일뿐이었다. 의사가 생명을 붙들고 있으면, 환자가 그 줄기를 붙들고 깨어나는 것, 그게 유일하게 살아나는 방법이다. 하지만 통계적으로 할머니가 살아날 확률은 끔찍할 정도로 낮았다. 뇌 손상이 어떤 방식으로 찾아올지, 그게 할머니에게 어떤 영향을 미칠지 지켜봐야 했다.

어머니의 갈비뼈를 부수고 죽음을 가로막은 아들, 한 번도 살려보지 못한 상태의 환자, 나는 지극한 마음으로 최선을 다해야 했다. 그렇지 않으면, 나는 다른 때처럼 견딜 수 없을 것 같았다.

오남매는 생업을 내던지고 즉시 병원으로 달려왔다. 기다리고 있던 큰아들은 나에게 들었던 그 잔인한 확률까지 덧붙여 현장 상황을 전했다. 일단 그들은 어머니를 보고 오열했다. 어머니의 임종을 곁에서 지키는 것은 자식된 도리였다. 48시간 이내에, 압도적으로 높은 확률에 따라 어머니가 돌아가신다면, 곁을 떠날 수는 없었다. 그들은 그 순간부터 병원에 기거하는 생활을 시작했다. 그리고 나도 입원 환자가 생겼으므로 모든 오프를 반납했다.

많은 이의 희망과 절망을 품은 채 할머니는 중환자실에 누워 있었다. 입원 후 몇 시간 동안은 생체 징후가 다소 안정되어 보였다. 나는 그녀의 풀린 눈을 보며, 이대로 깨어나지 않는다면 죽음 직전까지 이 모습으로 살 거라는 섣부른 생각을 하고 있었다. 보호자에게 내용을 충분히 설명하고, 나는 중환자실을 떠나 응급실에서 진료를 하고 있었다. 그리고, 그녀가 경기를 시작했다는 첫번째 연락을 받았다.

중환자실에 가 보니, 그녀는 차분하게 전신을 떨고 있었다. 손발이 푸덕거렸고 침대가 규칙적으로 들썩였다. 심정지에서 돌아온 환자에게 흔한 증상이었다. 경기란 뇌의 신호체계가 엇갈리고 있다고 온몸으로 표현하는 것이다. 마치 본체의 시스템이 망가져 화면이 엉망진창이 된 컴퓨터와 비슷하다. 심정지는 즉시 뇌에 저低산소성 손상을 일으키고, 뇌 손상은 곧 몸의 수많은 체계 오류를 가져와 이는 전신의 뒤틀림으로 표현된다. 물론 거기서 더 심해지면 당연히 사람은 죽거나 식물인간이 된다. 죽지 않은 사람만이 육체의 뒤틀린 표현이라도 할 수 있다. 심정지를 겪은 인체가 뇌 손상을 파악하고 각 기관이 제 역할을 인지하는 과정에서 신호체계는 당연히 뒤엉킨다. 그리고 신호를 잘못 받은 인체의 각 기관은, 갖가지 방향으로 경련한다. 그러니 뇌가 망가진 사람은 어떤 끔찍한 것이든 될 수 있다. 발작은 그중에 가장 흔한 일이다.

나는 프로토콜대로 항 경련제를 처방했다. 초기에 권고되는 약, 그리고 두번째로 권고되는 약까지 순서대로 투여되도록 했다. 그리고 증상을 지켜보기로 했다. 경기는 그 정도 약이 들어가면 대부분 멈춘다. 나는 응급실에서 내 일을 하면서 경기가 멈추기를 기다렸다. 그리고 한 시간 후 중환자실에서 연락을 받았다.

"멈추는 듯하더니, 할머니가 아직도 경기하고 있어요."

이번에는 급한 마음에 중환자실로 올라갔다. 여전히 할머니는 차분하게 전신을 뒤흔들고 있었다. 간호사들은 할머니가 여기저기 부딪혀 멍들지 않도록 사지를 침대 난간에 묶어놓고 있었다.

"한 시간…… 두 가지 약…… 벌써 간질중첩증Status epilepticus이군. 세번째 약과 네번째 약을 쓰고, 용량을 두 배로 증량할게요."

하지만 한 시간이 넘게 경기하는 사람은, 보통 몇 시간이고 경기할 수 있다. 나는 그녀 옆에 자리를 지키고 항 경련제의 반응을 확인했다. 하지만 멈출 기미가 없었다. 그녀는 충혈된 흰자위를 치켜뜬 채로 여전히 몸을 뒤틀어댔다. 마치 자식들에게 그 모습을 보이려고 면회 시간까지 버텨낸 사람처럼 전신을 떨어대고 있었다.

"어…… 어머니가 지금 뭐 하시는 건가요?"

"경기하시는 겁니다. 심정지 이후에 흔하게 오는 증상입니다. 하지만 좀 길게 하시는군요. 투약을 전부 마치고 반응을 기다리고 있습니다."

"얼마나 저러고 계신 건데요? 저게 나아질 수 있는 건가요? 만약 나아진다면…… 어머니는 살 수 있는 건가요?"

"이미 몇 시간이 되었습니다. 솔직히 말씀드리면 경기를 한 지 한 시간만 지나도 생명은 위독해집니다. 두세 시간이 넘는다면 더 위독해지겠지요."

"입원할 때부터 살아날 가능성은 거의 없다고 하셨잖아요! 그런 노인네가 이렇게 경기를 하고. 그렇다면 무조건 죽는다는 것 아닌가요?"

"그건, 모르겠습니다. 사람의 생명은 언제나 변수가 너무 많아요. 일단 경기부터 멈추고 봐야 할 것 같습니다. 최선을 다해보겠습니다."

"어머니가…… 너무 끔찍해요……"

면회는 점심과 저녁, 하루에 두 차례 있었다. 할머니가 낳은 오남매와 사위, 며느리는 중환자실 보호자 대기실에 둥그렇게 진을 치고, 컵라면으로 허기를 때우며 하루 두 차례의 면회와, 어머니의 회복, 아니 혹시 올지 모르는 죽음을 기다렸다. 하지만 면회시간에 본 어머니의 모습은 경악스러웠다. 한 사람의 안위를 위해 기다리고 있는 사람들, 하지만 그 한 사람의 상태가 끔찍하다는 것이 이들의 분위기를 침통하게 만들었다. 가족들은 이제 내가 지나갈 때마다 전부 일어나 환자의 상태를 묻기 시작했다. 전형적인, 암울한 상황에 놓인 지극한 보호자의 모습이었다. 경기를 끝내야 했다. 그것은 환자를 죽음으로 밀어넣을 뿐만 아니라, 지켜보는 보호자와 모든 사람을 죽음으로 끌고가려는 듯 괴롭히고 있었다. 무슨 수를 써서라도 그것을 끝내야 했다.

나는 응급실 한 켠에 앉아 논문 더미를 읽어내려갔다. '비정상적으로 지속되는 간질…… 간질중첩증에는 항 경련제를 순차적으로 쓴다. 네 가지 이상 약물의 역가가 돌아도 멈추지 않으면, 벤조다이제핀을 증량한다. 두 배에서 네 배, 네 배에서 여덟 배, 여덟 배에서 열여섯 배, 열여섯 배에서 서른두 배.' 나는 가이드라인대로 약을 증량했다. 보통의 용량이라는 것은, 보통의 경기라면 그 정도의 양으로 멈춘다는 뜻이다. 하지만 나의 불길한 예감대로, 할머니는 서른두 배로 농축된 항 경련제를 맞고도 끄떡없었다. 벌써 열두 시간이 지난 깊은 밤이었다. 나는 신경과 동료에게 전화를 걸었다.

"지금 내 환자, 심정지 후 뇌 손상으로 인한 간질중첩증인데 열두 시간째 경기하고 있어. 벤조다이제핀을 서른두 배로 쓰고 있는데도 계속하고 있다고. 이거, 어떻게 해야 할까."

"서른두 배? 병원에 그만한 양이 있었단 말이야? 아마 그 사람은 전국에서 가장 많은 양의 벤조다이제핀을 맞은 사람일 거야. 그 정도 양이면 뇌가 통째로 멈춰버릴 건데, 아직도 경기를 한다고? 글쎄……"

"응. 굳건하게, 열두 시간째 하고 있어. 교과서에 다른 말은 없어?"

"그 정도부터는 더 해줄 게 없어. 왜냐하면 거의 죽어버려. 그래서 경기가 자연스럽게 멈추지."

"보통은 죽는다고…… 죽으면 경기는 멈추니까…… 그래, 알겠어."

나는 깊은 새벽 중환자실 침대 앞에 서 있었다. 침대 머리맡에는 주치의란에 내 이름이 쓰인 종이가 펄럭이고, 할머니는 숭고한 의식을 치르듯 전신을 떨고 있었다. 경기하는 사람을 누구나 한 번쯤은 봤을 것이다. 사람이 갑자기 바닥에 쓰러진다. 목이 젖혀지고, 눈이 뒤로 돌아가고, 혀를 빼물고, 침을 흘린다. 사지를 한데 웅크린 채로 위아래로, 앞뒤로, 때로는 아무렇게나 허공에 흔들어댄다. 그 믿을 수 없는 강한 완력으로, 주위 사물에는 아랑곳하지 않고 부딪혀 살을 터뜨리면서 전신을 떤다.

일반적인 경기는 5분이면 끝난다. 경기에서 돌아온 사람은 한동안 신호체계가 뒤엉켜 정신을 차리지 못한다. 얼굴과 전신이 늘어진 채로 죽음에 이르렀지만 다시 돌아오는 길인 것처럼. 그 끔찍한 모습으로 누워 있게 된다. 그래서 고대 이집트에서는 경기를 '신을 마주하고 오는 일'이라고까지 불렀다. 인체에 일어나는 폭풍 같은 일.

하지만 5분도 버텨내기 힘든 일을 심정지를 겪은 여든 살의 할머니가, 열두 시간이 넘게 하고 있었다. 어디서 저런 기력이 나올까. 뇌의 신호가 엉켜 경기를 만들어냈을까, 아니면 전신의 신호가 엉켜 또 다른 경기를 만들고, 그것이 뇌를 곤죽으로 만든 것일까.

주름진 얼굴의 흰자위뿐인 눈은 그저 시뻘건 충혈체가 덜덜 움직이는 것으로 보였다. 혀를 깨물지 않도록 손가락 두 개만한 관이 입안을 틀어막았고 진동하는 혀는 입안에서 메말라 짓눌려 있었다. 그 사이로 침덩이가 쉴 새 없이 흘렀다. 주름진 얼굴 근육이 오랜 시간 요동치는 바람에 이제 얼굴은 가장 고통스러운 표정으로 굳어버린 상태였다. 사지는 더 비참했다. 네 모서리마다 하얀 리넨으로 묶인 팔다리는 시퍼런 멍투성이로 살갗이 벗겨진 채 온갖 관절이 비틀려 평소라면 움직일 수 없는 각도로 돌아가 있었다. 그리고 근육의 무리한 사용으로 사지가 안쪽에서 터져나가 전반적으로 퉁퉁 부어 있었다. 팔다리가 연결된 침대는 할머니의 움직임에 따라 삐걱거리며 요동치고, 전신의 몇 안 되는 허성거리는 털이 빠져나와 흩날리고, 그 와중에도 대소변은 쉴 새 없이 흘러나와 악취가 진동했다. 나는 이 기괴한 모습에 눈을 돌려 침대 머리맡을 바라보았다. 인쇄된 내 이름이 부들거리며 떨리고 있었다.

더이상 처치할 것이 없었다. 더 많은 항 경련제를 투여하면 뇌는 멈춰버릴 것이었다. 이 모습을 참고 기다려야 했다. 나는 병원 한 켠의 좁은 방에서 아침까지 쪽잠을 청했다. 깊이 잠들 수가 없었다. 가슴이 요동치고 뇌가 멈추는 느낌이 들었다.

다음날 아침에도 할머니의 숭고한 의식은 끝나지 않았다. 생체 징후는 안정적이었지만, 그것은 그 사람을 표현하는 몇 개의 숫자일 뿐 할머니의 살점은 여기저기 떨어져나가 침대 곳곳에 피부가 묻고, 관절은 기이할 정도로 뒤틀리기 시작했다. 경기가 너무 고요하게 지속되어서, 중환자실에서 벗어나 있을 때도 더이상 노티가 오지 않았다.

하루 종일 그 상태가 지속되고 있다면, 굳이 주치의에게 알려야 할 필요가 없는 것이다.

보호자 대기실의 긴 의자에서 머리를 맞대고 하룻밤을 지새운 보호자들은 눈에 띄게 초췌했다. 그들은 아침부터 나에게 달려와 그 끔찍한 상태는 어찌 해결되었느냐고 물었다. 아마 밤새 그것을 떠올리고 걱정했을 것이다. 나는 당당해질 수가 없어서, 그럭저럭이라고 답했다. 그들은 말뜻을 알아듣고 더 침울해졌다. 어차피 곧 면회시간이고, 숨길 수는 없었다.

자식은 아무리 멀리 떨어져 있어도 자신의 어머니를 기척만으로 알아볼 수 있다. 그리고 어머니가 죽음의 위기에 처해 있다면 그 기척은 눈에 띄게 불길해진다. 면회가 시작되자마자 중환자실로 들어온 그들은 입구가 열리자마자 곧바로 그 불길한 기척을 눈치챘다. 멀리서도 침대가 들썩이는 것이 보였고, 오남매는 오열하며 어머니의 침대로 달려갔다.

그 조우를 무슨 말로 표현해야 좋을까. 자신들을 사랑으로 키운 어머니가, 고문틀에 사지가 매여 피고름이 쏟아지고 하얀 뼈가 곧 드러날 듯하다면. 흰자뿐인 눈알은 튀어나갈 듯하고, 얼굴은 고통으로 일그러져 있다면. 이미 여든 살인 어머니가 당장 돌아가셨다고 해도 그렇게 괴로워하지는 않았을 것이다. 자식들은 어머니를 다급히 두드리며 말을 건다.

"어머니! 괜찮으신 건가요! 어머니!"

어머니는 대답하지 않는다. 반응하지도 않는다. 다만, 자신이 만든 고문틀 안에 묶여, 자신의 행위에 몰두하고 있었다.

"어머니! 이게 인간이야? 하루 만에 인간을 이렇게 끔찍하게 만들 수 있냐고!"

나는 슬금슬금 자리를 피했다. 한낮의 중환자실에 고통의 목소리가 울려퍼졌다.

환자는 살아날 가망이 없었다. 하지만 죽을 가망도 없어 보였다. 온몸을 바들거리며 떨어도 생체 징후는 굳건했고, 호흡도 하고 있었다. 상식적으로 경기를 하루 넘게 하고도 살아 있을 사람은 없었지만, 다르게 생각하면 24시간 넘게 경기가 지속된다고 해도 이상할 건 없었다. 그래서 이상했다. 서른두 배의 용량에 반응하지 않았던 것부터 도저히 알 수 없었다. 할머니는 정말로 신을 만나고 있는 사람처럼, 그래서 우리가 이해할 수 없는 영역에 들어간 것 같았다. 나는 이제 머릿속의 회로가 어긋나는 느낌이 들었다. 손이 덜덜 떨리는 듯했다.

나는 터질 것 같은 머리로 응급실에서 근무했다. 가끔, 중환자실에 전화하면 여전히 경기중이라는 답신이 돌아왔다. 하지만 주치의로서 낼 오더가 없어서 그냥 전화를 끊었다. 응급실에는 어김없이 수많은 환자들이 스쳐갔다. 저녁 면회시간이 되었지만, 나는 보호자들을 볼 자신이 없어서 가보지 않았다. 그러자 응급실로 보호자들이 직접 찾아왔다. 그들은 막 어머니를 뵙고, 그러니까 그날의 두번째 절규를 마치고 온 기색이 역력했다. 세수도 못한 낯빛에, 피로로 지친 얼굴에 눈물자국이 그대로 남아 있었다. 나는 진료실에서 면담을 시작했다.

"우리 어머니를, 죽여주세요."

"……"

"저희 오남매는 전부 동의했습니다. 서류 같은 건 몇 번이고 쓰겠습니다."

"안 됩니다. 저는 사람을 살리는 의사입니다. 지금도 경기를 멈추기 위해 약을 투여하고 있습니다. 최선을 다하고 있다고요."

"선생님이 살린다고요? 최선…… 그래요. 당신은 최선을 다하고 있겠죠. 솔직히 어머니가 살아날 확률이 있습니까?"

"이 정도면 거의 없기는 합니다. 이런 상태에서 살아나는 사람은 의사 생활을 통틀어 본 적도, 들은 적도 없습니다. 하지만 아직 살아 계시지 않습니까. 그러면 기적이란 것도 있을 수 있고요. 그래서 그렇게 해드릴 수 없습니다. 적어도, 돌아가실 때까지는 최선의 처치를 할 겁니다"

"그렇게 말할 줄 알았소, 선생."

"네, 안 됩니다."

"선생님은 어머니가 계십니까? 건강하십니까?"

"네. 건강하십니다."

"그렇다면 우리 마음을 전혀 모를 거요. 의사선생, 이게 우리 어머니인가요? 제가 어머니라고 부를 수 있는 존재인가요? 저랑 어제 아침을 드셨습니다. 근데, 이걸 믿을 수 있겠습니까? 저희 어머니가 괴물이 되어버렸습니다. 살과 뼈가 튀어나오고, 악령에 씐 사람처럼 흰자위만 남아 구토를 하고 계십니다. 이 모습이 끔찍하다는 데 이견이 있습니까? 당신은 이해하지 못합니다. 의사선생님은 지금 최선을 다한답시고 뭔가 하고 있지요. 그게 저걸 우리에게 보여주는 일이란 말입니다. 어머니의 피와 살이 떨어져나가고, 사지가 틀어지는 걸 최선을 다해 보여주고 있어요. 저는 어제 아침이 후회스럽기까지 합니다. 제가 헛된 노력을 해서 어머니를 지옥으로 보내버렸다는 생각까지 드니까요. 그러니 제발 부탁입니다. 무슨 일이든 다하겠습니다. 어머니를 죽여주세요."

그들의 이글거리는 눈빛을 보니 정말 이성을 놓고 무슨 일이든 벌일 것 같았다. 실제로 그들은 미쳐가고 있었다. 안 그래도 할머니의 모습은 보통사람이 잠시도 쳐다볼 수 없을 정도로 끔찍했고, 나조차도 눈 돌리게 하는 광경이었다. 그들은 오히려 인내하고 있었다.

"선생님. 제발, 부탁입니다. 어머니는 평소에도 편안히 돌아가시겠다고, 몇 번이고 말씀하셨습니다. 선생님 선택이 최선이 아닙니다. 저게 편안한 상태입니까? 정말 그렇게 믿습니까? 지금 고통으로 절절 끓는 어머니를 살펴주세요. 제발…… 선생님."

"그래도, 안 됩니다. 어머니는 지금도 살아계신 겁니다."

나는 급히 진료실을 돌아나왔다. 뒤에서 그들의 간청이 울렸다. 나는 듣지 않고 진료실 문을 닫았다. 하지만 나는 알고 있었다. 내 말은 틀렸다. 그들의 말이 맞았다. 나는 그릇된 말을 지껄이고 있었다.

밤이 깊어 응급실의 불행은 쏟아지고 있었다. 구토하는 사람, 손가락이 잘린 사람들이 내 앞을 에워싸고 나는 그 안에서 허우적대고 있었다. 나는 병원에서만 먹고 자고 깨어 있었고, 다른 환자와 이야기하면서도 줄곧 할머니의 경기를 생각했다. 이제는 내 머릿속의 신호가 엇갈려 손발이 경련을 일으키는 것 같았다.

새벽의 많은 불행들을 물리치고 나는 다시 중환자실으로 올라갔다. 얼핏 본 대기실에는 보호자들이 말이 아닌 행색으로 벽에 머리를 기댄 채 졸고 있었다. 중환자실은 마치 아무 일도 벌어지고 있지 않다는 듯 고요했고, 은은한 노란색 조명만이 사위를 밝히고 있었다.

나는 내 환자 앞에 섰다. 36시간째, 경기는 소강상태와 치열한 상태를 번갈아가며 계속되고 있었다. 호흡은 여전했고, 인공호흡기는 평온하게 작동했다. 하지만 할머니는 절대로 평온하지 않았다. 그녀의 눈은 썩어 피와 진물이 섞인 눈물을 흘리고 있었다. 얼굴의 근육은 비틀어져, 이제 표정은 고통스럽다기보다 괴상했다. 전신의 멍이 너무 많아 경계를 찾지 못할 정도로 푸르뎅뎅했고, 팔꿈치는 뼈가 뽑혀나갈 것처럼 틀어져 있었다. 그런 사지로 할머니는 여전히 자신의 몸을 여기저기 부딪쳐 으깨고 있었다. 나는 차트로 고개를 돌렸다. 복잡하게 쓰인 숫자 더미가 눈에 들어오지 않고 뱅글거렸다. 그것들은 이미 의미를 상실했다. 저 육신을 앞에 두고 수치를 운운하는 것은, 장난에 불과했다.

그 새벽 나는 응급실로 돌아왔다. 며칠째 잠을 자지 못해 머릿속에 쥐가 나는 것 같았다. 약간의 쪽잠을 잘 틈이 있었지만, 꿈에 방금 보았던 얼굴이 나올까봐 잠들지 않기로 했다. 어차피 충분히 고통스러워 노력해도 잠은 오지 않을 것이었다. 나는 진료실에 앉아 멍하니 생각하며 밤을 지샜다. '최선을 다한다…… 내가 최선을 다하고 있다. 내가 의학을 배워서…… 지금…… 최선을 다하고 있다.'

그 상태로 하루가 더 갔다. 해가 뜬 오전이었지만, 이미 너무 오래 잠들지 못해 심야의 한복판에 서 있는 것 같았다. 아침 브리핑을 마무리짓고, 다시 어둠속 골방에 앉았다. 중환자실에서는 할머니가 아직도 경기하고 있다는 무미건조한 노티가 왔다. 나는 알고 있다고 말하고 전화를 끊었다. 이제는 기약이 없었다. 48시간을 넘겼다. 본 적이 없는 경우였지만, 환자가 조만간 죽을 것만은 확실했다. 골방에는 의식을 잃고 고통에 끓는 사람의 상념이 넘실거렸다. 팔다리가 뒤틀린 듯 욱신거렸다. 그래, 그래야 했다.

나는 결심하고 중환자실로 느리게 걸어갔다. 손발이 흐느적거리면서 떨렸다. 명찰을 출입문 키에 대고 중환자실의 문을 열었다. 중환자실의 문은 여느 때처럼 활짝 열렸다. 무거운 발걸음을 옮겨 나는 그녀 앞에 섰다. 그녀는 한층 더 괴물 같은 모습으로 그 자리를 버티고 있었다. 전신이 넝마주이 같아 보였다. 아마, 그녀의 뇌도 이미 넝마가 되었을 것이다. 그 곤죽이 된 뇌가, 만신창이인 생명이, 아직도 버티고 있는 것뿐이었다.

곧 점심시간이었다. 더이상 면회를, 고문틀에 묶인 어머니를 보고 오열하는 광경을, 용인하고 싶지 않았다. 나는 마지막을 결심했다. 한번도 해보지 않은 일을 하기 위해, 이 자리에, 인공호흡기 앞에 섰다. 떨리는 손으로 인공호흡기의 산소포화도를 0으로 줄였다. 이제 할머니는 대기로만 호흡하고 있었다. 그래도 경기는 멈추지 않았다.

나는 이제 인공호흡기의 호흡수를 끝까지 줄였다. 할머니는 죽지 않을 정도의 도움만 받고 있었다. 그래도 경기는 멈추지 않았다.

마지막 스위치가 남았다. 이것까지 끄면 절대 살아 있을 수 없다. 나는 그 검은 스위치를 노려보았다. 온과 오프, 두 가지뿐인 단순한 스위치. 하지만 그것은 삶과 죽음을 정확히 양분하는 스위치였다. 나는 손을 뻗어 그 스위치를 어루만졌다. 내가 겪었던 시간들이 그 틈으로 자연스럽게 밀려들었다. 의학을 6년 공부했고, 의사로 6년을 일

ON
OFF

해왔다. 내내 사람을 살리는 법만 배웠다. 어떻게 하면 더 오래 살릴 수 있는지만 연구했다. 살리지 못했다고 괴로워하던 지난날의 내 모습이 겹쳐왔다. 하지만 지금 나는 환자의 목숨을 끊으려 하고 있었다. 이 손으로, 죽이려 하고 있었다. 손끝에서 느껴지는 감각이 서늘하다 못해 차가웠다. 치밀하고 압도적인 스위치였다. 나는 전신에 한기가 몰려오는 것을 느꼈다.

나는 스위치에 서서히 힘을 주었다. 갑자기 대기의 기온이 급강하하는 느낌이 들면서 전신에 오한이 들었다. 나는 눈에 보이게 덜덜 떨고 있는 내 손가락에, 조금 더 힘을 넣었다.

"딱."

경쾌한 소리가 사방에 울려퍼졌다.

요동치던 할머니의 심박동이 순식간에 평행선을 그었다. 이제 막 죽어버린 사람. 처음으로 할머니는 경기를 멈추었다. 사지의 떨림이 멈추자 할머니는 편히 전신을 뻗고 누웠다. 얼굴은 여전히 흰자뿐인 눈을 부릅뜨고 있었지만, 기괴한 표정이 풀어져 약간 안도하는 표정이 되었다. 나는 그녀의 피눈물을 손으로 문질러 닦고, 눈을 애써 감겼다. 할머니는 한층 더 안온한 표정이 되었다.

"사망하셨습니다. 보호자를 불러주세요."

기다리던 보호자들은 연락을 받자마자 문 앞에서 뛰어들어와 내 앞을 지나쳐 어머니에게로 달려갔다. 그들은 먼저 어머니의 고요한 상태를 두 눈으로 확인했다. 그러곤 이제 경련이 멈춘 사지를 붙잡고 어머니를 잃은 슬픔에 통곡하기 시작했다. 이 통곡이, 이 슬픔이 이젠 정말 마지막 슬픔이 될 것이었다.

"최……최선을 다했지만, 갑자기 사망하셨습니다."

나는 마지막 말을 남기고 등을 돌려 중환자실에서 걸어나갔다. 머릿속이 칠흑 같은 어둠이었다. 나는 방금 있었던 찰나에 전 생애를 사용해버려, 이제 남은 생애가 없어져버린 것 같은 느낌이 들었다. 앞으로 살아갈 길이 까마득했다. 여전히 등 뒤에서, 그리고 내 귓가에 오남매의 구슬픈 통곡은 길게 울려퍼지고 있었다.

◈

우리나라는 안락사에 매우 보수적인 입장이었습니다. 1997년 '보라매 사건'이라는 한 판례 이후로 의사들은 연명 치료 중단이 살인죄가 될 수 있다는 것을 깨닫고 방어적으로 진료해왔습니다. 논의가 이루어지면서 조금 유연해지기는 했지만, 오래도록 말기 질환이나 회생 불가능한 상황의 환자를 대상으로 치료의 노력을 줄여 죽음을 앞당기는 것은 불법의 소지가 있었습니다. 그래서 최선을 다하는 의사들도 선택의 기로에 서기도 하고, 법을 넘나들어야 할 때가 있었습니다.

저는 안락사를 적극적으로 찬성하는 사람은 아닙니다. 모든 사람의 연명 치료를 당장 중단할 수는 없습니다. 안락사는 사람을 끝까지 살려내야 하는 의사의 책무상, 적극적으로 찬성할 수도 없는 문제입니다. 하지만 제가 묘사한 것과 같은 상황은 도처에서 펼쳐지고 있었습니다. 의료진과 가족을 정말 미치게 만들어버리는 끔찍한 일들이 현실에 만연했습니다.

다만 이 글은 안락사에 대해 찬반 입장을 표명하기 위해서가 아니라 현실을 보여주기 위해 썼습니다. 생명을 살리는 일과 고통을 지켜보는 일 사이에 존재하는 감정의 고리, 즉 가족과 환자가 겪는 아픔과 의사가 처한 상황의 실상을 표현하고자 했습니다. 저는 인간의 존엄을 유지하는 것과 의사가 법적 처벌을 받지 않는 선, 그 사이 어딘가에 개선 방안이 놓여 있지 않을까 생각합니다. 적어도 현장의 실태를 알게 된다면, 이 문제에 대해 한 발 더 나아간 논의를 할 수 있지 않을까, 지금보다 더 나은 결론에 다다를 수 있지 않을까 생각했습니다. 그러니 이 글은 결국, 어떠한 주장도 아닌 그저 현실입니다.

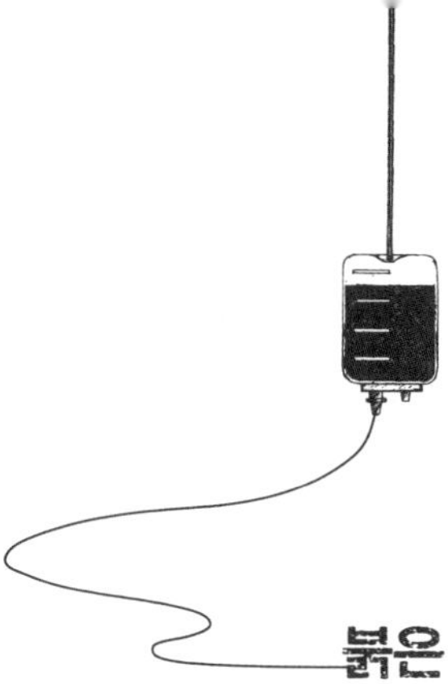

붉은 지옥

그는 다른 환자들과 섞여 대기실에서 기다렸다가 호명되는 이름을 듣고 진료실로 들어왔다. 오른쪽 눈을 감았으나 비틀거리지도 않고 당당히 걸어들어온 남자였다. 감은 눈에서는 핏물이 배어나오고 있었지만, 목장갑으로 눌러 닦으면서도 그는 의연히 말했다.

"방금 이쪽 눈에 대못이 박히고 말았수다. 네일건으로 작업하던 중에 잘못 발사했소. 얼마나 빠른지 눈을 감을 틈도 없었소. 내가 방금 성한 눈을 뜨고 여길 열어 거울에 비춰 보았다오. 세상에, 그런 광경이 없더구만. 선생이 한번 보고 어떻게 할지 말 좀 해주겠소?"

놀라운 말이었다. 나는 만반의 준비를 마치고 내심 떨리는 마음으로 닫힌 오른쪽 눈을 열었다. 그리고 나는 욕설을 뱉었다. "이런 씨발." 검은 흔적도, 흰 흔적도 보이지 않았다. 다만, 새빨갛게 참혹한 심연이 있었다. 분명히 안구가 있어야 할 자리는 용암이 끓는 것처럼 울퉁불퉁한 핏덩이가 엉겨 있었고, 그 와중에 정 가운데 보이는 동그란 경계는 분명, 못의 머리였다. 벽이나 목재에 얌전히 박혀 있어야 할 못의 머리가, 인간의 안구를 꿰뚫고 그 안에 태연히 세로로 길게 서 있었다. 그것은, 결코 아무것도 볼 수 없는 잔흔에 불과했다.

나는 지금도 가장 잔인한 장면을 이야기하라면, 팔다리나 몸통이 베어져나간 광경보다 이 장면이 먼저 떠오른다. 인간의 눈이 터져 붉은 지옥으로 보였을 때, 그리고 검은자위처럼 검고 둥근 못의 머리가 그 가운데서 나를 바라보던 장면을.

믿을 수 없는 통증과 함께 불길한 느낌이 그에게 흘러넘쳤을 것이다. 그는 그 느낌의 실체를 확인하기 위해 자신의 망가진 안구를 열어 자신이 평생 쓰던 눈이 처한 광경을 보았고, 아마 나에게 말하는 순간까지도 그 장면을 잊지 않고 있었을 것이다. 그러고는 이런 생각을 했겠지. '내 시력이 열 개였어도 이건 살아날 가망이 없어, 내가 의사가 아니어도 알 수 있지. 나는 애꾸가 되었군.' 그는 잃을 것을 전부 잃었다고 생각했으므로 미련 없이 당당했다.

내가 소독하거나, 손을 대기조차 불가능한 상처였다. 어차피 그가 애꾸가 될 것을 이제 나도 알 수 있었다. 안과에 처치를 부탁하고 CT사진을 촬영했다. 그는 오른쪽 눈을 감고 큰 보폭으로 CT사진 촬영 수납까지 마친 후 기계에 누웠다.

CT사진에서 대못은 그의 안구를 관통하고, 안구의 형태를 지탱하는 뼈를 부수고서야 멈췄다. 그 위치는 너무도 정확히 안와(눈구멍)를 직각으로 가로질러서, 그 사진은 누군가가 모양이 분명한 하얀 못을 잘못 올려놓고 찍은, 전산상의 오류 같았다. 그 사진을 떠나 못이 사람 얼굴 안에 박혀 있다고 상상하기는 누구든 어려울 것이었다.

하지만 그 못은 아무것도 지탱할 수 없었다. 그곳에 들어간 순간 평범한 못과는 달리 비집고 파괴하는 못이 되었으니까. 그래서 다른 못처럼 장도리로 빼낼 수도 없었다. 만약 눈 사이를 열어 안구 위에 장도리를 놓고 뽑아낸다면, 안구와 시신경이 같이 딸려나오는 것은 물론이고, 안구를 지탱하던 구조까지 허물어져 안면이 뒤틀려버리고 말 것이다.

그래서 그는 못을 안구로 덮은 채로 수술방까지 올라가야 했다. 그곳에서 그는 안구 뒤쪽에 연결된 신경과 혈관을 잘라 못을 포함한 안구를 통째로 들어내고 부서진 뼈를 잘 갈무리한 다음 흐리멍덩하고 새하얀 의안醫眼을 넣어야 했다.

수술이 시작되고 얼마 되지 않아 사람들은 그의 두개골 안에 있던 존재를 전부 긁어낼 수 있었다. 수술방 녹색 천 위에는 과녁을 정가운데로 꿰뚫은 화살이 박힌 것 같은, 형체 없이 흐물거리는 그것이 놓였다. 그들은 이 물체를 가만히 바라보았다. 그리고 아무도 이것이 원래 무엇이었을지, 그리고 무엇으로 돌아갔는지 이야기하지 못했다.

나는 지금도 가끔, 그 못이 빨려들어가던 찰나와, 미련 없이 못을 안고 걸어오던 그의 고독과, 최후의 시선으로 못을 받아들이던 그의 안구 따위가 생각날 때가 있다. 내가 보고 있다는 사실이 당연하나 믿기 어려울 때, 어떤 광경을 보고 있으나 그 존재가 가늠되지 않을 때, 무엇을 얼마나 더 잃어야 불행해질 것인지 생각할 때, 고독은 어떤 것일까를 고민할 때, 그리고 내 삶이 돌이킬 수 없이 망가졌다고 느낄 때, 이 일련의 광경을 한 번씩 떠올려 옆자리에 앉혀본다.

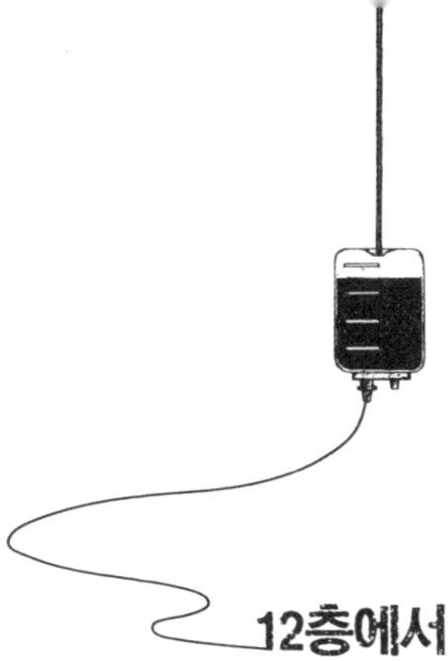

12층에서 온 자유

누군가에게 자유란 하고 싶은 일을 하는 것이다. 하지만 대부분의 사람들에게 자유란 하고 싶지 않은 일을 하지 않는 것이다.

모두가 행복한 주말 밤이었다. 머리를 짧게 깎은 20대 초반의 청년이 실려왔다. 그는 주말 밤의 환자들 틈바구니에 섞여 조용히 중환자 구역의 소생실에 들어와 누웠다. 평상복 차림의 건장한 체격에 피를 흘리거나 벌어진 상처 하나 없었다. 하지만 그는 편히 누운 자세조차 고통스러운지 가만히 있지 못하고 몸부림치고 있었다. 나는 구급대원에게 물었다.

"이 정신없는 주말 밤에 설명도 없이 이 환자가 갑자기 중환자구역으로 들어온 이유가 뭐지요?"

"12층 추락입니다. 땅에서도 이렇게 몸부림치며 신음하고 있었습니다."

10층 이상의 높이에서 떨어진 사람은 어떻게든 죽는다. 기적적으로 충격을 완화할 수 있는 곳에 추락한 것이 아니라면, 인체 어느 부위부터 떨어지더라도 그 중력 에너지를 견뎌낼 수 없다. 처음 닿는 부위가 머리라면 즉시 터져버리고, 목이라면 접혀 부러지고, 팔과 다리라면 으깨진다. 그와 동시에 인체의 다른 부분이 땅에 닿는다고 해도 비슷하게 비틀어지거나 깨져버린다. 이렇게 인체가 견뎌낼 수 있는 충격 에너지의 한계는 명백하게 정해져 있다. 어떤 숫자와 어떤 숫자와 어떤 숫자를 더했을 때 일정 수치를 넘기는 공식과 같다. 추락하는 비행기에 있던 사람이나, 불이 난 빌딩에서 몸을 던진 사람 중에서 생존자가 없는 것도 이 때문이다. 정해진 높이 위에서 뛰어내린 인간의 운명은, 두 발이 아무것도 딛지 않는 순간 확실해진다. 고로, 그의 몸 어딘가에도 한계점을 넘은 중력의 충격이 고스란히 남아 있을 터였다. 이제부터 나는 그 훼손의 실체를 확인하고, 공식과 운명을 벗어나기 위해 필사의 노력을 해야 한다. 그 넘기 힘든 벽이 내 앞에 와 있었다.

어디가 아프냐는 물음에 그는 어느 한 곳을 짚어낼 수 없이 전신이 끊어지고 있다고 답했다. 나는 단서가 될 수 있어 재차 조심스레 물었다.

"왜 떨어진 거예요? 죽으려고 했었나요?"

"으아. 으흐. 아아아……"

그것은 해석할 수 없는 새된 비명이었다. 자살을 부인하고 있지도, 긍정하고 있지도 않았다. 이미 추락한 그에게는 긍정도 부정도 무의

미했다. 죽음을 앞둔 자살 시도자들이 질문에 답하는 방법이었다. 나는 죽음의 예감으로 진지해졌다. 그래서 그의 손을 붙들고 말했다.

"내가 너를 어떻게든 살려볼게. 널 꼭 살려볼 거야. 알았지? 알았다고 답해."

그는 대답하지 않았다. 대신 극심한 통증 때문인지, 아니면 그도 죽음의 예감을 느꼈는지 눈물을 글썽였다.

나는 이어서 황급히 그의 전신을 더듬었다. 그가 떠안았던 충격의 실체를 파악하는 데는 그리 오래 걸리지 않았다. 골반 뼈가 다 뭉개져 흐물거렸다. 책처럼 접었다가 펼칠 수 있을 정도였다. 갈비뼈는 가벼운 압박에도 심하게 우드득거리며 뼈가 엇갈리는 파열음을 냈다. 분명히, 열두 쌍의 갈비뼈는 셀 수 없는 조각으로 나뉘어 있었다. 주요 장기를 보호하는 두 군데의 뼈가 완전히 박살난 것이다. 이 정도의 에너지라면 뼈를 부수고 들어가 그의 장기까지 으깨고도 남았다. 겉으로는 별 상처가 보이지 않았어도, 그는 믿을 수 없을 만큼 심한 중환이었다. 나는 즉시 병원이 준비할 수 있는 만큼의 피와 수액을 준비하고, 명멸하는 실체를 눈으로 확인하기 위해 그를 CT촬영실로 보냈다. 그는 몸부림치며 CT촬영실로 미끄러져 갔다.

나는 CT사진이 나올 동안 주말 밤에 쌓인 다른 환자를 보러갔다. 그들은 약간 불쾌해하거나, 걱정스러운 표정으로 응급실에 제각기 흩어져 있었다. 나는 죽음과 관련이 없을 그 불쾌한 표정들이 오히려 행복한 표정처럼 보였다. 그곳에서 나는 환자의 보호자와 눈이 마주쳤다. 그의 부모는, 길바닥에서 고통에 신음하고 있는 아들을 제일 먼저 발견하고, 119구급차를 타고 왔다고 했다. 그 눈빛들이 조금 이상했다. 자식을 잃은 사람의 먹먹하고 슬픈 눈빛과는 또다른 기색이었다. 아직은 아무일도 일어나지도 않았다는, 아직은 전혀 믿을 수 없다는 그런 눈빛이었다.

CT사진은 참혹했다. 성한 부분을 찾을 수가 없었다. 엉덩이가 제일 처음 지면에 닿았으리라 짐작했다. 그렇지 않았으면 여기에 살아 누워 있지도 못했을 것이다. 첫 충격은 골반 뼈를 우그러뜨리고 관통해 골반 내 방광과 창자 등의 모든 장기를 곤죽으로 만들었다. 엉덩이가 땅에 닿음과 동시에 그는 뒤로 넘어졌다. 등이 땅에 닿는 순간 등판에 있는 갈비뼈가 전부 부서졌고, 역시 흉강 안에 있는 모든 장기도 곤죽이 되었다. 전신 CT사진을 위아래로 한 컷 한 컷 되짚자 그 외상의 메커니즘, 그리고 그 부서지는 순간이 읽혔다. 12층에서 그가 고요하게 자유낙하해서 땅에 닿는 순간 짓이겨지는 인체가, 순서대로 비틀어지고 휘어지는 인간의 몸이 눈에 선했다.

상황은 예측한대로 악화 일변도였다. 양쪽 가슴에 엄지손가락만한 흉관이 꽂혔다. 관을 타고 쉴 새 없이 피가 나와 신발과 바닥을 적셨다. 복부는 으깨진 장기에서 나오는 피로 점점 부풀었다. 처음에는 조금씩 높이가 올라가다가, 나중에는 바늘로 찌르면 배가 빵, 하고 터져버릴 것처럼 동그랗게 부풀었다. 병원에 보유한 혈액이 거의 전부 내 앞에 왔다. 그걸 무조건 환자에게 쏟아부으라고 나는 소리질렀다. 관을 타고 혈액이 쉴 틈 없이 낙하했다. 하지만, 혈압은 급강하했다. 의식, 의식을 확인해야 했다.

"내가 살려준다고 했잖아. 넌 그걸 들었잖아. 살 거지? 살아날 거지? 빨리 살아난다고 말해!"

"짜…… 짜장면, 수학, 수학을 제가 좋아했어요."

환각. 씨발, 죽음을 앞둔 환각. 나는 그의 어처구니없는 대답에 눈물이 났다. 그 말을 끝으로, 그의 의식도 사라져버렸다.

인체의 혈액은 체중의 7퍼센트를 차지한다. 몸무게 70킬로그램 남성의 경우 혈액은 대략 5리터다. 그의 출혈량은 이미 5리터를 훌쩍 넘겼고, 수혈량도 5리터에 육박하고 있었다. 계산상으로 그의 피가 몸을 한 바퀴 돌았다. 우리는 이 상태를 자기 피를 전부 쏟아붓고 남의 피로만 살아 있는 상태라고 부른다. 수혈이 없었으면 그는 껍데기만 남았을 것이다. 5리터의 피가 의료진의 가운과 소생실 바닥에 아무렇게나 흩뿌려져 있었다. 나는 그것을 피해서 발을 디딜 정신도 없었다. 순간 피범벅인 나에게 간호사가 밖에서 다급하게 외쳤다.

"선생님, 보호자들이 떼로 와서 꼭 선생님을 뵈어야겠다고 해요. 만나보셔야 할 것 같아요."

"지금 이런 상황에 무슨 보호자가 떼로…… 알았어요."

나는 피로 철벅거리는 발걸음을 떼며 소생실 문밖을 나섰다. 놀랍게도 환자와 같은 까까머리의 20대 청년들이었다. 스무 명도 넘을 것 같았다.

"저희는 환자의 군대 동기입니다. 친구가 피를 너무 많이 흘려 죽어간다고 해서 전부 달려왔습니다. 저희는 보다시피 군인이고, 건강하고, 수혈도 하던 사람들이에요. 누구 피를 얼마나 뽑아도 상관없으니, 제발 저희 피를 써주세요. 친구가 죽는데 아무것도 못하고…… 그걸 견딜 수 없어서 전부 달려왔어요. 선생님, 제발요."

"……"

나는 목이 메었다. 그리고 말을 간신히 이어갔다.

"마음은 알겠어요. 저도 살리고 싶습니다. 여러분들 대신 제가 무엇이든 할게요. 하지만 지금 당장 피를 뽑아서 저 환자에게 수혈할 수는 없어요. 피는 병원에도 많습니다. 여러분들은, 기도해주세요. 태어나서 한 번도 해보지 못한 깊은 기도를 해주세요."

피가 한 바퀴 반에서 두 바퀴째로 넘어가고 있었다. 그는 수혈된 피를 한 번 더 쏟아내고, 또다른 이의 피로 순환중이었다. 복강이든 흉강이든, 수술방에서 그의 내부를 열면 피를 폭탄처럼 뿜어내고, 출혈 속도가 더욱 빨라져서 즉사할 것이었다. 수술은 불가능했고, 나에게도 남은 방법은 기도밖에 없었다. 소생실은 전쟁터처럼 얼룩져갔다. 바깥이 다시 시끄러웠다.

"선생님, 무슨 관계자라는 분들이 왔는데요?"

나는 이번에도 철벅거리는 발걸음으로 문밖을 나섰다. 이번에는 경찰인지, 군대인지에서 온 사람들이라고 했다.

"저, 선생님, 환자 상태가 어떻습니다. 죽을 것 같습니까? 죽으면 곤란한데. 살아야 합니다."

"곤란이라고 했습니까? 저한테 환자가 죽는 것보다 더 곤란한 게 뭐가 있죠? 저 사람을 가장 살리고 싶은 사람은 지금 접니다. 무슨 일인지는 모르겠지만 조사 같은 걸 하려면 제발 나중에 하시죠. 부탁입니다."

그들은 피범벅된 손을 허공에 휘젓는 나를 보고 알겠다는 듯 입을 다물었다. 나는 고개를 돌리고 멍한 보호자를 불러 잠시 면담했다.

"지금 환자 분은 피를 너무 많이 흘렸고, 상태가 악화일변도입니다.

수술도 불가능한 상태입니다. 환자 분이 견뎌줘야 하지만, 애초에 너무 높은 곳에서 떨어져서 심한 외상을 입었습니다. 수혈하는 만큼 피가 계속 밖으로 쏟아지고 있어요. 기적이 일어나지 않는 이상, 가망은 없을 것 같습니다."

"아, 네……"

그들은 아직도 상황이 제대로 파악되지 않는다는 듯한 눈빛이었다. 초점 없는 눈으로 그들은 허공을 바라보고 있었다. 눈에 잔상이 남아, 그것이 머릿속에서 한 편의 슬라이드처럼 재생되는 듯했다. 아마, 몇 시간 전까지만 해도 같이 웃고 대화하던 아들의 모습일 것이다.

수혈량이 두 바퀴도 훌쩍 넘어, 이제는 세 바퀴째로 넘어가고 있었다. 수혈로 전신의 피를 교체해도 부작용이 없다면 이론상으로 환자는 계속 살 수 있다. 하지만 현실은 그렇지 않다. 수혈하면 할수록 혈액 내 응고 인자에 이상이 생기거나 체내 성분의 균형이 무참하게 깨져 죽어간다. 이미 환자는 이승의 몰골을 상실했다. 그의 눈은 초점이 없어진 망자의 눈빛이 되었고, 호흡기로만 호흡하고 있었다. 흉관 바깥으로 꿀렁거리며 쏟아지는 피와, 미약한 심전도 그래프만이 그의 생존을 증명해주고 있었다. 환자의 출혈량을 재기 위해 옆에 가지런히 놓인 체스트 보틀(환자의 체액을 저장하는 병이나 팩)은 이제 한눈에 셀 수도 없었다. 그 찰랑거리는 양은 비현실적으로 많아서, 오히려 피보다는 끈적한 액체가 가득 담겨 있는 것 같아 보였다.

소생실 바깥은 이제 일가친척들과 기자들이 몰려들어 소생실만큼 난장판이었다. 나는 기자들에게는 할 말이 없으니 가달라고 부탁했고, 일가친척들에게는 죽음만이 남았다는 말만을 반복했다. "죽을 것 같습니다. 죽음만이 남았습니다."

아비규환은 한동안 계속되었다. 나는 계속 발버둥쳤고, 결국 환자는 내 말대로 되었다. 그는 터진 장기와 바닥에 흥건한 혈액만을 남기고 끝내 죽어버렸다. 소식을 들은 부모는 곧바로 오열하지 않았다. 그들은 마지막 기억의 편린을 재생하듯 멍하게 그의 마지막 모습을 전했다.

◈

그는 군인이라고 했다. 그것도 막 훈련소에서 나와 전경대로 자대배치를 받은. 전경이 되자마자, 그는 꿀 같은 2박 3일간의 휴가를 받았다. 평범한 아들이, 평범한 훈련소 생활을 하고 늠름한 모습으로 집에 오자 부모는 기뻐했다. 그는 첫 휴가를 나온 다른 군인들처럼 친구들을 만나고 맛있는 음식을 먹으면서 3일을 보냈다. 3일. 3일은 너무 짧았다. 그 시간은 곧 꿈처럼 지나가버렸다.

자대로 복귀해야 했다. 그의 부모가 차로 데려다주겠다고 했다. 그는 그러자, 했다. 그러고 생각했다. 차에 오르면 휴가는 끝난다. 자유도 그로 인해 끝난다. 이제부터는 다시 정해진 시간에 눈을 떠, 정해진 시간에 밥을 먹고, 규칙에 따라 행동해야 한다. 그리고 한 겹의 모포 위에서 어두운 천장을 보며 잠이 들 것이다. 눈을 떠도 어둡고, 눈을 감아도 어두운 날일 것이다. 이제부터 무한히 펼쳐질 깜깜하고 또 깜깜한 밤들. 갑자기 숨이 턱밑에 닿았다. 자유, 자유롭고 싶다. 절망적인 밤은 더이상 하루도 보내기 싫다.

그는 문밖을 나서기 직전, 방에서 가져올 것이 있다고 이야기한다. 그가 방에 들어가고, 부모는 그를 기다린다. 그리고 또 기다린다. 한참을 기다려도 그가 방에서 나오지 않자 부모는 그의 방문을 연다. 그리고, 그 좁은 방에 그는 있지 않았다.

12층이었다. 창문, 창문만이 활짝 열려 있었다. 그 창문 바깥, 고개를 내밀어 차마 쳐다볼 수 없는 그 바깥. 평생 잊을 수 없을 그 깜깜한 바깥.

죽고자 했었냐는 평범하고 가당치 않은 질문에 새된 비명으로 대답한 것은 과연 긍정도, 부정도 아니었다. 그것은 자유롭고자 했다는 그만의 언어였다. 세상의 마지막 질문에, 그는 그렇게 큰 소리로 일갈하고 떠났을 것이라고, 나는 생각했다.

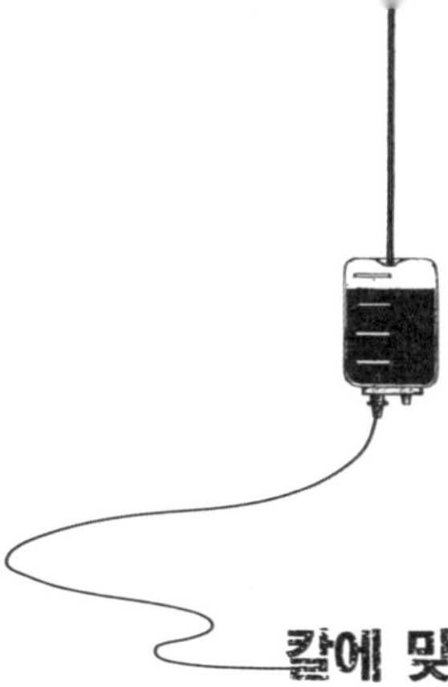

칼에 맞은 중국인

학생 시절 중국에 간 적이 있다. 한 번은 제법 긴 여행을 했고, 또 한 번은 어학연수차 갔다. 중국인들과 섞여서 밥을 먹고, 이야기를 하며 지냈다. 갈 때마다 항상 겨울이었고, 대륙은 언제나 쌀쌀하고 외로웠다. 의사소통이 원활하지는 않았으므로, 그들이 아무리 가까이 다가와도 우리 사이에는 벽 같은 것이 존재했다. 이야기가 깊어질수록 그들과 나는 서로 남이라는 것만을 확인했다. 알아들을 수 없는 이야기를 누군가 종일 시끄러운 소리로 지껄이는 드넓은 대륙. 나는 그 외로움과 고독이 좋았다. 그 타인들의 세계에서 나는 꽤 행복했다. 그것은 내가 선택한 방랑이었다. 그리고, 방랑은 어느 순간 끝났다. 나는 병원에 근무하는 의사가 되어 있었다.

병원은 중국인 거주지역에서 가까웠다. 병원에서 한 블록만 떨어져도 중국어로 쓰인 간판이 거리 가득 불을 밝히고 있었다. 당연히 병원에도 중국인 환자가 많이 내원했다. 그들에겐 이곳이 타국이었으므로, 어설프더라도 무조건 한국어를 사용해야만 했다. 병원에서 그들에 대한 특별 배려는 없었다. 대부분 하층민인 그들은, 다쳐도 더 심하게 다쳤고, 아파도 이해할 수 없이 아팠다. 우리는 그들을 말이 잘 통하지 않는 다른 세계에서 온 사람으로 생각했다. 그들이 유난히 많이 내원하는 날엔, 우리끼리 병원이 위치한 동네의 이름을 중국의 행정구역인 성省을 붙여 칭하기도 했다. '이 중국인들을 다 보게, 여기가 한국인지 중국인지 모르겠군.' 그들의 생활은 험했고 그만큼 진료하기에 손이 많이 갔다. 게다가 이해할 수 없는 행동을 하는, 경제적으로도 무능한 존재로 비쳤다. 나도 여기 소속된 의사였으므로, 내 시선도 별반 다르지 않았다. 한국인이든 중국인이든 당장 실려오는 환자는 차고 넘쳤다. 나는 이해할 수 없는 그들의 안위보다도, 눈앞에 닥친 내 안위가 훨씬 더 급했다.

그들은 분명 우리와는 다른 연유로 다치는 경우가 많았다. 그도 마찬가지였다. 그는 한겨울에 피투성이가 된 러닝셔츠만 입고 119카트에 실려왔다. 카트에는 제법 많은 피가 얼룩져 있었다. 뒤따라 표정이 일그러진 그의 아내가 피 묻은 주방가위를 들고 왔다.

"저기요. 가위에 찔린 겁니까?"

"그 살람 한국말 못 해요. 가위에 좀 찔렸어요. 빨리 꿰매주세요."

환자는 한국어를 전혀 못하는지, 그의 아내가 대신 대답했다. 그녀도 조선족 말투가 완연했다. 아직도 분이 안 풀린 느낌이었지만, 남편이 피를 많이 흘리는 것을 보자 걱정이 되는지, 말투에서 급박함이 묻어났다. 분명 부부싸움이었다. 저런 가위를 들고 부부싸움을 하다니, 대륙의 스케일은 역시 대단했다.

처치실에서 환자의 러닝셔츠를 벗겼다. 아직 20대로 보였고, 뱃가죽과 몸통이 든든한 살집으로 채워져 있었다. 머리는 짧게 깎았으며 험상궂은 인상이었다. 완전히 탈의하자, 동양적인 문신으로 가득한 그의 상반신이 드러났다. 병원 앞을 배회하는, 마주치기 싫은 전형적인 중국인이었다. 나는 벌써부터 기분이 썩 좋지 않았다. '나처럼 선량한 사람이 이런 일을 하다니, 상처 꿰맬 때 문신 안 어긋나게 잘 꿰매야겠어.'

나는 기계적으로 상처를 확인했다. 가슴 쪽의 달마대사에 약간 흠집이 나 있었다. 여긴 문제가 될 만한 상처는 없었다. 등 쪽을 확인하기 위해 그를 뒤집자 승천하는 용이 나타났다. 용은 달마대사처럼 흠집이 있지는 않았지만, 용의 목덜미에 깊은 상처가 하나 보였다. 손가락을 넣자 안으로 손가락이 쑥 들어갔다. '좀 깊군. 하지만 문신 경계가 아닌 몸통에 맞아서 꿰맬 때는 편하겠다. 일단 CT사진부터 바로 확인해야지.' 나는 별 긴장감 없이 수액을 달아 그를 CT촬영실로 보냈다.

"울리 남편 괜찮은 겁니까?"

"일단 CT사진을 봐야 합니다."

"아니, 괜찮냐고 물었잖아요. 그냥 괜찮냐고요."

"그러니까, CT사진을 봐야 말씀드릴 수 있다니까요."

그의 아내는 심하게 화가 난데다 남편의 피를 보자 걱정이 되었는지 매우 흥분한 상태였다. 하긴 이 자리와 경험이 어떤 인간에게 익숙할까. 하지만 나는 그가 CT사진을 찍는 사이에 복통 환자를 한 명 진찰하고, 평범한 열상 두어 개를 꿰매느라 좀 바빴다. 봉합실까지 따라와서 소리를 지르는 아내에게 지금 다른 환자들 안 보이느냐고 소리를 질렀다. 봉합중에 CT촬영을 끝내고 거즈를 틀어막은 용이 옆 침대에 들어왔다.

장갑을 벗어던지고, 별 생각 없이 CT사진을 열었다. 한쪽 폐가 완전히 우그러져 있었고, 방금 나온 피가 흉강을 가득채우고 있었다. 그 짧은 시간 동안 뿜어나온 출혈량은 옆 폐까지 누를 정도였다. 심각한 중환, 내가 자만하면 바로 죽어버릴 중환이었다. 자만으로 잃었던 환자들이 뇌리에 스치며 정신이 번쩍 들었다. '제길. 가위를 끝까지 다 박았네. 부부싸움이라고 상처만 낸 줄 알았는데, 어마어마한 부부싸움이었네.' 나는 이 깊이로 직접 찔렀을 아내의 소란스러움이 이해가 가면서도, 이런 여자인 줄 알았으면 좀더 친절해야 했었나 하는 생각을 하다가 곧 잊었다. 환자를 살려야 했다.

나는 바로 그에게 달라붙었다. 숨이 가빠졌고, 전신의 혈색이 벌써 옅어지고 있었다. CT촬영을 하는 동안 혈압은 이미 위험한 수준으로 떨어졌다. 의식은 남아 있었지만, 분명 희미했다. 그는 중국말로 무엇인가 중얼대고 있었다. 그의 아내는 남편의 상태를 보자 이젠 한국말이 아닌 알아들을 수 없는 비명을 질렀다. 상황은 급속히 냉각되었다. 죽음을 자주 본 사람만 느낄 수 있는 공포가 온몸을 관통했다.

"직접 전화할 시간 없어. 흉부외과 무조건 내려오라고 해. 지금 당장 열어도 죽을 수 있다고 하라고."

나는 가장 굵은 흉관과 중심정맥관을 달라고 소리질렀다. 그리고

수액 더미와 몇 리터의 피도 빨리 준비해달라고 고함쳤다. 그가 병원에 온 지 30분이 넘었다. 이 오더가 늦은 것이었으면, 그건 전부 내 책임이었다. 살아서 수술방에 올리지 않으면 나는 그 반대의 사실을 견딜 수 없을 것이었다. 손아귀에 힘이 들어갔다.

환자의 상태와 의심되는 질환, 흉관 삽입과 중심정맥관 삽입에 대한 설명과 그에 따른 부작용의 설명 그리고 동의서가 필요했다. 하지만 지금은 마취할 시간도 부족했다. 설명을 한다고 해도 어차피 환자는 알아듣지 못했고, 보호자도 그런 걸 알아들을 때가 아니었다. 절차를 따르다간 정말 죽어 나갈 수 있었다. 나는 다짜고짜 날카로운 메스를 집었다. 그리고 7번 갈비뼈와 8번 갈비뼈 사이를 더듬어 푹 찔렀다. 메스는 경쾌하게 박혀 구멍을 냈다. 메스를 던지고, 손가락 두 개로 그 구멍을 사정없이 찢었다. 핏덩이가 그 안에서 넘실거렸다.

나는 흉관을 큰 겸자鉗子로 집어 사정없이 그 구멍 안으로 박았다. 마취가 덜 되었는지 환자가 마지막 힘을 다해 움찔거렸다. 흉강 안의 압력이 관으로 밀려 나오면서, 보가 터진 듯 피가 쭉 뿜어져나왔다. 열자마자 쏟아진 핏줄기는 내 수술복 상의와 하의, 그리고 신발에 고스란히 쏟아졌다. 나는 피할 틈 없이 흉관을 끝까지 밀어넣었다. 이미 바닥에 피가 흘러 웅덩이를 만들어내고 있었다. 피를 담는 1.5리터 보틀을 침대 옆에 거치하자, 누군가 물을 들이부은 것처럼 쭉 차버렸다. 나는 굵은 실을 들어 흉관의 삽입 부분을 사정없이 꿰맸다. 뒤에서 아내가 다시 소리질렀다.

"살려내요. 살려내란 말이에요."

나는 피 묻은 옷과 장갑을 그대로 끼고 커튼 바깥으로 나가서 외쳤다.

"저 건드려서 방해하다간 당신 정말 살인자가 될 수 있어요. 이제 진짜로 조용히 하시죠."

그의 아내는 피를 뒤집어쓴 나를 훑어보더니 정말로 잠잠해졌다.

흉관을 넣자 혈압이 더 떨어졌다. 환자는 이제 전신이 탈색된 것처럼 새하얬다. 달마대사도 기운을 잃어 축 처져 보였다. 나는 그에게 산소를 투여했다. 그는 산소마스크 사이로 무슨 이야긴가 중얼거리고 있었다. 나는 피 묻은 장갑을 벗어던지고, 새로운 장갑을 꼈다. 그러고 바로 그의 어깨에 수혈을 위한 중심정맥관을 넣었다. 그는 움찔거렸지만, 별다른 반항 없이 그 굵은 주사기를 받아냈다. 나는 만족할 만큼 중심정맥관을 환자의 몸에 틀어넣고, 공격적인 수혈을 시작했다.

상황은 좋지 않았다. 시간당 2리터가 넘는 다량의 혈흉이 쏟아졌다. 안쪽 동맥이 끊겨 피가 계속 뿜어져나오고 있었다. 즉시 수술해야 하는 상황이기도 했고, 사망 가능성도 높았다. 수혈과 수액에도 불구하고, 혈압과 의식은 죽지 않을 정도로만 유지되었다. 간신히 버텨내고 있는 싸움, 수술방에서 갈빗대를 비집고 들어가 동맥만 잡으면 살 수 있었다. 버티기만 하면 된다. 처음부터 마취과와 수술방까지 윽박지른 통에 응급수술은 순조롭게 준비중이었다. 나는 주사기를 계속 집어들고 환자의 혈관을 쑤셔 혈압의 강하를 막았다. 바늘이 몸 안에 들어갈 때마다 그의 육체가 움찔거렸다. 그는 비명도 지르지 않고 늘어져 천장만 바라보고 중얼댔다. 흐려지는 의식으로 웅얼대는 그의 말은 멀고 불분명했다. 그의 험상궂은 눈동자가 흐리멍덩했다.

사방에 매달린 피가 사정없이 그에게로 쏟아졌다. 지혈제와 혈장도 같이 들어가고 있었다. 맥박이 요동치다가, 안정적인 선에서 유지되었다. 산소 교환도 그럭저럭 가능했다. 환자는 잠드는 것처럼 보였지만, 통증에 반응했다. 혈압은 계속 조금씩 떨어졌지만 다행히 마지노선에서 강하를 멈췄다. 건장한 20대가 아니었으면, 벌써 죽어버렸을 터였다. 그는 고요히 피웅덩이를 깔고 누워 있었다. 그의 피를 몇 리터쯤 갈고, 의료진이 전부 피투성이가 되자 수술방에서 호출이 왔다. 수술 시간도 얼마 걸리지 않고, 곧 회복될 수 있을 것이다. '살았다. 이겼어. 생사의 기로에서 그를 건져올린 거야. 여자도 살인죄는 면하겠군.'

나는 안도했다. 급박하게 에너지를 쏟았으므로 약간의 허탈감도 느껴졌다. 나는 마지막까지 환자의 곁에 서서 혈압과 맥박, 그리고 산소포화도를 확인하며 생각했다. '내가 살려냈다. 이 사람, 나한테 고마워해야겠어. 그 전 케이스들이 도움이 많이 됐어. 정신이 번쩍 들더라니까. 근데, 나 방금 조금 멋있지 않았나? 피를 뒤집어쓰고 흉관을 콱. 그리고 살인자가 될 수 있으니 조용히 하시죠. 아, 멋지고 통쾌한 대사였어. 흐흐.' 나는 제법 우쭐했다. 그의 맥을 마지막으로 관찰하며 나는 약간의 자만에 도취되어 서 있었다.

이제 그는 응급실을 떠나 수술방으로 옮겨지려 하고 있었다. 나는 마지막으로 그의 눈을 보았다. 처음으로 그와 나는 눈이 마주쳤다. 그는 마지막까지 중얼거리고 있었다. 그 눈빛, 그 입 모양, 그 언어, 그 생각.

갑자기 그 말이 번개처럼 내 머릿속에 들어와 전류처럼 흘렀다.

"워我 야오要 쓰死 마吗."

아주 간단하고, 지극히 당연하며, 알 수밖에 없고, 이해할 수밖에 없는 말이었다. 짧은 유학과 여행, 아니, 그런 것이 없어도 알아들을 수 있는 말. 그것은, '내가 이제 죽게 되느냐'고 묻는 네 단어의 의문문이었다.

그들의 방랑은 그들의 선택이 아니었다. 그것은 낯선 나라에서 돈을 벌고 살아내야 하는 삶의 투쟁이었다. 말이 통하지 않는 곳에서 그들은 외롭게 생존해야 했다. 그것은 절대로 이해할 수 없는 세계가 아니었다. 생면부지의 나라에서 갑자기 몸에 가위가 날아와 꽂힐 때, 자신의 몸에서 핏덩이가 쏟아질 때, 낯선 병원에서 말 한 마디 통하지 않는 의사의 전후 사정없는 굵은 바늘을 받아내며 극심한 통증을 견딜 때, 자신의 세계가 흩어져가며 정신이 흐려질 때, 주위는 온통 피투성이이고 자신은 피 웅덩이를 베고 누워서 흉관으로 흐르는 자신의 피를 바라볼 때, 알고 싶었던 것은 오직 하나였을 것이다. 아무도 알아듣지 못할지라도, 무조건 묻고 싶었을 것이다. 이것을 견디면 살 수 있느냐고. 살아서 눈뜰 수 있느냐고 말이다. 그가 처음부터 중얼거리던 것은 바로 그 의문문이었다.

벼락처럼 그 말이 내 몸속에 들어온 순간, 머릿속에 들어차 있던 혈압, 맥박, 산소포화도 등이 싹 달아나버렸다. 이곳에서 이 말을 이해하고 알아들을 수 있는 사람은 나뿐이었고, 내가 주치의였다. 나는 의사라는 명찰을 달고 내 환자의 존엄과 고독은 깡그리 무시하고 있었다. 자기혐오가 들어 구역감이 밀려왔다. 나는 처음으로 그의 눈을 똑바로 바라봤다. 그리고 입을 열어 한 마디 한 마디 또박또박 말했다. 그것은 내가 몇 년 만에 사용하는 중국어였다.

"당신은 죽을 수가 없습니다. 당신은 곧 편히 잠들 것이고, 눈을 뜨면 당신의 남은 세계가 펼쳐질 겁니다. 당신은 죽어서는 안 됩니다. 우리가 당신을 살려낼 겁니다."

그는 대답하지 않았지만 더이상 중얼거리지도 않았다. 의외의 모국어를 들어서인지, 아니면 의식이 떨어져서인지 그의 표정이 약간 풀렸다. 그러고 고개를 바로 놓고 초점 없는 눈으로 천장을 바라보았다. 곧, 그를 실은 침대가 수술방으로 빨려들어갔다.

밤을 새고 아침 퇴근 준비를 했다. 중환자실 환자 명단에 그가 살아 있었다. 컴퓨터 화면에 쓰여진 그의 생체 징후는 안정적이었다. 여전히 그의 행복은 컴퓨터에 나오는 숫자 몇 개로 대변되었다. 나는 그가 눈을 떠서 만난 중환자실과, 앞으로 펼쳐질 그의 남은 세계를 생각했다. '적어도 내가 거짓말쟁이라고 생각하지는 않겠군.' 나는 무엇이든 부끄러워졌다.

응급실 문밖을 나섰다. 겨울바람이 유난히 매서웠다. 나의 다른 세계가 그곳에 펼쳐져 있었다.

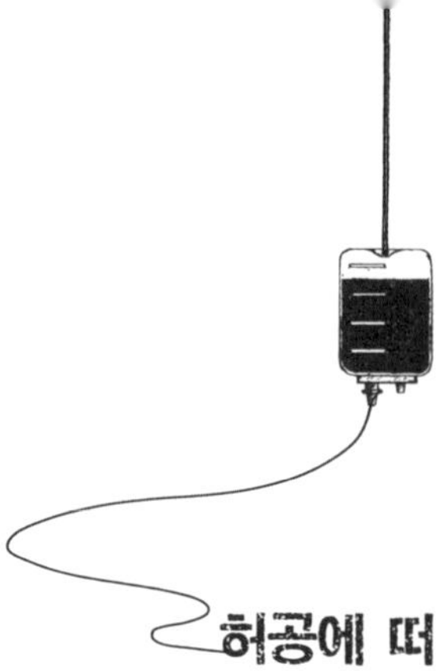

허공에 떠 있던 사람

목을 매면 인간은 죽는다. 이것은 가장 성공률이 높은 자살 방법이다. 목을 맨 인간은, 기적이 오지 않는 이상 조용히 죽는다.

목을 매 죽는 것엔 두 가지 방식이 있다. 교수형과, 목 매 자살하는 방식이다. 교수형은 경추를 탈골시키는 방식이다. 집행인은 사형수를 세워놓고 두꺼운 끈을 턱과 뒤통수에 둥글게 두른다. 준비가 되면, 집행인은 집행 장치의 버튼을 누른다. 이 가벼운 압력이 버튼에 가해지면 사형수가 서 있는 바닥이 갑자기 열린다. 덜컹, 사형수의 무게가 급작스럽게 중력 방향으로 쏠린다. 그러면 두개골과 연결된 첫번째 경추와 나머지 몸무게가 실린 두번째 경추가 분리된다. 경추 탈골. 모든 척추동물은 경추와 그 안의 중추신경이 어긋나는 순간 즉사한다. 고로, 사형수는 버튼을 누르는 순간 죽어버린다.

이는 현대 사회에서 거의 찾아볼 수 없다. 대부분은 두번째 방식으로 죽는다. 이는 우리가 스스로 목숨을 끊을 때 본능적으로 행하는 방식이다. 목에 질기고 단단한 끈을 묶고 다른 부분은 천장에 고정한다. 그러고 자신이 서 있는 의자를 걷어차든지, 어디선가 뛰어내리는 방식으로 목을 조른다. 체중이 실린 끈은 순간적으로 목 앞쪽의 경동맥 두 개를 완벽히 제압한다. 이 두 개의 혈관이 막히는 즉시 뇌로 가는 혈류는 차단된다. 뇌는 산소에 지극히 예민하므로 그 순간 전기가 나간 컴퓨터처럼 꺼져버리며, 인간의 의식과 움직임도 즉시 멈춘다. 이 상황에서 인간은 즉사하지 않는다. 다만 늘어진 고기가 된 인간의 목에 아직도 그 끈이 걸려 있다면 끝이다. 의식이 제압당한 인간이 죽음에 항거할 수 없다. 그래서 허공에 떠 있는 그는 미동도 없이 천천히 죽어간다. 이런 식이므로, 목이 졸린 상태가 유지되기만 한다면 인간은 땅을 딛고 서서도 목을 매 죽을 수 있고, 앉아서도, 심지어 엎드린 채로도 목을 매 죽을 수 있다. 죽음에 대한 항거는 자세와는 아무런 관련이 없다.

그리하여 우리가 알게 된 진실은, 목이 졸린 순간이 있고 완전히 목숨이 끊기기 전에 누군가가 그것을 풀어주지 않는다면, 인간은 무조건 죽는다는 것이다.

◈

자살자가 쏟아지는 밤이 있다. 성공할 수 있는 방법과 상황을 고집스럽게 택해 자신이 가진 생의 끝을 정해버리는 사람들. 그런 사람들이 기가 찰 정도로 많이 모여드는 밤이 있다. 내가 서 있는 병원 반경에 있는 모든 우울의 정수를 수집하는 것처럼, 정리되지 않은 자살자의 시신 옆으로 또다른 자살자의 시신이 쌓이는 밤. 그 틈바구니에서 각자의 시신을 붙들고 남편을 잃은 아내와, 아버지를 잃은 딸과, 자식을 잃은 어머니가 부둥켜 오열하는 광경. 죽어가는 사람이나 이미 죽은 시신이 차곡차곡 누워 있는 좁은 공간에 서 있으면 도저히 깨달을 수 없는 이인증離人症과 위화감이 전해진다. 몸을 가누지 못하는 사람들의 한복판은 다분히 비현실적이다. 일어나지 말았어야 하는 일이 조밀하게 모여 있는 공간. 이곳에 서 있을 때마다 나는 이들에게 벌어진 일들과, 이 공간과 이곳에 서 있는 나까지 통째로 비벼 없애버리는 상상을 한다. 비비고 또 비벼, 문대고 닳아 없어질 때까지 짓이겨서 제발, 여기서 벌어졌던 일들만은 되돌리기를. 시간을 돌려 지울 수 있는 것이 하나 있다면 그것이 부디 이 지독한 슬픔의 공간이 되기를.

그런 밤이었다. 악령이라도 씐 것처럼 유난한 밤. 그래서 시신이 오嗚와 열咽을 맞추어 내 앞에 도착하던 깜깜한 밤. 초저녁부터 쾌활했던 가장이 기척도 낌새도 없이 갑작스레 자기 집 마당에 있는 나무에 목을 맸다. 그는 자기가 키운 나무에 매달려 자기 집을 오래도록 지켜보고 있었다. 초등학교에 다니던 큰딸이 아버지를 보고 나무에 기어올라가 끈을 풀었다. 엄마는 반쯤 미쳐서 상황을 한 마디도 언급하지 못했다. 안경을 쓴 큰딸은 우는 여동생을 끌어안고 또박또박 말했다.

"6시 15분에 집 밖에 나가셨고, 7시 30분에 제가 발견했어요. 대

문을 여니 저를 보고 계시더라구요. 바로 끈을 풀어드렸는데 전혀 움직이지 않으셨어요."

아이는 아버지의 죽음에 오열하거나 당황하지 않았다. 여동생을 끌어안은 채 한 손으로 머리를 싸매고 우는 엄마의 등허리를 토닥였다.

"엄마. 엄마. 괜찮아, 엄마."

나는 아이를 와락 끌어안으며 같이 울어버리고 싶었지만, 아이의 불행의 깊이가 조금이라도 더해질까봐 짐짓 울음을 참고 침착한 시늉을 했다.

"돌아가셨어요. 아버지는, 남편은, 이미 돌아가셨습니다."

아이의 천진한 눈빛이 이글거렸다. 자신이 무너지면 안 될 것 같다는 본능과 영악함, 아이답지 않은 표독스러운 표정, 그 광경은 오열하는 것보다 훨씬 슬펐다. 아이는 한동안 이를 악다물고 그 자리에 서 있었다. 곧, 세 여자는 누워 있는 가장과 함께 사라져버렸다.

그런 날이었다. 그 통곡 소리가 사라지기도 전에 한 팔이 통째로 삶긴 건설공이 왔고, 그가 남은 팔로 허공을 휘적이는 동안 만취해서 몸을 가누지 못해 뒤통수를 차에 받혀 죽은 가장이 왔고, 또 새로운 통곡으로 결계가 쳐진 공간에 가스를 마신 청년이 들어와 결국 눕지도, 서 있지도, 앉아 있지도 못해 숨을 쉬지도 못할 만큼 가혹하고 악독한 슬픔이 밀려오던 날. 내 몸을 바닥에 비비고 짓이겨 꺼버리고 싶던 밤.

그는 그날 성공한 또 한 명의 자살자였다. 멀리서 카트가 미끄러져 들어오는 모습부터 어둡고 검었다. 곁에는 이미 정신이 나간 보호자들이 매달려 있었다. 누가 봐도 생기라곤 없는 거무튀튀하고 칙칙한, 검푸른 낯빛의 환자였다. 그의 목줄기에는 비현실적으로 깊게 파고들어간 삭흔이 선명했다. 그 흔적을 경계로 살색의 명도 차이는 극명했다. 졸린 윗부분은 하얗게 탈색되어 있었고, 아랫부분은 검붉게 울혈이 졌다. 목에 끈을 휘감고 체중을 걸어 오래 매달린 사람의 전형적인 형상이었다. 그의 턱관절도 이미 뻣뻣했다. 죽음이 확정된 후에도 분명 그는 한동안 허공에 떠 있었을 것이다.

아들은 변해버린 아버지의 뺨을 치며 들어왔다.

"일…… 일어나세요, 아버지. 흐윽."

그의 손바닥은 부정확해서 허공에서 허우적거리는 것처럼 보였다. 그는 나를 보자 바스락거리는 끈더미를 내밀고 흐느끼며 말했다.

"방에 들어간 지 세, 세 시간 되었어요. 너무 조용해서 들어가보니 천장에 매달려 계셨어요. 이, 씨발, 끈을 풀 수가 없어서 가위로 끈을 자르고 내려드렸어요. 제가 소생술은 한다고 했는데, 아버지 얼굴색이…… 씨발."

그가 내민 노끈은 마트에서 물건을 포장할 때 쓰는 끈이었다. 가볍고, 질기고, 공짜로 나눠주는, 천지에 널린 흔한 노끈. 이 값싼 끈더미가 인간의 체중을 견뎌 그는 그렇게 값싸게 죽었다. 자세히 보니 그가 만든 매듭은 복잡해서 절대 풀 수 없을 정도였다. 그는 아버지를 발견하고는 이 노끈이 존재한다는 사실 때문에 아버지를 잃은 것처럼 손톱이 빠지도록 허공에 있는 목덜미의 끈을 잡아채다가, 결국 주방으로 달려가 수저통을 쏟아붓고 더듬거리며 가위를 찾아 끈을 잘라냈을 것이다. 바닥에 쏟아져내리는 아버지, 복잡한 매듭을 묶고 간단히 죽어버린 아버지. 값싸게, 간단하게, 순식간에 죽어버린 아버지.

"이미 돌아가신 지 오래되었습니다. 어떤 소생술도 무의미합니다. 목을 매달고도 한참을 계셨을 겁니다."

"으아아아아…… 아아."

그는 마지막으로 아버지의 시신을 내려쳤다. 그의 손은 침대의 난간 부분을 강타해서 크고 둔탁한 소리를 냈다. 그 소리는 다른 통곡 소리에 묻혀 잘 들리지 않았다. 그들은 그렇게, 그날 이 공간에 들어온 다섯번째 슬픔의 주인공이 되었다.

나는 이인증이 들어 넋이 빠져나간 사람처럼 우두커니 서 있었다. 문득 꿈속에서처럼 내가 이 장면을 위에서 내려다보는 듯한 느낌이 들었다. 아버지의 굳은 목덜미를 더듬는 장면, 오른팔이 쇳물에 담기는 장면, 차가 달려와 뒤통수를 부숴버리는 장면, 장면들. 곧 옆 침대에 손목을 그은 여자가 도착해 피를 흩뿌리며 뒹굴고, 나는 멍하니 튀기는 핏방울을 바라보며 서 있었다. 그리고 중얼거렸다.

"이거 소독, 그리고 당장 결박부터 하라고."

미지의 불행은 끝이 보이지 않았다. 어둠은 더이상 가시지도 않을 것 같았다.

노끈을 손에 쥔 아들은 남들보다 오래도록 시신에 머리를 부비며 크게 울었다. 그는 한참을 통곡하다가, 무슨 생각이 들었는지 여전히 멍한 상태인 나에게 갑자기 고개를 돌려 물었다.

"이 정도면 돌아가신 후로 얼마나 지난 사체라 보십니까?"

"정확한 시간은 알기 어렵습니다. 다만, 얼굴 색깔과 악관절의 상태로 판단하건데 한 시간에서 한 시간 반은 된 것 같군요. 손쓸 방도가 전혀 없는 시간이었습니다."

"으…… 으아…… 아아아."

그 말을 듣자 그는 노끈을 던지고 바닥에 주저앉아 머리를 쥐어뜯었다. 머리를 얼마나 세게 쥐었는지 머리칼이 몇 움큼 뽑혀 그의 꽉 쥔 주먹 사이로 빠져나갔다. 울음으로 범벅된 얼굴로 그는 응급실 바닥을 마구 내려쳤다. 그의 성긴 머리카락이 응급실 바닥에 흩날렸다. 쾅쾅거리는 진동이 내 발밑까지 전해져서 옆 여자가 발버둥치는 침대와 바닥에서 통곡하는 사람들까지 미세하게 떨릴 정도였다. 주먹이 금방이라도 부서질 것 같았다. 그는 갑자기 손을 내려놓고 숨을 몰아쉬더니 나에게 말했다.

"아버지가 옆방에 계셨어요. 저는 안방에 있고 아버지는 옆방에 계셨단 말이에요. 벽 하나를 사이에 두고, 한 시간 반, 씨발, 제가 뭐 하고 있었는 줄 알아요? 밥 배불리 처먹고 배가 부르다고 누워 천치같이 텔레비전을 보면서 낄낄대고 있었어요. 빨래 개는 마누라랑 농담이나 지껄이면서. 아버지…… 어쩐지 식사를 안 하시겠다더니 옆방에서 이딴 노끈 매듭을 묶고 계셨던 거군요. 아들이라는 병신이 세상 편하다고 누워 있는데, 당신께서는 목을 매달고 죽어가고, 씨이팔, 빨리 찾았으면 이 호로새끼가 살려드릴 수도 있었는데. 호로새끼가 아버지 안중에도 없이 뚫린 입이라고 웃고, 옆방에 아버지가 허공에 매달려 있는 줄도 모르고 좋다고 텔레비전이나 보고 지껄이고, 고생만 하신 아버지…… 옆방의 아버지…… 한 시간 반을 그렇게…… 나는…… 씨발, 이 씹새끼…… 죽어야 돼. 아아악."

그는 다시 머리칼을 움켜쥐었다. 머리칼이 다시, 몇 움큼 더 뽑혀나갔다.

그는 결국 목이 졸린 아버지를 모시고 응급실에서 퇴장했다. 나갈 때까지도 아버지의 목에 새겨진 삭흔은 조금도 흐릿해지지 않고 되려 더 선명해보였다. 나는 머리를 싸매고 어기적거리는 아들의 뒷모습을 바라보았다. 가장 두려운 저주가 내려진 뒷모습.

그는 분명히 머릿속에서 그 한 시간 반을 재연하고 복기하며, 텔레비전을 보던 자신의 두 눈을 뽑고, 농담을 지껄이던 혓바닥을 잘라 내던지는 상상을 하고 있을 것이다. 의식을 잃고 축 늘어져 고요히 죽어갔을 아버지, 내가 편히 누워 있는 동안 옆방에서 아직 죽지 않아 매달려 계셨을 당신. 끝까지 혼자였던 당신. 그는 그 한 시간 반을 할 수 있는 만큼 세밀히 기억해 저주하며 평생 잊지 못하리라. 어떤 일이 있어도 자신이 저지른 마지막 불효, 불효보다는 자신에게 벌어진 참극, 참극보다는 지옥의 시간을, 절대로 잊지 못할 것이다.

그마저 사라지자 나는 바닥부터 아무것도 남지 않은 채, 오직 저주와 암흑만 기다리고 있는 사람이 된 기분이 들었다. 숱한 죽음을 단정 짓는 내 혓바닥을 잘라 내던지고 싶었다. 뽑아 짓이겨버리고 싶었다. 나는 그 자리에서 살풍경을 뒤돌아보았다. 깜깜하고 유난한 밤은 도처에서 벌어지고 있었다. 세상은 다시 밝아질 수 없어, 밤은 이대로 영원히 계속될 것 같았다.

그 노숙자의 새해

1년의 마지막 날에도 아픈 사람은 있다. 사람들이 행복했던 한 해를 떠올리고, 다가올 한 해를 생각하며 큰 보폭으로 집으로 향할 때에도, 꼭 어디에선가 아픔에 몸부림치는 사람은 있다. 아픈 사람에게는 그날이 해年의 마지막 날이건 여느 날과 같은 날이건 상관없다. 아프지 않은 날은 그들에겐 기약 없는 상상 속에서만 존재하기 때문이다. 지금 아픈 사람이 지난해의 행복이라든지, 희망찬 내년을 떠올리기는 힘들다. 그래서 그들은 행복이란 처음부터 존재하지 않았던 것처럼 모든 것을 잊고 더욱 쓸쓸하게 아프다.

◈

119카트에 실려온 노숙자는 찌든 술냄새와 불쾌한 악취가 진동했다. 노숙자가 실려오는 일은 어떤 이유로든 흔하다. 다만 경제적인 문제가 있을 뿐 아니라, 정상적인 소통이 되지 않는 경우가 많아 여러 가지로 해결하기 아주 힘들다. 그해 마지막 날의 밤, 나는 나의 가벼운 불운을 생각하며 환자를 보러 나섰다.

어디가 아프냐는 말에 그는 며칠 전부터 생긴 심한 복통을 호소했다. 그 외에도 손발이 저리고 저미면서 오그라드는 것 같다고, 그것도 며칠 전부터 계속 그랬다고 했다. 40대의 환자는 노숙자 특유의 지저분하고 때에 찌든 옷차림에 악취가 도드라졌다. 올해 초에는 뇌졸중까지 왔었고, 최근엔 따로 식사 없이 술만 마셨다고 했다. 저린 손으로 아픈 뱃가죽을 꼭 붙잡은 그는 구부린 자세로 침대에 누워 있었다.

그다지 특별한 내용은 아니었으므로 나는 덤덤히 그 말을 들으며 진찰을 시작했다. 일단 통증을 호소하는 배를 진찰해야 했다. 나는 남루하고 때 탄 그의 윗옷을 젖히고, 복부에 압력을 가했다. 그의 배는 내 손이 닿는 즉시 고통으로 극심히 떨었다. 배 전체가 같은 반응이었다. 진찰을 마치자, 내 손끝에는 환자의 통증이 잔뜩 묻어났다.

분명히 무엇인가가 있었다. 의료 사각지대에 방치된 노숙자에게는 상상을 넘는 질병이나 염증이 있을 수 있다. 검사를 해야 했다. 하지만 이런 경우에는 항상 비용 문제가 걸린다. 이런 내 맘을 읽었는지 그가 은행 봉투 하나를 꺼냈다.

"여기 돈이 있어요. 돈이라면 여기 있으니 제발 부족함 없이 치료해주세요. 아니 이 돈을 원무과에 미리 맡기도록 하죠. 원무과 선생을 불러주쇼."

봉투에는 가지런히 담긴 만 원짜리 다발이 들어 있었다. 100만 원은 족히 되어 보였다.

담당 원무과 직원은 이런 경우는 처음 본다며 중얼거리며 다가왔다. 그는 노숙자를 보자마자 설명했다.

"여기는 돈을 맡아주는 곳이 아닙니다. 그래서 그 돈을 다 맡을 수는 없어요. 다만 의료보험이 말소되어 병원비가 많이 나올 것이고 체불 가능성이 높으니 보증금 조로 일단 30만 원만 떼어가겠습니다."

내가 CT사진 처방을 내자 그 직원은 다시 환자에게로 갔다.

"여전히 돈을 맡을 수는 없지만 생각보다 검사비가 많이 나왔어요. 30만 원 정도 더 주셔야겠습니다."

봉투는 빠르게 얇아졌다. 보증금이 있었으므로 검사는 순조롭게 진행되었다. 그리고 환자는 검사가 진행되는 동안 돈에 관해서 이야기하기 시작했다. 아니, 일방적으로 혼자 말하기 시작했다.

"피검사를 하겠습니다."

"무슨 검사든 해주쇼. 돈은 방금 냈고 더 있소."

"CT사진을 찍겠습니다."

"방금 돈을 냈으니 마음 놓고 찍으쇼. 안 아프게만 해주시오."

"진통제 맞겠습니다."

"이게 안 아프게 하는 거요? 더 많이 써도 좋소. 방금 100만 원을 맡긴다니깐 안 맡아놓구선."

돈 자랑인지, 푸념인지 모를 말들이 조용한 응급실에 오갔다. 처음에는 그러려니 하던 사람들도 나중엔 눈살을 찌푸렸고, 환자는 이제 누가 묻지 않아도 하얀 봉투를 든 채로 지나가는 사람을 붙들고 이야기했다.

"돈…… 돈을 많이 찾아왔다니까."

연말의 고요한 응급실에는 노숙자의 돈 이야기가 메아리쳤다. 나조차도 그 소리를 계속 듣고 있자니 거북했고, 마음속에선 환자에 대한 미움이 앞서가고 있었다. 돈이 많은 사람도 아닐 텐데, 왜 돈 자랑을 응급실에까지 와서 하는지, 다른 사람도 다 내는 진료비를 내고 왜 자신만 더 대접을 받으려 하는지 도저히 이해할 수가 없었다.

검사 결과가 곧 모니터에 떴다. 아무리 화면을 뒤져도, 아무것도 발견되지 않았다. 간 수치가 약간 높은 것 외에는 정말 아무것도. 마치 아프지 않은 사람처럼. 나는 그 노숙자에게로 가서 이야기했다.

"검사에선 이상이 없습니다. 깔끔해요. 그래서 해드릴 것도 별로 없습니다. 술 때문이겠지요. 알코올성 위염으로 인한 복통과 알코올성 신경병일 겁니다. 애초에 그렇게 곡기를 끊고 술만 마시면 아프지 않기도 힘듭니다. 이건 지금 당장 해결할 수 있는 문제가 아니네요. 건강을 회복하고 시간이 지나면 나아질 겁니다."

그사이 통증이 덜해졌는지, 그는 얌전히 내 말을 듣고 있었다. 이윽고 내 말이 끝나자, 충혈된 눈과 약간 진정된 표정으로 한동안 침대 모서리를 바라보았다. 그리고 대답했다.

"나는 사업가였소. 그리고 보다시피 완전히 실패했지. 노숙자로 산 게 언제부턴지 기억나지도 않소. 길바닥에서 찬 소주만 마시고 살았지. 그러던 어느 날 배가 아팠소. 처음에는 술을 마시면 배가 덜 아팠지. 하지만 점점 술이 깨도 배가 아팠소. 그래서 더 마시고, 그러면 배는 가라앉는 듯 더 아파오고. 그러다가 오늘은 정말 참을 수가 없이 배가 아팠소. 술을 아무리 마셔도 숨조차 쉬기 힘든 통증이 줄어들질 않았소. 누가 뱃가죽에 칼날을 휘젓는 것 같아서, 손가락 하나도 댈 수가 없었소. 이러다 그냥 죽겠구나, 싶었지. 이 통증만 없어진다면 나는 무엇이든 괜찮을 것 같았소."

그는 붉어진 눈시울로 잠시 주저하다 말을 이어갔다.

"그래서 올해 모았던 돈을 전부 은행에서 찾았소. 100만 원. 이게 전 재산이오. 전화기가 없어 119구급차를 부르지도 못했지. 지나가는 택시를 불러서 죽게 생겼으니 119에 신고해달라고 했소. 그리고 그걸 타고 온 거요."

이런 제길. 그 말을 다 들은 나는 눈앞이 캄캄해지고 머릿속이 망치로 얻어맞은 것처럼 멍해졌다. 나는 몸뚱이밖에 남지 않은 이 사람이 1년이라는 시간 동안 100만 원을 모으기 위해 어떠한 노력을 들여야 했는지 그 세계에 관해 전혀 알지 못한다. 다만, 나로서는 짐작할 수 없는 고통과 인내가 있었을 것이라고 감히 생각한다. 그리고 나는, 그 1년간의 고통과 인내와 맞바꿀 수 있는 하루치의 어마어마한 통증에 관해선, 그 거대함에 무릎을 꿇은 상황에 대해선 도저히 짐작할 수가 없다. 다만 내가 알지도 상상하지도 못하는 격렬하고도 깊은 통증이 그에게 있었던 것이다.

365일 동안 간신히 이겨낸 고난이 듬뿍 담긴 봉투를 내밀며, 제발 아프지만 않게 해달라고 하는 그에게 내가 뱀이 혀를 낼름거리듯 그 돈을 잘라먹고 했던 말은, "검사에선 이상이 없습니다. 해드릴 것도 많이 없군요" 따위였다. 손과 발이 사시나무 떨리듯 떨려왔다. 나는 도대체 무슨 짓을 하고 있는 것인가. 이딴 짓을, 의사가 하는 일이라고 내가 하고 있는 것인가. 부끄러워서, 정말 고개를 들 수도 없게 창피해서, 숨어버리고만 싶었다.

12월 31일이었다. 그의 새해는 나의 새해와 동시에 왔다. 잠시였지만, 그는 나와 함께 새해를 맞았다.

"검사에서 이상이 없다고 통증이 존재하지 않는다는 말은 아닙니다. 다만 당장 해결할 수 있는 원인이 아니라는 거지요. 통증은 지금 생활 전반에서 기인합니다. 그렇게 술을 마시고 몸을 망가뜨리면, 안 아플 수가 있겠어요? 저는 환자 분이 술 없이 따뜻한 밥을 먹고 따뜻한 곳에서 잤으면 합니다. 그렇게 살다보면 통증이 가라앉는 날도 올 겁니다. 제가 지금 해드릴 수 있는 것은 없지만, 제 선에서 아무리 노력해도 없지만, 의사로서 진심어린 충고를 해드릴 수는 있습니다. 부디 통증을 줄일 수 있게 노력해주세요."

밤새 나는 그가 더 치료받을 수 있는 방법을 수소문했다. 하지만, 병원 원무과는 아무리 부탁해도 받아주지 않았고, 그것이 그들의 일이었다. 그가 조금 다녔다는 병원에 전화해서 알아봐도 마찬가지였다. 역시, 그것이 그들의 일이었다. 그를 치료하고 싶었지만 나의 노력도 그의 노력도 헛수고에 그쳤다. 그렇다면 사회의 노력이 필요했는지, 아니면 사회의 책임이 필요했는지, 그것도 불분명했다. 모든 것이 불분명했다. 다만 분명한 것은 그에게 격렬하고도 깊은 통증이 있다는 것이었다.

나는 새해 첫날 새벽 내내 그가 아플 때마다 진통제를 처방하고, 매시간 환자의 상태를 확인했다. 통증은 확연히 나아졌지만, 이 사람이 내 곁을 떠나버리면 어떻게 될지 알 수가 없었다. 나는 그의 생활 습관에 대해 몇 번을 충고했지만, 그는 나아지는 만큼 완고해졌다. 내가 할 수 있는 선에서 이후 치료가 가능한지를 알아보았지만, 결국 아무것도 제대로 하지 못했다. 그를 보낼 곳이 없었다.

"죄송합니다. 저와 제 위치의 한계입니다. 아무리 알아봐도 받아준다는 곳이 없네요. 소견서를 쓰면 쓸모없는 검사는 하지 않을 겁니다. 조그맣고 인적 없는 병원에라도 가세요. 그리고 부디, 통증의 원인이 본인에게 있다는 것을 기억하세요. 술도 제발 그만 드시구요."

"안 갈 거요. 그냥 앓다가 죽겠소."

그는 소견서 한 장을 받아들고 새해 햇살을 받으며 나섰다. 그는 작년에 모아둔 돈을 간밤에 거의 다 써버렸으므로, 추운 한 해를 시작할 것이다. 비틀거리는 뒷모습은 유난히 아프고 쓸쓸해 보였다.

나는 한 해의 마지막 밤과 새해 아침의 불행을 받아내고 퇴근했다. 그리고 퇴근하는 지하철에서 갑자기 잊고 온 물건이 떠올라 병원에 전화를 걸었다.

"접니다. 깜빡 놓고온 서류가 있어서 전화 걸었습니다. 진료실에 있는데, 좀 챙겨주시겠어요? 당직실에 넣어놓으면 됩니다."

"네, 그럴게요. 저 근데, 선생님, 그분이 갑자기 돌아와서 고맙다고 전해달라 신신당부하고 가셨어요. 따뜻한 말씀 감사했다고요."

"누구 말씀이신지요?"

"그…… 있잖아요. 그 노숙자 분이요."

"……네, 알겠습니다."

지하철은 유난히 덜컹거렸고, 끊긴 전화기 너머로는 더이상 아무 소리도 들리지 않았다. 마침 지하철은 강을 건너고 있었다. 햇살이 차창으로 환하게 들어왔다. 신년의 햇빛이라 그런지 눈이 부시게 환했다. 내가 탄 지하철은 강 하류의 소실점까지 닿을 기세로, 영원히 덜컹거릴 것 같았다.

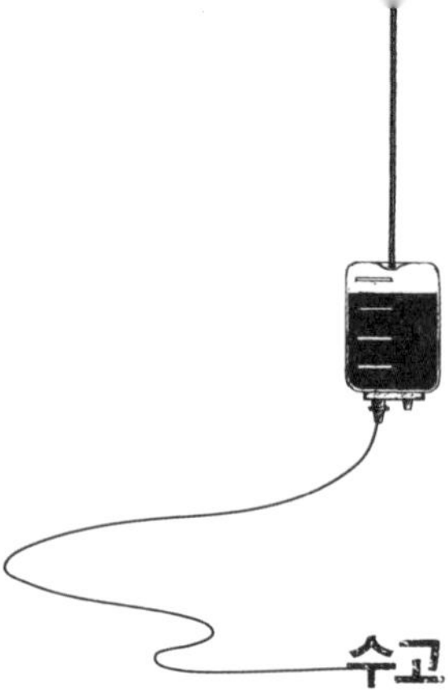

수고 하셨습니다

나는 머리숱이 많고, 머리카락도 두꺼운 편이다. 그래서 다른 사람과 똑같은 곳에서 똑같이 머리를 잘라도 미용사들은 더 힘들어한다. 단골미용사를 정해놓지 않고 미용실을 다니는 습관 때문에 그때마다 적응되지 않은 미용사들은 여기저기 튀는 무성한 머리칼에 땀을 뻘뻘 흘린다. 나는 가만히 앉아 애먹는 그들을 보고, 그들은 혼잣말로 당혹함을 표현하거나 표정으로 곤혹스러움을 보인다. 그런 순간은 왠지 약간은 우쭐한 느낌이 들기도 하고, 대체로는 미안해진다. 하지만 그것이 그들의 업業인 것을 어쩌랴. 어쨌건 나는 잠자코 이발이 끝날 때까지 관망하는 자세를 취한다.

이발이 끝나면 그들은 오늘의 힘든 일이 끝난 데 대해 안도의 표정을 지으며 나에게 씩씩하게 말해준다.

"수고하셨습니다."

참 따뜻한 말이다. 나와 그는 분명히 수고한 사람이 그임을 알고 있다. 나는 가만히 앉아 있었고, 몇십 분 동안 진땀을 삐질삐질 흘리며 노동한 것은 그 사람이다. 하지만 이런 느낌이다. '나는 아무리 힘들어도 그건 내가 할 일이었어요. 제가 한 수고는 아무렇지도 않아요. 비록 앉아만 있었다 해도, 그것이 아무리 사소한 일이라도 제가 하는 일을 도와준 당신에게, 그 수고에 정말 감사드립니다.' 머리를 자르라고 요구한 것은 나고, 머리가 짧아진 것도 나지만, 수고한 것도 나였다는 미안한 표현. 자신의 노고를 한없이 낮추는 겸손한 표현이다. 그 말을 들을 때마다 나는 황송해진다.

열상을 봉합할 일이 많다. 사람들은 밤새 여기저기 구르고 넘어지고 베여 피 흘리는 열상을 꼭 싸매고 급하게 나를 찾는다. 고요한 저녁 시간에 불쑥불쑥 찾아오는 그 열상은 그야말로 메꿔야 할 바느질거리나 퇴근을 위해 꼭 해야 하는 소임으로 보인다. 게다가 지저분하게 으깨지고 이물질까지 잔뜩 묻은 여러 갈래의 쓰라린 상처들은 나를 때때로 곤혹스럽게 만들고 당황하게 한다. 바쁜 와중에 시간을 들여 상처를 깔끔하게 봉합하는 일은 내 직업적인 수고가 여간 많이 드는 것이 아니다. 밤마다 찾아오는 수백 수천 개의 열상을 보고 있으면 그것들이 벨트컨베이어에서 쉴 새 없이 튀어나오는 업으로 보인다.

하지만 미용실에서 지나가는 그 말에 감동을 받은 후로 나는 아무리 바빠도 내 환자들에게 잊지 않고 고마움을 표현한다. 머리카락을 자르라고 대주는 것과, 쓰라린 상처를 꿰매달라고 내미는 것의 수고는 확연히 다르겠지만, 그러니까 더더욱 상처의 당혹스러움과 통증을 이겨내고 용기 있게 열상을 맡겨준 그들에게, 그것이 그냥 상처를 놓고 가만히 있어야 하는 일일지라도 그 인생에서 자주 일어나지 않을 수고에 대해, 그들에게 눈을 맞추고 때때로 어깨를 어루만지며 이곳에서 수고했던 것은 당신뿐이고 그에 진심으로 감사드린다는 느낌으로 따뜻하게 건네는 말, "수고하셨습니다."

나는 앞으로도 꼭, 이 '수고'를 잊지 않을 작정이다.

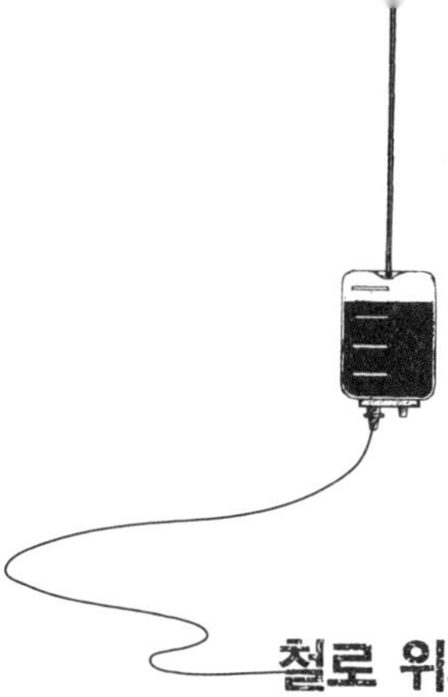

철로 위의 두 다리

나는 이른 새벽 지하철로 출근한다. 지하철은 생기 없는 사람들을 듬성듬성 싣고 맥없이 구른다. 나는 매일 수면 부족으로 인한 역겨움을 참으며 간신히 객차에 몸을 싣는다. 지하철 문은 아주 살며시 닫히고 마지못해 간다는 듯 천천히 출발한다. 잠이 덜 깬 사람들은 지하철을 따라 휘청거린다. 나는 그 안에서 최대한 의식을 풀어놓으려고 노력한다. 실제로 그 새벽, 나는 졸음으로 아무것도 기억하지 못했다. 지하철은 한 치의 어긋남 없이 내가 내려야 하는 역에 섰고, 나는 병원 정문으로 비척거리며 들어갔다.

특별히 곤두선 아침, 나를 따라 지하철 승강장에 올랐던 70대 노인을 응급실에서 받았다. 그는 아침 출근 시간에 지하철을 타러 나온 인파 속 한 사람이었다. 유난히 핏기 없는 얼굴로, 다른 핏기 없는 사람들 틈에 서 있었다. 사람들이 엉킨 채 엉성하게 서 있어 그는 다른 이들과 구별되지 않는 노인이었다. 플랫폼으로 지하철이 느리게 들어오자 그도 지하철을 탈 채비를 했다. 특별한 것은, 그는 지하철이 오기도 전에 지하철을 타려고 했다는 것이었다. 그는 빈 플랫폼에서 허공을 향해 뛰었다. 분명 그는 역이 아닌 다른 곳에 가려고 했을 것이다.

허공 속으로 날아간 그는 선로 가운데를 밟고 뒤로 넘어졌다. 그의 허벅지가 선로 가운데 놓인 채로 그는 큰대자로 나동그라졌다. 마침 들어선 8량짜리 육중한 지하철은 그의 두 다리를 지그시 밟고 운행했다. 그의 양 다리와 그의 몸통 사이로 수많은 바퀴가 철컹거리며 지나갔다.

119구급대는 덥수룩한 수염에 꾀죄죄한 차림의 상반신만을 싣고 왔다. 구급차에서부터 달았을 링거액이 그의 혈관으로 빠르게 떨어지고 있었다. 성인 한 명이 눕기에 적당한 길이의 카트에는 그의 머리부터 골반까지만 놓여 있었다. 투박한 손길로 칭칭 감긴, 핏물이 배어나오는 두꺼운 붕대 아래는 허전하게 빈 채였다. '소아 환자를 실은 것 같군.' 뒤따라 한 대원이 뻣뻣하게 굳은 그의 두 다리를 품에 안고 들어왔다. 두 다리는 고통의 흔적 때문인지 곧게 쭉 뻗어 있었다. 그건 마치 바지에 등산화까지 신긴 마네킹 다리 같았다. 애초에 사람의 다리만 잘라서 볼 일은 흔치 않다. 그러니 누가 봤어도 잘 만들어진 다리 모형이라고 생각했을 것이다.

그의 정맥로를 확보하고 수혈을 신청했다. 그리고 나는 정형외과 동료에게 전화했다.

"긴 말 안 할게. 양측 대퇴부 완전 절단이야. 일단 빨리 내려와."

나는 의족같이 생긴 두 다리를 받아 구석에 놓고, 붕대를 풀기 시작했다. 붕대는 너무 두꺼워서 반대로 푸는 데도 시간이 한참 걸렸다. 식염수통을 들고 옆에 대기하던 인턴이 긴장했는지 침을 꿀떡 삼켰다. 그의 목젖이 흔들리는 것이 거슬릴 정도로 내 신경은 곤두섰다. 붕대를 완전히 제거하자, 처참하게 파괴돼버린 그의 대퇴골 부위가 드러났다. 굳이 말하자면 대퇴부 상방 3분의 1 지점이었다. 처음 충격으로 대퇴골과 근육과 신경과 혈관이 각자 분쇄되어 터져나가 곤죽이 되어 있었다. 하얀 뼛조각은 사방에 묻어 있고, 근육의 단면은 짓이겨져 있었으며, 혈관과 신경은 면발처럼 사방으로 튀어나와 있었다. 지하철의 바퀴가 너무 강하게 살더미를 짓뭉갠 까닭에 모든 게 엉켜 붙었는지 피조차 많이 나지 않았다. 나는 역겨운 표정을 한 인턴에게 끊임없이 식염수를 붓도록 지시했다.

손상 부위를 정확히 확인하고 다리를 붙일 수 있을지 판단해야 했다. 식염수가 흐르는 단면에 머리를 박고 뼛조각들을 떼어내면서 근육을 결대로 모았다. 모으고자 하는 근육과 그 옆의 근육이 바퀴와 철로 사이의 녹으로 한데 엉겨 있었다. 형체가 혼돈스럽게 어질러져 처음부터 어떤 근육이었는지 알 수 없는 것도 많았다. 그건 수없이 많은 사람들이 짓밟고 뭉개며 지나간 자리 같았다. '씨발. 돼지고기나 소고기도 이렇게 만드는 건 쉽지 않을 거야. 접합은 무조건 불가능하군.' 접합 시도를 포기한 나는 단면만 약간 정리했다. 그러고는 소독 후 다시 붕대를 감았다.

"내가 사는 거요? 아니면 죽는 거요?"

"환자 분은 살게 될 겁니다."

"그럼 내 다리는, 다리는 어떻게 되는 거요?"

"그건 죽을 겁니다. 무슨 일이 있어도 붙일 수 없어요."

"아아…… 왜 난 죽지 않은 거요? 아니, 근데 왜 다리만 죽은 거요? 아니, 내가 죽었어야 하는 거 아니요?"

"다행이지요. 그런 사고에서 목숨을 건진 사람도 흔치 않습니다."

"다행 같은 소리는! 죽었어야 하는데…… 내가 왜 실패한…… 아니, 선생. 나한테 빨리 죽는 방법을 알려주쇼. 지금 당장. 빨리 죽는 방법을 알려달란 말이오."

"저는 그런 것을 알지도 못하고, 알려드릴 수도 없습니다. 저는 환자 분을 끝까지 살리는 일을 합니다."

그와 그의 두 다리를 들고 엑스레이실로 갔다. 오른쪽 다리의 절단면 밑에는 오른쪽 다리였던 것을, 왼쪽 다리의 절단면 밑에는 왼쪽 다리였던 것을 놓고 엑스레이를 찍었다. 주인이 없는 다리는 자꾸 모로 누웠다. 몸통과 방향을 맞추기 위해 두 다리가 하늘을 보도록 양손으로 붙들어야 했다. 사진으로도 짓뭉개진 근육과 산산조각난 뼈가 찍혀 나왔다. 그 뼈가 연결되어 있어야 할 자리에는 검디검은 허공이 대신 찍혔다. 나는 그 허공에서 육중한 바퀴가 무심히 굴러가는 장면을 보았다.

"이건 정말 절대로 못 붙입니다. 단면을 다듬고 봉합해야 합니다."

정형외과 교수님은 단호했다. 출근길에 비보를 듣고 달려온 가족들은 첫마디부터 혼비백산했다.

"그럼 앉은뱅이가 되는 거 아니오. 병원에 왔는데 그걸 못 붙인다는 게 말이 됩니까? 목숨을 살려 왔으면 다리도 살려내야 되는 거 아닙니까?"

"정형외과 의사가 다리를 절단한다는 말은, 내과 의사가 생명을 포기한다는 말과 같습니다. 이건 제가 가장 하기 싫어하는 말이지만, 의사의 신념을 다해서 하는 말이기도 합니다. 이 부위는 깔끔하게 잘려도 붙일까 말까 하는 곳이에요. 이건 어떤 일이 있어도 못 붙입니다. 직접 보셔야 감이 오겠습니까?"

"그래도 기적이라는 게 있지 않습니까? 최선을 다하면 이루어지는 기적 말입니다."

"제가 볼 때는 70세 노인이 두 다리가 전부 잘리고도 쇼크 없이 살아 있는 게 기적입니다."

"우리 입장에서 기적은, 잘린 두 다리를 병원에서 전부 붙여서 아버지가 다시 걸어나오는 게 기적이란 말입니다!"

나는 기적에 대한 이견과 난상을 듣고 생각했다. 기적은 그가 처음부터 지하철 선로에 몸을 던지지 않는 일이 아니었을까. 그가 살아갈 의지를 얻어 지하철 역 따위는 기웃거리지 않고 평범하게 사는 것이 바로, 기적이 아니었을까.

몇 명의 가족들만 다리의 단면을 직접 보았다. 평생 땅을 굳건히 디뎠던 아버지의 다리가 무참히 짓이겨져 다시 원래대로 되돌아올 수 없는 광경을. 그건 지나치게 잔인해 보통사람은 보기 힘들다. 심지어 생면부지 타인의 다리여도 참기 힘든 장면이다. 그들은 아버지의 부서진 다리를 보고 오열하며 가슴을 저몄다. 혼절하려는 딸은 옆에서 붙들어야 했다. 그들은 자신들의 부족함이 육중한 열차 바퀴가 되어 아버지의 다리를 짓눌러버렸다고 생각했을 것이다. 머릿속으로 그 무게를 견디다 못해 다리의 살점과 파편이 터져나가는 장면을 상상했을 것이다. 이 장면이 꼭 필요했을까, 앉은뱅이가 되기 전에 꼭 거쳐야 할 것이 이 장면이었을까. 이걸 수술의 진행과정이라고 부를 수 있을까.

그들은 곧 동의서에 묵묵히 서명했다. 그리고 환자는 앉은뱅이로 살아갈 남은 생을 위해 수술방으로 올라가버렸다. 그의 상반신이 수술실로 올라가자, 나에겐 한 쌍의 피 묻은 다리만 남았다. 피가 군데군데 튀어 있는, 카키색 등산바지와 닳아 해진 고동색 등산화가 신겨진 두 다리는 주인을 잃고 공허하게 누워 있었다. 그것들은 70년 넘게 땅을 디뎠지만, 이제는 아무짝에도 쓸모가 없었다. 심지어 더이상 엑스레이를 찍을 의미조차 없었다.

나는 두 다리를 각각 한 손씩 나눠 들고 주황색 의료용 폐기물 봉지 앞에 섰다. 이것을 내가 버려야 했다. 바지와 신발을 벗겨서 버릴까 하다가, 피가 묻은 이것도 의료용 폐기물이라는 생각에 마음을 고쳐먹었다. 어차피, 아랫단만 남은 바지와 신발 같은 것은 더이상 필요하지 않았다. 나는 큰 봉투에 다리를 한 짝씩 던져넣었다. 성인의 허리 높이까지 오게 되어 있는 봉투에 잘린 다리는 알맞게 들어갔다. 봉투 안에서 짓이겨진 두 다리의 단면이 고개를 내밀었다. 다른 사람이 치울 때를 감안해 주둥이를 틀어 봉투를 묶었다. 폐기물 표시가 큼지막하게 인쇄된 주황색 봉투 안에 두 다리가 잘 포장되었다. 그래 놓으니 그것은 꼭 누가 쓰다 버린 의족 한 쌍처럼 보였다.

◈

아침부터 격렬했으므로 밤새, 그리고 다음날 아침까지도 응급실은 격렬했다. 나는 당연히 밤을 새고 더욱 큰 걸음으로 비척대며 퇴근했다. 햇살은 강렬했고, 나는 온몸에 핏기를 잃은 사람처럼 걸었다. 그리고 출근길 사람들과 지하철에 섞여 집으로 향했다.

의식이 가물거리다가, 어제 환자의 이야기가 궁금해졌다. 나는 정신을 붙들고 기사를 검색해 읽었다.

어제 오전 8시쯤 서울 지하철 1호선 구로역에서 70대 남성이 선로에 뛰어들어 다리에 큰 부상을 입고 병원으로 이송되었습니다. 사고로 인천역 방향 전동차 운행이 40분 동안 지연돼 출근길 시민들이 큰 불편을 겪었습니다. 경찰은 이 남성이 스스로 목숨을 끊기 위해 뛰어든 것으로 보고 있습니다.

큰 부상, 전동차 운행 지연, 출근길 시민의 큰 불편, 자살 시도. 나는 쓴웃음을 지었다. 그곳에는 짓이겨진 근육의 결을 빗는 사람과, 그걸 다시 잘라 몽당다리를 만드는 사람의 이야기는 없었다. 다리를 쓰레기통에 넣는 장면이나, 제 아비지의 터진 살을 보고 구토하고 혼절하는 자식들도 없었다.

인간은 발가락 한 개만 없어져도 환상통을 느낀다. 환상통은 그 자리가 없어지는 순간의 통증이 그대로 살아나는 증세다. 두 다리가 동시에 날아가는 순간의 환상통을 평생 이겨내야 하는 사람, 여간해서 자를 수 없는 다리가 잘려나가는 순간을 목격한 사람, 죽고자 했으나 여생을 앉은뱅이로 살게 된 사람, 그리고 이제는 뛰어들 다리가 없어 더이상 죽을 수도 없는 사람, 무엇보다 죽으려고 몇 년을 고민하다가 달려오는 지하철 앞으로 몸을 던진 사람의 이야기는 없다. 그곳엔 '큰 부상'이나 '출근길 시민의 큰 불편'이 있을 뿐이었다.

나의 퇴근길은 불편하지 않았다. 내가 탄 지하철은 덜컹이며 한없이 육중하게 굴러가고 있었다. 기적처럼.

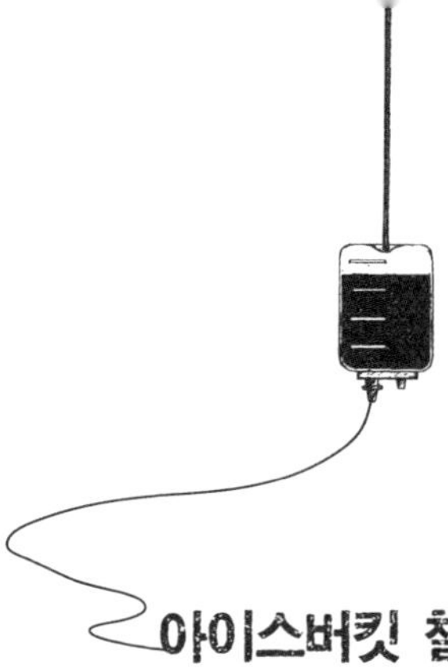

아이스버킷 챌린지에 부쳐

'아이스버킷 챌린지'라는 것이 유행이었다. 루게릭 환자를 돕는다는 취지 아래 사람들은 서로 경쟁이라도 하듯이 카메라 렌즈를 자신에게 맞춰놓고, 걱정스러운 표정으로 얼음물이 잔뜩 담긴 바구니를 들고 깔깔대며 자신의 머리 위로 쏟아부었다. 그러고는 너도 당해보라는 듯 약 올리는 표정으로 친구들을 호명했고, 흠뻑 젖은 자신의 모습을 여기저기 인터넷에 뿌려댔다. 그 광경들은 한데 모여 SNS에 노출되었고, 텔레비전 뉴스에도 소개되었다. 앵커는 밝고 희망찬 표정으로 멘트를 읊었다. "탤런트 이모씨와 가수 김모씨도 이에 동참하는 모습입니다." 그 쨍쨍한 한낮의 쾌활한 광경을 지켜보며 나는, 이전에 내 손으로 떠나보냈던 흔한 루게릭 환자의 이야기를 떠올렸다.

루게릭은 전신의 모든 근육이 마르고 비틀리는 병이다. 병의 경과는 약 3년쯤으로 추정한다. 환자의 90퍼센트는 3년을 넘기지 못하고 사망한다. 살아남은 10퍼센트는 구겨진 육체로 평생을 살아간다. 스티븐 호킹 박사를 생각하면 된다. 그 모습은 10퍼센트의 운 좋은 사람이 가질 수 있는 육체다. 멀쩡하게 살아남은 사람, 그러니까 완치되어 살아가는 데 지장이 없는 경우는 거의 찾아볼 수 없다. 진단과 동시에 죽음이 가까워지고 있다고 생각해야 하는 병이다.

환자의 근력은 차츰 약해진다. 처음에는 전신에 기운이 빠져나가는 일에서 시작된다. 그러다 점차 일상생활에 지장을 받는다. 어쩌다가 물잔이 손에서 미끄러져 바닥에 떨어져 깨진다. 분명히 꽉 쥐고 있었는데, 그것은 항거하지 못하고 추락한다. 혼자 물건을 들 수 없는 정도가 되면, 일상은 완벽히 깨진다. 접시나 수저는 수시로 떨어지고, 문고리가 돌아가지 않는다. 모든 것을 전부 가져다주어야 하고, 문을 닫으려면 누군가가 같이 방에 들어가야 한다. 곧 가족들은 집에 있는 문을 닫을 수 없게 된다. 어느 순간, 외출은 불가능해지고 바깥세상은 이제 다시는 확보할 수 없는 다른 이들의 세상이 된다. 집에서도 걸어다닐 수 없게 되면 금방 서지도 앉지도 못하는 상태가 된다. 그렇다면 누워 있을 수밖에 없다. 누워 있는 상태에선 이미 온몸의 근육이 전부 마르고 얇아져 뼈다귀만 남게 된다.

사지의 기능을 상실한 인간은 존엄을 지탱하는 사소한 것부터 스스로 해결할 수 없다. 누군가 수저를 들고 삼시 세끼를 전부 떠먹여주어야 한다. 대소변도 끊임없이 받아줘야 하고, 그 배설의 조절조차 힘들어져 가족들을 수시로 불러대야 한다. 먹고 삼키는 능력까지 잃으면, 이젠 밥을 떠먹여주어도 소용이 없다. 위胃로 들어가는 콧줄을 연결하고 목숨을 부지하기 위해 유동식을 주사기로 넣어주어야 한다. 문명의 음식을 먹던 삶에서, 실낱 같은 줄로 이어지는 흐물거리는 유동식에 의지하는 삶으로 바뀐다. 이 줄 하나에 기대어 이를 통해 들어온 영양분으로 생명을 유지하다가, 호흡도 근육이 하는 일이므로 호흡 능력이 상실되는 순간 죽는다.

가장 참혹한 점은 죽는 순간까지도 또렷한 정신을 유지한다는 것이다. 루게릭은 사지의 근육만을 침범할 뿐이므로, 뇌의 기능에는 전혀 영향을 미치지 않는다. 고로, 이 모든 것을 똑똑히 기억할 수 있다. 머릿속에서 째깍거리는 3년의 시간, 하루가 다르게 느껴지는 사지의 위약危弱과 그때마다 전해오는 두려움, 인간으로서 존엄이 계속 발가벗겨지고 있다는 사실이 환자를 옥죈다.

세상은 사라질 것이 뻔한 자에게 그리 우호적이지 않다. 주변 사람들은 불쌍해할 뿐, 직접적으로 도움이 되지는 않는다. 불편하고 낯선 동정, 측은해하는 눈빛과 혹여 일어날지 모를 배신을 견뎌야 한다. 3년간 인간이 경험할 수 있는 모든 종류의 공포와 두려움이 온다.

사람들은 이 이야기를 두 시간 남짓의 영화로 만들어 본 다음, 참 마음이 아팠으며, 이제 그들을 이해할 수 있었다고 짧게 말한다. 무례한 일이다. 3년을 나누어 매일 자신과 주변인에게 배달되는 죽음이라는 오열을, 곁에서 경험하지 않고는 짐작조차 할 수 없다.

◈

그녀는 흔한 루게릭 환자 중 한 명이었다. 흔한 딸 둘을 키운 50대

주부였다. 3년 전 피곤한 기분에 찾아간 병원에서 루게릭이라는 진단을 받았다. 선고를 받는 것은 한순간이었다. 그러고는 차도가 없는 죽음의 외길이 시작되었다.

한 남자의 아내이자 딸들의 어머니인 그녀의 육체가 명멸해가고, 온가족이 점차 쇠약해지는 그녀를 떠안았다. 아내가, 어머니가 죽어가는 모습을. 어떤 날은 침울해하고 어떤 날은 오열하며 대부분은 우울에 빠져 집구석에서만 지내다가 하루쯤은 스스로 목숨을 끊으려고도 하는 광경을, 가족들은 3년간 목도한다. 괴물 같은 불행이었다.

어머니가 유리컵을 깨고 주저앉아 우는 장면을 보며 옆에서 묵묵히 유리조각을 치우고, 어머니를 모시고 부축하다시피 간신히 외출했다가 기진맥진해서 돌아오다, 결국 사지를 못 쓰게 되자, 어머니의 기저귀를 갈고 유동식을 삼시 세끼 넣어주어야 했다. 그 불행이 온가족을 휩쓴 막바지였다. 어머니는 30킬로그램의 뼈다귀가 되어 있었다.

그녀는 죽을 때까지 누워 있을 자리를 방 한 켠에 정해놓고, 그곳에서 죽음을 기다리는 자리보전을 시작했다. 언제 올지 모르는 죽음에 가족들은 불안에 떨었다. 3년이 넘었으므로, 병마는 목 위까지 넘실거렸다. 결국 상태가 악화되던 어느 날, 간호사였던 딸 앞에서 호흡부전이 왔다. 어머니는 시퍼레진 얼굴로 숨을 헐떡였고, 그것이 심정지까지 이어졌다. 딸은 어머니의 목숨이 끊어지려는 것을 눈앞에서 보고 응급조치를 해 어머니를 살려냈다. 알고는 있었지만 처음으로 눈앞에 닥친 죽음이었으므로, 심정지에 관해 가족들은 논리적으로 생각할 겨를이 없었다. 그래서 어머니는 일단 생환했다. 하지만, 한 번의 악화는 더욱 악화된 호흡부전이 연이어 기다리고 있음을 뜻했다. 근본적으로 루게릭이라는 질병을 치료할 방법은 전무했으므로, 이젠 어머니를 포기할 시간이었다. 의학적으로 방도가 없는 암이거나 기타 질병의 말기이거나, 지독한 노환일 경우 이러한 공식이 성립한다. 더이상의 노력은 생명을 몇 시간 정도 연장하는 것과 다름없으니, 환자와 가족은 죽음에 서명하는 것이다. 어머니와 가족들은 다시 호흡근 마비가 올 경우에는 어떠한 생존 노력도 하지 않기로, 또 그에 관한 법적인 책임을 묻지 않기로 하는, 공식적으로 죽음을 인정하는 서류에 사인했다. 그녀는 이제 정말로 눈앞에 닥친 죽음만을 기다리고 있었다.

그녀는 숨을 몰아쉬며 입 모양을 오므렸다 펴는 것 외에는 할 수 있는 것이 없었다. 언제 올지 모를 죽음을 기다리며 지긋지긋한 삶을 끝내게 해달라고, 자기와 가족들에게 펼쳐진 불행을 지금이라도 없애달라고 남은 기력을 모아 매일 중얼거렸다. 이것이 그녀가 죽기 전에 마지막으로 가장 애쓴 일이었다.

죽음의 불안으로 떠는 가족들 사이에서 시신과 다름없이 지내던 며칠이 지났다. 그녀는 이번에도 간호사인 딸 앞에서 두번째 호흡 부전을 겪는다. 공식적으로 죽은 어머니였다. 서류의 내용은 그 딸도 잘 알고 있었다. 하지만, 어떤 딸이 눈앞에서 숨이 멎어가는 어머니를 그대로 방치할 수 있는가. 순간, 딸은 동의서의 내용은 까맣게 잊고 곧장 심폐소생술을 해서 어머니를 다시 세상으로 내려왔다.

의식과 호흡이 없는 30킬로그램의 육신은 응급실 문을 박차고 들어와 내 눈앞에 던져졌다. 루게릭이라는 말을 듣고 나는 그 모든 행색을 이해할 수 있었다. 입고 있던 옷은 헐렁했고, 옷에 뚫린 구멍 사이로 오랫동안 쓰지 않은 마른 사지가 삐져나와 있었다. 이미 생명이 저만치 달아난 듯한 몸에 의식과 호흡도 없었고, 심박만 살아 있었다. 게다가 이미 소생술 거부 동의서도 작성되어 있었다. 그냥 두면 의심치 않고 바로 죽을 것이었다. 난처한 상황이었다. 동의서대로 시행하면 바로 사망한다. 하지만, 일단 살아난 환자를 포기해서 사망에 이르게 할 수는 없었다. 그렇다면 살려야 했다. 하지만 치료되지 않는 병이므로 내가 환자에게 행할 치료라는 것이 있지 않았다. 살려내면 바로 죽을 환자를 살려내고서 그것을 치료라고 우길 것인가. 나에겐 어떠한 명분도 없었다.

그러나 나에겐 판단할 시간이 많지 않았다. 당장 눈앞에 죽어가는 환자가 있었고, 나는 의사라는 명찰을 달고 그 앞에 선 사람이었다. 모든 것은 일단 사람을 살린 후 생각해야 했다. 마음보다 몸이 먼저 움직였다. "기도 삽관하겠습니다. 벤틸레이터ventilator 준비하고 나머지 의료진은 프로토콜대로. 우리는 최선을 다합니다."

간호사인 딸이 심폐소생술을 했다는 것은, 환자가 병원에서 받는 것에 준하는 처치를 받고 왔다는 말이었다. 게다가 심정지의 원인은 명확히 호흡부전뿐이므로 그것만 해결하면 당장은 살아날 수 있었다. 그녀는 기도에 삽관이 된 상태로 곧 자발 호흡을 회복했다. 세상에 두번째로 돌아온 것이다.

"이 상황을 전부 알고 계셨던 것으로 압니다. 미리 소생술 거부 동의서도 작성하셨더라구요."

"네. 알고 있었습니다. 하지만, 우리 딸애가 소생술을…… 근데 우리 딸애도 눈앞에서 자기 어머니가 그런 상황인데 어쩔 도리가 없었던 것 같습니다. 근데, 이건 정말, 어쩔 도리가…… 아……"

"네, 저희도 사정은 알고 있지만 어쩔 수 없어 일단 조치를 취한 상태입니다. 그리고, 살아났습니다. 이전부터 병을 지켜보고 설명을 들으셨으니 묻겠습니다. 이제 어떻게 하면 좋겠습니까?"

"집에서, 늘 누워 있던 곳에서 온가족인 모인 데서 죽기로 약속했습니다. 집사람과도 굳게 약속했습니다. 하지만 이 광경은 정말…… 일단은 치료를 받겠습니다. 그리고 퇴원하겠습니다. 이 끔찍한 일을 집사람에게 도저히 다시 시킬 수가 없을 것 같습니다. 이번엔 정말 저희는 죽음의 약속을 지키겠습니다."

나는 가족들에게 병원에서 또 심정지가 발생하면, 이번에는 심폐소생술을 하지 않겠다는 동의서를 다시 받았다. 가족들은 울면서 동의서를 두번째로 작성했다. 그리고, 살아나면 죽을 것이 자명한 환자를 살리기 위해 중환자실로 보냈다. 이것은 일정한 타협의 결론이었다. 일시적인 마비였고 응급조치는 빨랐으므로, 공식적으로 죽은 그녀의 의식까지도 다시 세상에 돌아왔다. 그녀가 입을 열게 되어 처음 한 말은 자신을 집에 보내달라는 그리고 죽게 해달라는 말이었다. 죽게 해달라며 빌고, 곧 그렇게 될 환자가 내 이름을 걸고 중환자실에 누워 있었다.

입원한 날, 그리고 다음날까지, 환자의 상태는 폭풍전야처럼 고요했다. 숨을 쉴 수 있는 능력이란 실낱같은 것이다. 사람은 최소한의 기력만 남아 있어도 숨을 쉴 수 있다. 약한 바람에도 이 목숨은 달아나겠지만, 일단 환자는 갈비뼈가 훤히 드러난 흉부로 가쁜 숨을 몰아쉬며 생을 버텨내고 있었다. 나는 환자의 상태와 동의서의 내용을 재차 확인하기 위해 중환자실을 찾았다.

"어떠세요. 기분은 괜찮으십니까."

"힘이…… 힘이 들어요."

그녀는 거의 입 모양만으로 말했기 때문에 귀를 바짝 입가에 대고서야 대화가 가능했다.

"미리 소생술 거부 동의서를 작성하셨더군요. 일단 병원에서는 어쩌지 못해 환자 분을 살려냈습니다. 이제 집에 가고 싶으시다고요."

"선생님…… 저는 이미 두 번 죽었어요. 일생 한 번만 죽고 싶었는데…… 죽는 고통이 어떤 건지는 모르실 거예요. 근데…… 세번째로 또 죽어야 하는군요. 그 일을 또…… 그렇다면 마지막으로 한 번만 더 죽고 싶어요. 지금까지 불행으로도 저는…… 충분해요."

"네…… 잘 알겠습니다."

모두가 같은 마음이었다. 이 사람은 너무 긴 외길을 걸어왔고, 이제 명멸하는 육체의 끝만이 남아 있었다.

이튿날 퇴원이 예정되어 있었다. 환자는 일시적으로 회복되어 호흡기 없이도 숨을 쉴 수 있었다. 환자는 간호사의 부축을 받아 옷을 갈아입고, 퇴원 수속을 마치고 그녀가 늘 누워 있던 곳으로 돌아가기만을 기다리고 있었다. 하지만 세번째 호흡부전, 그러니깐 세번째의 죽음은 예상보다 일찍 찾아왔다. 수속이 막 끝난 그 시점, 갑자기 그녀의 호흡근이 다시 멎었다.

나는 급한 전화를 받고 중환자실로 달려갔다. 중환자실은 난장판이었다. 어떤 의사가 숨이 멎은 사람을 방치할 수 있겠는가, 회진을 돌다 옆에서 호흡 정지를 목격한 내과 의사는 다시 그녀의 갈비뼈를 부수고 심박을 돌려놓았다. 하지만, 호흡부전은 여전히 회복되지 않아 환자는 미동도 없었다. 나는 내과 의사에게 사정을 설명하고 산소 마스크를 옮겨 받았다. 그리고 주머니를 짜서 환자의 생명을 부지하며 보호자를 급히 불러 모았다.

"마지막 결정의 순간입니다. 이 마스크를 떼면 영원한 잠에 빠져들 것이고, 여기서 치료를 진행하면 이전 일들이 반복될 것입니다. 결정해주셔야 합니다."

주저할 이유가 없었다. 이미 멀리부터 한 무리의 가족이 어서 이 지옥과도 같은 고통과 불행을 끝내달라고 소리지르며 달려왔으니까. 나는 가족들이 침대 근처에 전부 모인 후 마스크를 뗐다. "5분, 5분 이내에 돌아가실 겁니다."

호흡하지 않는 사람은 5분이면 죽는다. 공식적으로 죽었고, 의학적으로 심장이 뛰고 있어 아직 죽지 않은 그녀의 사망선고를 위해서 나는 머리맡에서 심장이 멈추기를 기다렸다. 만일의 일을 대비하기 위한 것이기도 했다. 그녀는 의학적으로나 경험상으로 죽어야 했으므로, 만일의 일이란 것은 그녀가 살아나는 것이었다. 나는 의사지만 죽음으로부터 삶을 지키기 위해서가 아니라, 삶에 대비해서 죽음을 지키기 위해 그 자리에 있었다. 그리고, 그 자리에 서 있기로 결정한 것은, 큰 실수였다.

평생을 사랑했고, 5분 뒤에 죽을 자신의 어머니와 아내, 언니에게 마지막으로 할 수 있는 말이 무엇이겠는가? 몇 년간, 그리고 평생 쌓인 슬픔이 터져나올 5분이란 순간을 짐작할 수 있는가? 그런 상황에서 그렇게 엉긴 말들이 머릿속에서 정리되어 나올 것이라고 생각하는가? 가족들은 그녀 몸의 한 부분씩을 점거했다. 한 명은 몸통에 머리를 박고, 한 명은 머리채를 붙잡고, 한 명은 목에 매달린 채로, 중환자실에 서 있는 다른 이들은 아랑곳하지 않고 오열하기 시작했다. 무조건 사랑한다고, 사랑했다고, 엄마를 평생 사랑했었노라고, 중대하건 사소한 일이건 전부 사랑했다고, 대신 죽지 못해서 미안하다고, 자기가 준 고통이 너무 많아 엄마가 받은 고통은 내것이어야 한다고, 모든 것이 미안하다고, 제발 내 미안한 마음이 조금이라도 전해진다면 나는 죽어도 좋을 것 같다고, 자기는 어려서도 커서도 너무 미안했다고 소리치는 소리와 당신을 만난 순간부터 행복했고 깊이 사랑했다고, 그러지 않을 수가 없었다고, 자신의 아내로도 사랑했고 두 아이의 엄마로도 사랑했고, 그대로의 존재만으로도 사랑했다고, 사랑했다고.

"제발 이 병病을, 아아…… 여보 사랑해. 어서 눈을 감고 저주받은 병을 버려. 그리고 행복하게 살아. 사랑해 아아……."

심박을 관찰하고 있던 나의 귓가에 그 소리는 너무 투명하고도 또렷하게 들려왔다. 나는 알몸으로 날카로운 창 앞에 선 기분이었다. 시린 바닥에 널린 깨진 유리조각 위를 구르는 느낌으로 전신이 따가워왔다. 아니, 정말 그럴 수 있다면 차라리 그러는 편이 나으리라고 생각했다. 이 거대한 슬픔 앞에 나는 헐벗은 채 무방비 상태였다. 항거할 힘도, 의지도 없었다. 이 압도적인 오열은 수없는 비수가 되어 나의 전신을 꿰뚫었다. 관통된 자리에서 선혈이 흘러 발밑에 고였다. 아아, 나는 슬픔 앞에 너무 무력했다.

5분 후 약속대로 그녀의 불행은 끝났다. 심박은 평행선을 보였고, 나는 사망선언을 해야만 했다. 하지만, 나는 이 질병에 전염된 사람처

핫한 아이스버킷챌린지 스타
몸짱 스타, 마음도 짱!
MBS
가장 핫한 아이
킷챌린지 스타는 누구?

럼 말이 입밖으로 나오지 않았다. 나는 간신히 입 모양만으로 사망을 선언했다. 그리고 사체를 마지막으로 붙잡고 슬픔을 쥐어짜고 있는 유족들에게 그녀를 넘겼다. 나는 그 앞에서 슬퍼할 수 없었다. 하지만 귀를 관통하는 그 말들을 듣고서는 더이상 참을 수가 없었다. 그래서 나는 서둘러 빈 곳에 숨었다. 그곳에서 나는 그제야 울음을 터뜨렸다. 눈앞에서 겪은 실재하는 비극에 비하면 내 울음조차 너무 보잘것없다는 생각이 들어 죄송한 마음이었지만, 울어야 했다. 그 도리밖에 없었다. 나는 그날 한나절을 아무것도 하지 못하고, 죽음의 고통을 겪은 것처럼 굴었다.

◈

텔레비전에서 얼음물을 뒤집어쓴 사람들은 차가워 죽겠다는 표정으로 깔깔대며 밝게 웃었고, 그다음 참가자가 될 친구들의 이름을 약 올리듯이 불러댔다. 그곳에서 슬픔이란 것은 마치 존재하지 않고, 먼 곳에 있는 이름 모를 사람들이나 겪는 일처럼 보였다. 나는 리모컨을 들어 웃음소리가 들려오는 텔레비전을 껐다. 사방이 고요해졌다.

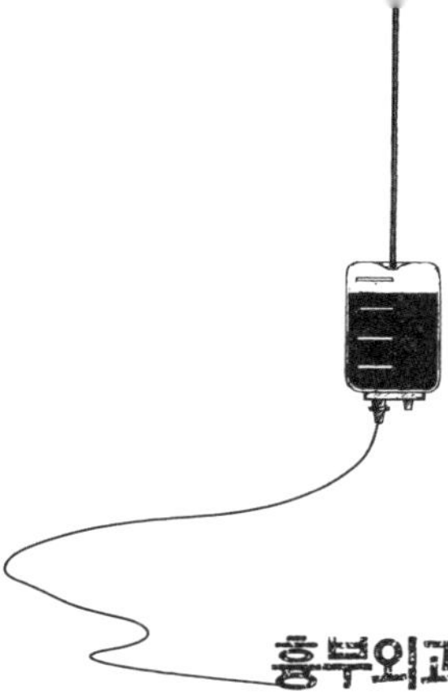

흉부외과의 진실

우리 대학병원에는 몇 년 전부터 흉부외과 레지던트가 없다.

50대의 급성 심근경색 환자가 하나 있었다. 심정지 직후에 곁에 있던 부인이 심폐소생술을 즉시 시행한 드문 케이스였다. 심장은 쉽게 돌아오지 않았지만 심폐소생술 덕분에 환자가 통증에 반응을 보이며 몸부림쳤고, 그 역시 드문 경우였다. 쉽게 말하면, 심장은 멈춰 있지만 즉시 시행한 심폐소생술 덕분에 전신의 피가 순환해서 뇌는 아직 반응이 있는 경우로, 심장만 돌려놓는다면 이 사람은 즉시 정신을 차려 걸어나갈 수 있는 환자였다. 우리는 소생실 침대에 누워 희미한 의식으로 꿈틀거리는 그를 안타까워하며 심폐소생술과, 그에 동반된 최선의 처치를 했다.

하지만 기대와 다르게 이 사람의 심장은 반응이 없었다. 운때가 안 맞으려고 했는지 심장 조영실은 대규모 공사중이었다. 이런 심정지 환자에게 흔히 시도해볼 수 있는 관상동맥 스텐트 삽입술은 불가능했다. 환자의 사지 움직임이 점차 줄어드는 것을 보며 나는 흉부외과 시술인 체외막산소공급ECMO을 환자에게 적용할 생각을 했다. 이 기계의 원리를 간단히 설명하면, 외부에 설치한 기계로 심장의 순환을 대신해주는 것이다. 문제는 심장에만 있으니, 심장의 본래 기능인 순환만 임시적으로 대체하고, 추후에 관상동맥 문제를 해결하면 이 환자의 신경학적 반응을 생각했을 때 회복이 가능할 것이라고 생각했다. 이 시술은 흉부외과 교수가 지휘하지 않으면 실시가 불가능하다. 그래서 흉부외과 교수에게 직접 전화를 걸었다. 이미 심장마비 후 40분이 지난 시점이었다. 환자가 쓰러지고 누군가 신고해서 구급대원이 출동하고, 그를 싣고, 병원에 와서 처치하는 시간까지 계산하면 이는 현실적으로 엄청나게 빠른 시간이었다. 그리고, 아직 꿈틀대는 움직임도 남아 있었다.

흉부외과 교수의 답변은 지금 집에 있다는 것이었다. 가려면 한 시간이 넘게 걸린다고. 한 시간은 그 사람이 시체가 되고도 남아, 사망진단서가 프린터에서 출력되어 나올 시간이었다. 나는 긴말 하지 않고 전화를 끊었다. 그 사람은 모두의 기대를 저버리고 죽었다.

어젠 흔한 흉부 외상 환자가 하나 있었다. 경운기에 깔린 50대 아저씨였는데, 다발성 갈비뼈 골절 및 이에 동반된 혈흉이 있었다. 이런 환자는 외상이 있는 쪽 흉부에 흉관을 삽입해서 고인 피를 빼내 호흡을 할 수 있게 만들어야 한다. 하지만 출혈이 지속되어 생명을 위협하면 수술방에서 개흉술로 출혈을 멈추게 해야 환자가 산다. 이 아저씨는 흉관을 삽입하자마자 혈액이 쏟아져 급한 수술이 필요했다. 호출했던 흉부외과 인턴은 환자 곁에 서서 어쩔 줄 몰라 서성거렸다. 내원한 지 30분밖에 되지 않은 위급한 상황이라, 나는 그의 전화기를 빼앗아 응급수술이 필요하다고 흉부외과 교수님에게 전화했다. 수 리터의 피가 그의 몸에서 쏟아졌고, 그만큼을 수혈했으나 죽음이 임박했다. 그가 병원에 온 지 두 시간 만에 교수님은 도착했지만, 환자는 이미 의식이 없었다. 수술방에 올라갔으나 흉강을 열어보지도 못하고 환자는 죽었다.

오늘도 비슷한 일이 있었다. 자전거 사고를 당한 60대 환자였는데 역시 다발성 갈비뼈 골절 및 혈흉이 있었다. 이번에는 출혈이 급격하지는 않았지만 천천히 지속되었다. 한 시간 반 만에 흉부외과 인턴이 또 망설이며 전화했고, 나는 이번에도 전화기를 빼앗아 상태를 전했다. 흉부외과 교수님은 유선상으로 전해들어선 판단이 잘 서지 않았는지, 이 질문 저 질문을 던지며 머뭇거리셨다. 난 그의 외과학적인 중재가 필요하다고 생각했고, 그는 토요일 오전, 고된 주중 일과를 마치고 잠시라도 쉴 시간과 단서가 필요했다. 나는 완벽히 이해할 수 있었다. 그런 시간을 누가 방해받고 싶으랴. 흉부외과 교수님은 환자 내원 네 시간 만에 병원에 도착했다. 불행히도 환자는 지병이 너무 많았다. 출혈량만큼 피를 갈면서 버티고 있었지만, 심기능은 돌이킬 수 없이 떨어졌고, 뇌까지 크게 상했다. 환자의 의식이 사라졌다. 이미 소생 가능성이 없는 상태였다. 급히 수술실에 올라갔지만 너무 늦어 역시 열어보지도 못하고 죽었다.

출혈이란 것은 복잡한 문제지만, 출혈이 사망에 이르는 논리는 의

외로 간단하다. 출혈량이 일정 수준 이상으로 넘어가면 환자는 죽는다. 살리는 방법은 정반대다. 출혈량이 일정 수준을 넘기기 전에 그 출혈을 막으면 된다. 지혈이 불가능할 만큼 출혈이 심해 수술해야 할 때, 이미 피를 많이 흘린 상태에서 수술하는 것과, 막 출혈이 시작된 시점에 수술하는 것은 큰 차이가 난다. 어차피 일정 수준의 출혈이라는 것은 처음부터 정해져 있기 때문이다. 이 사이의 시간차는 정말로 생사를 가르는 차이다.

사람의 운명이야 하늘이 정해주는 것이라지만, 이론상으로 보면 앞선 환자들의 경우 응급실에서부터 흉부외과 의사가 붙어 시간을 다투는 최선의 처치를 했으면 살 수도 있었다. 수술을 직접 할 수는 없더라도, 흉부외과 레지던트가 교수님에게 조언을 구하고 현장에서 할 수 있는 처치를 하면서 수술을 결정하는 등의 프로세스를 진행했으면 조금이라도 좋은 결과가 있지 않았을까. 아니면 수술 결정이나 진행이라도 좀더 일찍 이루어질 수 있지 않았을까. 환자를 잃었으므로 이렇게 생각해볼 수도 있다.

그렇다고 흉부외과 교수님들을 비난할 수는 없다. 내가 있는 병원에서도 두세 분의 교수님이 교대로 당직을 서고 있다. 과로한 그들이 주말이나 평일 밤에 누려야 할 여유를 뺏을 권리는 누구에게도 없다. 게다가 교수님이 당직이라고 병원을 지키며 숙식하고 있어도 칭찬해주는 사람도 없다. 경험도 없고, 흉부외과적인 지식이 전무한 비슷비슷한 인턴 노티를 10년 넘게 듣고 어찌 움직여야 할지 판단하는 것도 지치는 일이다. 그들이 시달리고 지치는 일은 제도와 시스템의 문제다.

광우병은 실제 치사율이 거의 100퍼센트다. 이 무서운 병에 걸려 죽을까 두려워 온 국민이 몇 날 며칠 밤 촛불을 들고 시위를 했다. 결국 대통령까지 나서서 사과를 했다. 수없이 기사화되었고 정치적 문제까지 엮여서 현재까지도 종종 언급되고 있다. 큰 사회적 파장과 비용이 발생했음은 당연한 일이다. 이는 사람의 생명이 달린 문제라는 이유였다. 어쨌건, 우리나라에선 아직까지 아무도 걸리지 않았다. 당연히 아무도 죽지 않았다.

광견병이라는 병도 있다. 역시 치사율은 거의 100퍼센트다. 전 국민이 이 병을 다 안다. 온 국민이 개나 고양이나 기타 동물에 물리면 광견병에 걸릴까 두려워 응급실에 오고 주사를 맞으며 불안에 떤다. 예방 접종 및 치료제인 면역글로블린은 엄청나게 비싸다. 하지만 불안한 사람들은 자처해서 이 주사를 맞는다. 역시 사람의 생명이 달렸기 때문이라는데, 우리나라에서 10년간 1명이 걸렸다. 그것도 흔히 두려워하는 개가 아닌 너구리에 물려서 걸렸다.

파상풍이라는 병도 역시 무서운 병이다. 이 병의 치사율은 50퍼센트 안팎이다. 이 병도 거의 모르는 사람이 없다. 쇠나 기타 더러운 물체에 찔리면 환자는 파상풍에 걸릴까 불안해하고, 응급실 의사는 접종력이 확인되지 않았거나, 안심할 수 없는 상처면 거의 무조건 파상풍 예방주사를 놓는다. 약 3만 원에서 5만 원쯤 하는 비싼 약이다. 오늘 하루만도 십수 명이 맞고 갔다. 그 때문인지 몰라도 우리나라에서 1년에 파상풍에 걸리는 사람은 대략 10명쯤 된다. 1년에 5명쯤 죽었다고 생각할 수 있다. 1년에 10명이 걸리는 병은 쉽게 보기 힘들다. 나도 몇 년을 병원에서 근무했지만 의심되었던 사람 한두 명 정도만을 보았다.

셀 수 없이 많은 사람들이 쉽게 외상을 입는다. 그중 실제 생명에 위협이 될 정도인 중증 외상 환자는 한 해 12만 명이다. 그중 25퍼센트 가량인 3만 명이 실제로 죽는다. 사망환자 3만 명 중에서, 1만 명은 의료기관에서 평가했을 때 대응이 빨랐다면 살 수 있었을 것이라고 평가한다. 바꾸어 말하면 외상 환자 1만 명이 제도와 시스템 탓에 사망한다.

우리가 지금 살고 있는 사회에서 인간의 목숨은 어떤 일보다도 먼저 고려되어야 하는 가치로 받아들여지며, 사람들은 이것이 위협받으면 분개하고, 그런 사실을 널리 알리려 한다. 아무리 많은 비용을 투자한다고 해도 하나의 생명이라도 살릴 수 있다면 우리는 대의적으로 그렇게 해야 한다고 생각한다. 하지만 한 해 1만 명이 외상 환자를 다루는 시스템 때문에 죽는다. 이건 통계청에서 발표한 사실이다. 하지만 국민들이 흉부외과 의사나 외과 의사가 부족하다고, 혹은 외상 환자를 다루는 시스템을 바꾸어야 한다고 시위를 하는 것은 본 적이 없다.

나는 사람들이 이 사실을 잘 모르고 있다고 생각한다. 실제로 알 도리도 없다. 일단, 병원에서 "이런 경우 흉부외과 당직자가 처음부터 붙어 진료했으면 당신 남편은 살 가능성도 있었습니다……" 같이 의사 입장에서 쓸모없는 이야기는 굳이 하지 않는다. 실제로 한 개인의 생사는 아주 예민한 문제이기 때문에 이런 언급은 과학적으로 틀릴 가능성도 있어서 해야 할 이유도 없다. 그리고 환자를 잃는 안타까움을 알려야 할 흉부외과 의사는 너무 소수이며, 이들 중 많은 수는 응급수술을 포기하고 전공과 관련 없는 의업을 하고 있거나, 아니면 당장의 당직 근무에 지쳐 사회적으로 발언하기 힘들다. 타과 의사들은 자기 일과 자기 환자가 아니므로 관심도 없으며 책임도 지지 않는다. 그리고 죽은 사람은 말이 없다. 결국 이것들이 맞물려, 1만 명의 죽음에 대해서는 관대한 사회가 되었다.

이상한 일은 또 있다. 10년간 흉부외과 레지던트가 한 명도 없던 우리 병원의 경우를 보면, 현재 인기가 있다는 소위 '피안성정재영(피부과, 안과, 성형외과, 정신건강의학과, 재활의학과, 영상의학과)' 레지던트가 각각 피부과 8명, 정신건강의학과 8명, 재활의학과 8명, 영상의학과 8명으로 모두 32명이다. 이들도 중요한 의업을 하고 있고 본인의 의지에 따라 선택한 일을 하고 있기 때문에 절대로 폄하하고 싶은 생각은 없지만, 이들의 수가 좀 적거나 심지어 없어도 응급실에서 환자가 죽는 일은 없다. 정원보다 지원자가 넘쳐나는 이 과의 의사들 중 소수만이라도 흉부외과를 지원했더라면 흉부외과적인 응급에 지금보다도 훨씬 원활하게 대처할 수 있었을 것이다. 하지만 우리 병원에서는 몇 년간 단 한 명의 흉부외과 레지던트도 없었다. 그렇다고 이들을 쉽게 비난할 수 있는가? 그렇지 않다. 흉부외과를 선택하면 남들보다 훨씬 힘든 길을 평생 가야만 하는데다가, 사회적으로 인정도 받지 못하고 심지어 돈도 못 버는데, 그런 일이라면, 그건 누구에게나 가장 먼저 제외될 선택지다.

참 이상한 일이다. 분명 우리는 돈보다 사람의 생명이 중요하다고 하는 사회에 살고 있다. 많은 사람들이 타인의 목숨을 아끼고, 자신의 목숨도 소중하게 여긴다. 하지만, 생명과 직결될 수 있는 흉부외과 의사의 수는 현재 시장논리로 인해 전멸에 가깝다. 지원자는 모집정원의 반을 넘긴 적이 없다. 현실적인 수가 조정이라든지, 단순한 금전적 보상으로라도 이걸 늘릴 방법은 분명히 있을 것이다. 신경외과나 정형외과의 레지던트 생활은 흉부외과 못지 않게 힘들지만 나중에 금전적인 보상이 따르기 때문에 이 두 개의 과는 거의 미달이 생기지 않는다. 흉부외과도 돈을 많이 벌 수 있는 직업이라면 분명히 달라졌을 것이다. 하지만 현재 의사들 사이에서 흉부외과는 압도적으로 경시되고 있다.

지금 이 순간에도 사람들은 죽어가고 있다. 1년에 1만 명이면, 하루에 27명꼴이다. 외상 시스템의 미비로 한 시간에 한 명이 넘게 죽고 있다. 누군가는 이런 일을 낱낱이 알고 있을 텐데, 왜 고쳐지지 않는 것인지 이해할 수가 없다. 현실적으로 닥칠 위험이 거의 없다시피 한 광우병이나 광견병에는 분노하고 두려워하지만, 귀갓길에 마주한 교통사고 때문에 병원에 갔는데 수술이 지연되어 죽을 수 있다는 사실에는 왜 분노하지 않을까.

중증 외상에 대한 대책으로 외상센터를 지정하고 보강하는 작업을 하고 있다. 그래서 기존 병원들 중에서 몇 곳을 센터로 지정하고, 시스템의 미비점을 고치고 있다. 하지만, 나는 센터까지 잘 이송되어서 갈 사람이면 원래 살 수도 있는 사람이라고 생각한다. 당장 사고가 났을 때 상주하고 있다가 가장 빨리 눈앞에서 환자를 볼 수 있는 흉부외과 의사 한두 명이 더 급하다.

나는 응급실에서 볼 수 있는 흔한 의사다. 밤새고 일하는 고생은 크게 인정받지 못하고, 이를 알아주기를 바라지도 않는다. 나는 외진 응급실에서 조용히 일할 뿐이다. 큰 신념이나 의지가 있어 사회나 시스템을 개혁하고 싶은 생각도 없다. 하지만 인간으로서 내 환자가 눈앞에서 죽어가면 식은땀이 나고 온몸이 떨린다. 생각 없는 나도 며칠 동안을 자책하고 후회도 한다. 하지만 해결책이 없는 질문은 무지한 나도 먹먹한 기분이 들게 한다. 많이 바라는 것은 없다. 그냥 상주하는 흉부외과 의사가 환자를 살려줬으면 한다. 그뿐이다.

02

알지 못하는 세계:

삶에 관하여

일몰을 얻어오는 시간

주로 방구석에서 노는 나에게도 방 바깥에서 하는 놀이가 하나 있다. 일단 오전부터 그날의 날씨를 면밀히 관찰한다. 해질녘, 집 밖에 나설 수 있는 날씨라고 판단되면 보고 있던 책에 책갈피를 꽂거나 쓰고 있던 글을 저장한다. 그러고는 편한 옷으로 갈아입고 현관으로 나가 운동화 끈을 고쳐맨 다음 어딘가로 달려간다.

기회만 있으면 하는 것이 달리기이고 나 혼자 달리는 일이지만 내 달리기는 하루도 같지 않다. 그날 원하는 방향으로 운동화가 닿는 곳까지 뛰었다가 충분하다고 생각되면 반대로 뛰어서 돌아온다. 거리는 대체로 10킬로미터 안팎이다. 정해진 속력도 없이, 그날 뛰고 싶은 속도로 뛰기도 하고, 힘들면 걸어서 돌아오기도 한다. 그날의 달리기가 이전과 다르면 다를수록 더 좋고 특별하다. 집에서 출발해서 한강

둔치로 가기도 하고, 남산을 한 바퀴 돌기도 한다. 어떤 날은 괜히 번화가를 통과하고, 어떤 날은 아파트 단지나 고등학교 운동장을 하염없이 빙글빙글 돌기도 한다. 시골에 있는 집에서도 평소에는 좀처럼 걸어볼 일 없는 시골길을 뛰다가 돌아온다. 여행을 가거나 다른 곳에 머무르는 날이면 달리기는 더욱 축복이 된다.

마음이 닿는 곳으로 내달린다는 점 외에도 딱 하나 더, 어디로 가더라도 하늘을 잘 볼 수 있는 곳을 향해 뛴다. 특별한 사정이 있지 않으면, 해가 뉘엿뉘엿 저물기 전에 집에서 나와 해가 완전히 지고 나서야 집으로 들어간다. 이 시간이면 너무 어둡지도 않고, 직사광선을 피할 수도 있다. 여름이면 날이 약간 시원해질 무렵이고, 겨울이면 그리 춥지 않을 때다. 가장 좋은 점은 매일 각기 다르게 해가 지는 모습을 관찰할 수 있다는 것이다. 실은 이것이 내가 달리는 진짜 이유다.

"왜 뛰십니까?"라고 많은 사람들이 묻는다. "건강을 위해서입니다" 내지는 "살을 빼려고 합니다" 같은 대답을 할 수도 있겠지만, 나는 꼭 "하늘을 보려고 달립니다"라고 대답한다. 왜냐하면 우리가 숨 쉬는 공간이 가장 아름다워지는 때는 일몰과 일출의 시간이고, 나는 그 순간들을 부지불식간에 흘려보내고 싶지 않기 때문이다.

해는 매일 다른 표정으로 진다. 나는 그 순간을 매일 목격함으로써, 내가 숨 쉬고 있는 공간을 완연하게 느끼고 싶다. 어떤 날은 맑고 정직하게, 또 어떤 날은 몇 점의 구름으로 수줍게 가려진 채로, 가끔씩은 짐작할 수 없는 먼 곳으로부터 신비롭고 희미한 빛깔을 보이며 해는 저문다. 습관처럼 내가 사는 곳의 일몰을 관찰하면, 우리가 아무렇지도 않게 살았던 곳이 정말 특별해진다. 내가 만난 일몰의 개수

나 특징만큼 나는 매일 다른 세상을 본다. 그래서 주변을 조금 더 아름답고 그립게 만들 핑계를 얻는다. 이곳을 여행하거나 일탈을 하는 것처럼, 내가 사는 곳이 가보지 못했던 이국의 한 도시인 것처럼. 그리고 다른 도시에 머물 적에는 이곳이 내가 살았던 도시인 것처럼. 빨갛게 지는 노을은 하루도 완벽히 같은 날이 없다. 그래서 매일 새로운 광경을 보는 나의 달리기는 지루할 틈이 없다.

특히 평소라면 걸어보지도 않았을 길을 달리는 일은 나의 일상을 새롭게 한다. 그래서 나는 잿빛 벽만 나를 노려보는 헬스클럽 러닝머신을 이용할 생각이 추호도 없다. 그것은 햄스터가 쳇바퀴를 아무 의미 없이 달리는 것처럼, 전혀 창의적인 영감이 생기지 않는 일이다. 방랑벽이 있는 나는 바깥을 뛰는 습관으로, 앞으로 살아갈 많은 집과 도시에서의 추억을 얻을 것이다. 그리고 앞으로 도달할 수많은 여행지에서도 이런 식으로 그곳을 고스란히 느낄 것이다.

이불이 배가 아프다고 주장해요

40대 조현병(정신분열증) 환자 S의 증세는 날로 악화되어갑니다. 발병 초기에 환청이 조금 들리기 시작할 때는 정말 열심히 치료받았습니다. 병원에서 시키는 대로 약도 꼬박꼬박 챙겨 먹고, 진료도 빼먹지 않고 받았습니다. 하지만 약을 먹으면 먹을수록 정신은 온통 혼미해지고 침은 바가지로 받아야 할 정도로 쏟아지더라구요. 손발은 어찌나 마음대로 움직이는지 몸은 또 왜 그렇게 앉아 있을 수도 없게 근질거리는지 약을 끊으면 환청이 들리기는 하지만 그것도 나쁘지는 않았습니다. 병은 나아지지 않고, 부작용에는 지치고, 어떻게 살아야겠다는 의지도 약해지니 그냥 집에 우두커니 있었습니다. 병 수발하다가 지쳐버린 남편은 몇 년 전에 도망가버렸어요. 그래서 환청, 환시, 환후와 함께 지내고 있습니다. 제법 자유로운 삶입니다. 환청이 들리면 답하고, 환시가 보이면 같이 뛰어놀아요. 최근에는 친했던 동무들도 만나고, 옛날에 키웠던 강아지도 만나고 있어요. 덕분에 집에 있어도 하나도 외롭지 않습니다. 오늘은 눈을 떠보니, 나를 미워만 하고 성만 내다가 현관문을 발로 걷어차고 나갔던 남편이 다정한 얼굴로 찾아와 있네요. 우리는 오랜만에 따뜻한 차도 끓여 마시며 따뜻한 대화를 나누었어요. 훈훈한 분위기를 보니, 이제 다시 잘 이겨낼 수 있을 것도 같아요. 아, 사랑하는 우리 남편. 앗, 근데 갑자기, 남편이 복통이 왔다고 외치더니 배를 감싸쥐어요! 배가 끊어지는 것 같다며 방 안을 데굴데굴 구르네요. 급기야 이 사람이 장롱 속에 기어들어가서 배를 끌어안고 꼼짝할 생각을 안 하네요! 이거 어쩌면 좋죠? 사랑하는 남편이 이대로 콱 죽어버리는 거 아닐까요? 도움을 요청해야겠어요!

오늘도 불철주야 현장에서 눈썹 휘날리게 고생하는 119구급대원 M은 퇴근 전 마지막 지령을 받고 현장에 도착합니다. 퇴근하고 맥주 한잔하러 가기로 동료들과 약속도 해놨구요. 벌써부터 목구멍으로 차가운 맥주가 꼴깍거리면서 넘어가는 느낌에 침이 고입니다. 복통 환자 한 명만 병원으로 실어다 놓으면 오늘 일은 끝이죠. 급한 마음에 초인종을 누르니 아줌마가 혼자 나옵니다. 분명 이분은 보호자고, 환자는 침대에 쓰러져 신음하고 있겠지요. M은 환자가 어디 있느냐고 묻습니다. 아주머니는 M을 침실로 고이 안내하더니, 단호한 표정으로 장롱 문을 벌컥 열고 잘 개져 있는 이불 한 채를 가리킵니다.

"저기 지금 우리 남편이 배가 끊어질 듯이 아프대요!"

"저, 남편분이 지금 어디 계신 건가요?"

"여기 보이잖아요. 우리 남편이요. 지금 배를 잡고 뒹굴고 있잖아요."

"아!"

만감이 교차합니다. 많은 진상을 봐왔지만, 세상은 정말 오래 살고 볼 일입니다. 지금 이불을 가리키며 남편이라고 부르는 거잖아요. "저기, 이불은 이송 대상이 아닙니다." 이래야 하나요? 아니면, "제정신이신가요?"라고 해야 하나요. 하지만 아주머니의 단호하고 이글거리는 표정을 봐서는 쉽게 물러설 것 같지 않습니다. 아마 정신이 어쩌고를 언급하면 아주머니에게 된통 당할 분위기입니다. M은 급히 상황판단을 합니다. '생각해보면 아픈 사람은 맞잖아. 배가 아픈 게 아니라 정신머리가 아픈 거지만.' M은 빠른 퇴근을 위한 구국의 결단을 합니다. '그냥 전부 다 실어서 병원에 갖다놓자.'

이송을 하려니 이불을 모시는 아주머니의 자세가 보통 확신에 찬 게 아닙니다. 이런 건 경험 많은 저도 처음 해보네요. 이불을 정성스럽게 들어 모양이 흐트러지지 않게 119카트에 눕힙니다. 각진 분이라 카트 모변에 정확하게 누우시네요. 떨어지지 않게 안전벨트도 채웁니다. 그리고 카트를 밀어 119구급차 뒤에 거치하고 안전하게 고정합니다. 진짜 환자인 S씨는 보호자 간이의자에 앉아 이불을 간호합니다. 저 정성스럽고 걱정스러운 표정! 역시, 제 결정은 옳았습니다! 바로 이것이 해결책이었던 것입니다.

신규 응급실 간호사 J는 몰려드는 환자로 정신이 나갈 지경입니다. 주야장천 안 바쁜 시간이 없는데, 일이 익숙하지 않아서 더 죽을 맛입니다. 신규 발령을 받자마자 어수룩한 일처리 때문에 존경하는 차지charge 선생님께 하루도 혼나지 않은 날이 없었습니다. 방금도 투약을 헷갈렸다가 정말 매몰차게 꾸중을 들었네요. 정신 추스를 틈도 없이 야속한 환자들은 줄어들 기미가 없어요. 지옥입니다. 제발 저 좀 살려주세요.

눈코 뜰 새 없는 와중에 이 아비규환을 뚫고 범상치 않은 119카트가 한줄기 빛처럼 응급실을 가로지르네요. 벌써 예감이 안 좋고, 한숨이 푹, 하고 납니다. 일단 빨리 가서 접수부터 해야겠어요. 이송 침대가…… 응? 자세히 보니 뭔가 화려한 무늬가 실려 있습니다. 아니! 안전벨트를 찬 이불이라니! 119카트에는 각종 인간 같지 않은 진상들이 실려오지만 진짜 인간이 아닌 것이 실려오는 것은 처음 봅니다. 이불은 안전하고도 침착하게 누워 있다가, 침대를 접으니 예쁘게 일어나 앉기도 합니다. 하하.

J는 119구급대원 M에게 사정을 전해듣습니다. 허탈하네요. 왜 인간도 아닌 이불을 각 잡아 싣고 왔는지 원망스럽고 어이가 없기도 하지만, 이글거리는 보호자의 눈빛을 보니 비슷한 업계 사람으로서 이해도 갑니다. 일단 연기에 동참해야겠어요.

"자, 이쪽으로 오세요."

안정이 필요한 사람들을 위한 구석 침대로 구급대원과 보호자를 안내해 안전벨트를 천천히 풀어줍니다. 그리고 이불이 흐트러질세라 예쁘게 침대에 눕힙니다. 보호자는 이불에 이불을 덮어주고 있네요. 그러고 보호자 의자에 다소곳하고 사뿐하게 앉습니다. 이 광경이란.

일단 접수를 해야 진료가 가능합니다. 보호자에게 환자 접수를 시키니 끝끝내 집 나간 남편 이름을 댑니다. 뭐, 그러라고 하죠. 이불은 중년 남성으로 기록됩니다. 접수 시에 기록하는 생체 징후는 어떻게 하죠? 일단 이불의 혈압과 맥박을 잴 수 없으니 보호자의 혈압과 맥박을 잽니다. 아주 안정적이군요. 이제 주 호소 증상을 기록해야 합니다. 주 호소 증상…… J는 심각하게 고민합니다. 주 호소 증상은 최대한 간결하고 정확하게 기술한다. 객관적인 한 문장으로. 그래, 바로 이겁니다. J는 차트에다 필사의 명문을 적습니다.

'이불이 배가 아프다고 주장해요.'

응급실 차지 간호사 L은 어수룩한 일처리로 헛다리를 짚고는 옳은 소리라고 헛소리만 해대는 신규 간호사 J와, 정말 헛소리만 하는 환자들 때문에 당장 이 일을 때려치우고 싶은 생각입니다. 방금도 그 바쁜 와중에 짬을 내서 투약을 잘못 준비한 신규 간호사 J를 눈물이 쏙 빠지게 혼냈습니다. 혼낼 시간도 아껴가면서 2배속으로 혼냈어요. 저 친구는 도저히 일이 늘지 않아요. 매번 이 실수 저 실수를 창의적으로 반복합니다. 그 와중에 신규 환자는 미어터지게 오는군요. J랑 일하는 시간은 유독 더 괴로운데 말이지요. 그나저나 응급실이 정말로 빵 터져나가겠어요. 아, 정말 오늘따라 왜이리 사건 사고가 많은가요.

또 신규 환자가 왔나보군요. 어찌나 차트가 많이 쌓여 있는지, 신규 환자를 기록한 차트만 받아들어도 한숨이 절로 납니다. 신규 간호사 J는 방금 혼쫄이 나서인지 신규 환자 차트를 들고 벌써부터 살살 눈치를 보는군요. 눈빛이 분명 사고를 또 하나 치고 온 것 같습니다.

"빨랑 차트 내놔봐."

"저……선생님, 여기 있습니다."

J가 조심스럽게 환자의 생체 징후와 주 호소 증상이 적힌 종이를 내밉니다. 주 호소 증상란엔 이렇게 쓰여 있습니다. '이불이 배가 아프다고 주장해요.'

아니 이건 또 뭔 소리인가요! J는 이제 정점에 달했습니다. 대애단한 친구군요. 아무래도 너도 그만두고 나도 그만둘 때가 왔나 봅니다. 시골에 계신 부모님과 얼굴도 까먹어가는 남자친구 생각이 나네요. 지금 응급실이 시장통인데 당장 무슨 일인지 물어볼 기운도, 혼낼 기운도 없어요. 혼내는 건 이따가 해야겠어요. 이런 호소 증상이 전산상으로 올라가면 우리 의료진은 얼마나 혼란스러울까요. 그냥 말이나 예쁘게 고쳐놓습니다. 적어도 사람들이 알아들어야 할 것 아닙니까. 늘 하던 대로, 주 호소 증상은 언제나 간결하고 정확하게.

'배가 아파요.'

응급의학과 레지던트 P는 벌써 열여섯 시간 동안 연속근무중입니다. 오늘도 아침 6시에 일어나, 7시까지 출근해 8시부터 근무를 시작했습니다. 지금 밤 12시쯤 되었으니 그쯤 된 거죠. 일은 막노동이나 다름없습니다. 사람을 누르고 꿰매고 치고 소리지르고 자판을 후려치고 차트에 영어로 된 의학용어를 휘갈기는 노동이지요. 손발이 노곤해지고 지칠 시간입니다. 실은, 그런 시간이 따로 있는 것은 아니고 언제나 그렇습니다. 방금도 취객이랑 멱살을 드잡고 부모님 안부를 물었습니다. 제 부모님이 지금 평온치 않은데다가, 양육 방식도 잘못되었다고 알려주시네요. 크게 알고 싶지 않았는데요. 그럴 때마다 그냥 싹 다 읋다 죽게 놔두던지, 아니면 전부 던져놓고 도망가버리고 싶다는 생각이 굴뚝같습니다. 아휴.

P는 환자가 약간 정리되자 당직실로 들어와 책상 위에 두 다리를 뻗고 화면상에 나열된 환자 목록을 누릅니다. 그리고 머리도 식힐 겸 잠시 인터넷 서핑을 시작합니다. 격무에 지친 몸과 머리를 쉬게 하는 방법은 역시 편히 앉아서 인터넷 지라시나 보면서 원격으로 오더를 뿌리는 것입니다. 어차피 근무하는 24시간 동안은 유도탄처럼 응급실 환자와 간호사의 노티가 쉬지 않고 저를 쫓아오거든요. 화장실에 앉아 있어도 전화가 오고, 피 터지는 상처를 벌려 들여다보고 있어도 차트가 날아옵니다. 이게 그나마 육신을 좀 편히 하며 시간을 좀 버는 방법이죠. 응급실에서 경력이 좀 되니 이제 책임 간호사가 만들어 놓은 전자 차트만 보면 초기 오더 정도는 자유롭게 뿌릴 수 있습니다. 어차피 응급실에 아파서 누운 사람이니 기본적인 처치만 일단 시켜놓고 나중에 환자를 다시 확인해서 정밀히 방향을 정하는 겁니다.

아, 방금도 배가 아프고 생체 징후가 안정적인 중년 남자가 한 명 왔습니다. 정말 흔하게 자주 오는 케이스입니다. 이런 사람은 미리 수액 달고 피검사 하고 사진 찍어놓으면 진료가 편합니다. 환자는 조금 있다가 직접 파악하고요. 일단 좀 쉬어야겠어요. P는 컴퓨터 화면에다가 처방을 입력합니다. 복통 환자용 루틴 오더에, 소변 검사에, 엑스레이를 찍고, 아, 복통 환자용 진통제도 섞어주고요. 참 빠르고 편하죠?

응급실 인턴 K도 열여섯 시간 연속근무중입니다. 응급실 근무를 시작할 때 동료들이 정말 무시무시한 곳이라고 겁을 줬는데, 각오했던 것보다도 더 생지옥입니다. 별의별 일이 다 눈앞에서 벌어지는군요. 방금 눈앞에서 한 취객이 존경하는 전공의 P선생님한테 부모님 안부를 묻고 출생의 비밀을 큰소리로 설명하는데, 정말 그런 참신한 욕은 처음 들었습니다. 어떻게 이런 곳을 평생직장으로 정하고 근무할 생각을 하셨는지 모르겠어요. 저는 지금 한 달도 못 채웠는데 기진맥진인데요.

오늘도 근무를 시작하고서 자리에 한번 앉아보지도 못하고 뛰어다니기만 했습니다. 밥 한 끼도 못 먹어서 눈알이 핑글핑글 돕니다. 곡기를 끊었더니 뭐든 먹을거리로 보이네요. 벌써 3킬로그램이 빠졌어요. 이 기회에 다이어트 하는 건가요. 아휴. 그 와중에 피크타임이라고 물밀 듯이 들어오는 환자와, 쌓여가는 수액세트가 원망스럽습니다. 정말이지 저놈의 수액세트와 차트는 어디서 저리 나오는지 도저히 끊이지 않습니다. 그나마 환자에게 수액을 투여하는 것은 좀 쉬워요. 접시를 들고 가서 주사를 놓고 수액을 연결하고 오면 되는 일이니까요. 말이 나온 김에 수액이나 달면서 쉴 궁리를 해야겠군요. 마침 성인 남자의 수액세트가 나옵니다. 아마 핏줄도 굵고 무난할 겁니다. 저거네요, 일단 주사를 놓으며 틈을 봐서 입에다 곡기를 넣을 궁리나 좀 해야겠습니다.

K는 수액세트가 담긴 접시를 들고 환자가 누워 있는 조용한 침대로 갑니다. 그리고 커튼을 걷고 으레 친절한 미소를 지으며 환자에게 말합니다. "X님, 수액 좀 맞으실게…… 응?" 저게 뭐지요! 이불이 이부자리에 누워 이불을 덮고 안정을 취하고 있습니다! "X님, 어디 가셨나요?"

보호자로 보이는 아줌마는 광채 나는 눈빛으로 이부자리를 단호하게 가리킵니다. "여기 계시잖아요."

분명 아주머니가 가리키는 것은 우리 병원에는 없는 오색찬란한 이불입니다. "네? 환자 분이 안 계신 것 같은데요. X님 잠깐 화장실 가신 거죠?"

"아닌데요. 지금 여기 누워 계시잖아요."

K는 다시 한번 눈을 씻고 침대 위를 샅샅이 살펴봅니다. 침대에는 각마저 정밀하게 잡혀 있는 이불이 베개까지 베고 누워 있습니다. 이거야말로 아노미입니다. 수액세트를 살펴보니 처방의는 존경하는 P선생님이라고 적혀 있습니다. 그렇다면 선생님이 직접 이불에다가 수액을 지시한 거겠죠? P선생님은 틀린 적이 없단 말이에요. 방금 부모님 욕을 듣고 너무 혼란스러우셨나. 아닐 텐데요. 이걸 꽂는다면 말라가는 나무에 영양제를 꽂는 것 같은 건가요? 응급실 근무 경험이 미천한 인턴이라…… 인턴은 무슨 일이든 할 수 있어야 한다는데, 이런 것까지 하는 것이 진정한 인턴인가요? 그렇다면 주사제는? 이불 소변 검사는? 이불 엑스레이는요? 이불을 쥐어 짜서 소변을 얻고 아무것도 나오지 않을 엑스레이를 찍는 건가요? 정말 응급실은 별별 일이 다 있다는데, 이거야말로 인계장에도 없고, 들어본 적도 없는 상황입니다. 친구들은 겁만 줬지 이런 얘기는 하지도 않더군요. 아, 미천한 제가 해결할 사항이 아닙니다. 스테이션에서 좀 알아봐야겠어요.

"16번 베드 환자가 이불인데요?"

"응? 인턴 선생님, 뭐라고요?"

뒤늦게 상황을 파악하러 뛰어온 차지 간호사 L은 엉킨 이부자리와 접시에 담긴 수액세트를 보고 혼잣말합니다. '이참에 사직서를 내고 고향에 좀 가봐야겠어. 그동안 부모님께도 소홀했고……'

간밤에 조현병 환자 S를 정신과 격리실에 황급히 처박은 의료진은 근무가 끝난 밝은 아침에 모여 펄펄 끓는 감자탕 앞에 마주앉습니다. 지옥에서 잠시 빠져나온 신규 간호사 J, 차지 간호사 L, 인턴 K와 전공의 P도 전부 밝은 얼굴입니다. 간밤의 일들을 각자 떠드느라 참 부산스럽고 유쾌합니다. 물론, 진하게 만 소맥이 빠질 수 없겠지요. 그들은 잔을 모으고 아침부터 건배사를 외치며 방금 부은 소맥을 시원하게 쭉 들이켭니다.

"건배합시다. 우주 최초로 이부자리에다가 수액세트를 처방한 레지던트 P를 위해서! 그리고 지구에서 복통을 앓는 모든 이불을 위해서!"

과장님과 서류와 나

무료한 낮 근무중이었습니다. 응급실의 주요 사건은 대부분 밤에 일어납니다. 평일 주간에는 평범한 외래보다도 한산하고 김빠진 모습을 보이는 곳이 대학병원 응급실입니다. 밖은 고요하고, 환자들도 지루하게 누워 있습니다. 치프 레지던트인 저는 의국에서 무슨 사건이나 벌어지지 않을까 하며 이런저런 잡일로 시간을 보내고 있습니다. 무료한 시간은 물 흐르듯 흐르고, 슬슬 저녁시간이 되어갈 무렵 과장님이 서류 하나를 들고 의국 문을 벌컥 열고 들어오십니다. 저는 긴장합니다. 과장님과 서류와 절 보는 시선은 좋지 않은 조합입니다.

"남궁인 선생, 일주일 전에 공문이 하나 왔는데, 바빠서 잊고 있었네. 오늘 문득 다시 찾아보니 이런 게 와 있더라고. '우수전공의 선발에 관한 건'인데, 대부분 인턴과 레지던트들의 투표로 뽑고, 병원별로 각 과장 추천으로 한 명을 더 뽑더라고. 그래서 각 과별로 추천할 레지던트와 추천서를 써내라고 공문이 왔는데 깜빡 잊었어. 오늘까지 제출이던데, 우리 과에서 안 내서 추천서를 놀리는 것보다는 써내는 게 좋지 않겠어? 추천인은 남궁인 선생으로 하고, 근데 추천서를 써 보려니 여간 머리 아픈 게 아니더라고. 남궁인 선생이 써서 오늘까지 제출하게."

"아…… 제 추천을요? 아, 네. 알겠습니다."

일단 승낙하고 서류를 들여다봅니다. 저는 과장님이 시키는 일을 거절한 적은 없으니까요.

각 과에서 품행이 방정하고 타의 모범이 되는 전공의를 적어 제출할 것을 각 과장님들에게 촉구하는 서류입니다. 그 밑에는 추천서 서식으로 바다처럼 넓은 A4용지 한 장이 뻥 뚫려 있습니다. 저는 난감합니다. 자신을 추천하는 작문은 참으로 남우세스러운 일 아니겠습니까. 게다가 이렇게 넓은 용지라니요. 시계를 보니 제출 기한은 약 두 시간밖에 남지 않았습니다. 역시 과장님은 난감한 일을 넘기는 데는 무언가 재주가 있는 분입니다.

첫 문장부터 막힙니다. 아예 어떻게 시작할지도 모르겠습니다. 나를 품행이 방정하다고 주장하려면 무슨 단어로 말문을 열어야 하는 건가요. 저는 일이십분을 금방 허비해버립니다. 상기 전공의는…… 아니, 음…… 우리 남궁 선생은…… 아니, 음…… 저는 괜히 엉뚱한 단어를 썼다 지웠다 하고 있었습니다. 있지도 않을 글의 소재를 찾으려 두리번거리던 저는 서류에 적힌 시상품에 눈이 갑니다. '의무부총장 우수전공의 금메달(24k 3돈) 증정.' 워낙 물욕이 없던 때이고,

금값 같은 건 관심이 없어서 이게 어느 정도 가치인지 전혀 모르고 지나쳤던 구절입니다. 한 돈이 한 만 원쯤 하려니 생각했지요. 저는 인터넷에서 금 한 돈을 검색해봅니다. 그랬더니 세상에, 금 한 돈은 18만 5750원이었던 겁니다.

저는 각성했습니다. 제가 각성하고 있다는 사실을 인지하지도 못할 정도로 각성했습니다. 세상에, 과장님이 나에게 이런 서류를 건네줄 줄이야. 이런 환상적인 서류일 줄은 상상도 못했잖아. 글은 A4용지가 모자랄 기세로 채워집니다. 평생 좋았던 글귀와 시구부터, 동서고금의 명언과 엊그제, 지난달에, 학창 시절에 읽었던 소설집에서 뽑아놓은 구절이 그 한 시간 남짓 되는 순간 다 스쳐지나갔습니다. 대명사와 조사와 명사와 부사, 문장 부호 하나 허투루 쓰지 않은 글이었습니다. 기승전결의 마지막 문단이 기적적으로 A4용지 마지막 줄에 딱 맞게 들어갔습니다. 저는 남은 시간을 초 단위로 세면서 탈고에 들어갔습니다. 문장을 매끄럽게 고치고 쉽게 쓰인 단어들은 좀더 유려한 단어로 바꿔갔습니다. 그 내용의 주인공이 저라는 사실은 개의치도 않고 저는 미문을 만들기 위해 눈을 부릅뜨고 탈고했습니다. 그리고 결국 그 추천서를 완성했습니다. 차마 눈 뜨고 볼 수 없는 저의 거룩하고도 숭고한 천로역정급 일대기였습니다.

그 원고는 제출해버려서 남아 있지 않지만, 그건 정말 제 필생의 역작이었습니다. 그 원고가 현재 행방을 잃었다는 것이 정말 안타까울 정도입니다. 누구나 그걸 읽었다면, 이건 방금 성탄 구유에서 태어나 오병이어(예수가 떡 다섯 개와 물고기 두 마리로 5천 명을 먹였다는 기적)를 행한 레지던트나, 보리수나무 아래서 깨달음을 얻고 비행기를 타고 날아와 대학병원에 취직한 레지던트라고 생각했을 겁니다. 속사정을 모르는 심사위원들이 그 글을 보고 저를 수상자로 뽑는 데 전혀 고민하지 않았을 것이라고 저는 확신합니다. 혹, 이렇게 고민했을 수는 있습니다. '이런 사람을 레지던트로 둬도 괜찮은 걸까. 빨리 병원장이나, 보건복지부 장관을 시켜줘야 하는 것은 아닐까.'

결국 저는 문학상을 받는 기분으로 당당히 우수전공의 상을 수상했습니다. 품행이 방정하거나 타의 모범이 된 적은 없지만, 맡은 바 직무를 충실히 수행했을 뿐입니다. 이 레지던트 시절 몇 안 되었던 즐거운 유희의 증거는 아직도 저희 집에 삐딱하게 서서 저를 노려보고 있습니다. 아마 제가 앞으로도 품행이 방정하거나, 타의 모범이 되는지 지켜보려는 심산일 것이라고, 저는 생각합니다.

비오는 날

비가 억수로 내리는 날입니다. 장마철의 날씨는 역시 종잡을 수가 없지요. 아침나절만 해도 공기는 참으로 맑고 서늘했습니다. 비 예보가 있기는 했지만요. 지금은 온 세상을 구석구석까지 다 적셔놓을 것처럼 비가 쏟아집니다. 쿠르릉거리는 천둥번개 소리와 함께요. 울퉁불퉁한 건물 외벽을 타고 비가 줄줄 흘러내리는 것이 답답한 실내에서도 느껴질 정도입니다. 에어컨으로 막을 수 없을 정도로 스며드는 실내 습기와, 건물을 두드리는 비의 둔중한 감각이 전해집니다. 응급실 자동문이 열리고 들어오는 사람들의 행색에서도 바깥의 기운은 충분히 느껴지지요. 우산을 든 사람은 소매나 어깨 한쪽이, 그리고 바짓단이 흠뻑 젖어 있습니다. 아니면 고스란히 비를 맞고 온 젖은 생쥐 같은 사람도 있고요. 그들은 그 빗줄기를 뚫고 온 옷차림만큼이나 불편해 보이는 모습으로 짠 입장합니다.

유비무환이란 말이 있습니다. 준비가 있으면 우환이 없다는 말이라고요? 아닙니다. 비가 있으면 환자가 없다는 말이지요. 이건 보통 병원에서 잘 통하는 말입니다. 빗줄기를 뚫고 병원까지 오는 귀찮음을 이길 만큼 큰 통증이 있어야 병원에 오기 때문이죠. 하지만 응급실은 다릅니다. 비가 억수같이 오고 요란한 소리와 함께 벼락이 떨어져도, 이 틈을 비집고 들어와 응급실 침대 한 자리를 차지해야 하는 이유가 있는 사람들이 분명 존재하는 법이니까요.

비오는 날 하면 무엇이 생각나십니까? 역시 잘 구운 파전에 막걸리나 동동주 한잔인가요. 아니면 따뜻하고 얼큰한 국물에 소주 한잔이나 방금 튀겨나온 치킨에 청량한 맥주 한잔인가요. 그것도 아니라면 기름기 줄줄 흐르는 곱창도 괜찮겠어요. 치즈를 듬뿍 올린 피자나 윤기 흐르는 짜장면은 또 어떻고요. 그런 식으로, 사람들의 욕망은 비슷합니다.

물어보면 그런 것들을 먹었답니다. 파전을 먹고 체한 사람, 치킨을 먹다 넘어진 사람, 매운탕을 먹다가 서로 드잡이한 사람, 곱창을 먹다가 두드러기가 난 사람, 이런 사람들은 대체로 술 냄새가 어찌나 독하고 구수하게 나는지 그 사람이 아니라 그 사람이 먹었던 음식이 들어오는 것 같습니다. 비오는 날 사람에게서 나는 체취와 함께요.

그 느낌은, 천막 친 시골장터 있지 않습니까. 작은 돼지를 검은색이 될 때까지 빙빙 돌려 굽고, 전 냄새와 고기 냄새가 가득한 북적거리는 시장통 말입니다. 그 한가운데 사람들과 둘러앉아 전 몇 장을 놓고 땀 냄새, 비 냄새 맡으며 탁주를 탁 까서 마시는, 그런 느낌. 그런 환자들이 들어올 때마다 의료진들은 지나가며 눈을 찡긋, 합니다. 이건, 근무 끝나고 나가서 파전에 동동주 한잔이라는 뜻이지요.

빗줄기가 점점 더 심해져, 밖은 이제 엄청난 폭우가 내리고 있습니다. 우르릉거리는 천둥소리도 정말 대단합니다. 이런 날이 있을까 싶어요. 아무리 시장통이라도, 이만큼 비가 오면 파장날 정도지요. 하지만 응급실은 절대로 파장나지 않습니다. 오히려 점입가경의 시장 바닥이 되지요. 그 한창인 응급실에, 갑자기 눈에 띄게 추레한 사람들 한 무리가 쏟아져들어옵니다. 119구급대원들의 정중한 호위를 받으면서, 비에 홀딱 젖은 생쥐꼴로 서로를 부축하면서 말이지요. 40대에서 70대까지, 남녀가 뒤섞여 있습니다. 어디 산악회에서 왔는지 전부 등산객 복장이고, 그야말로 머리부터 발끝까지 젖어 있습니다. 지치고 넋이 나가 보이는 것은 당연하지요. 서로 손을 잡고 어깨동무를 한 이들은 전쟁터에서 살아돌아온 패잔병들처럼 침울한 표정입니다. 왜 산에서 곧장 응급실로 와야 했는지, 그것도 한 무리나 되는 사람들이요, 궁금하지 않습니까? 저도 그랬습니다. 그래서 그들이 침대에 눕자마자 곧장 물었지요.

"어떻게 오셨습니까?"

대표로 보이는 한 남자가 대답했습니다.

"아……저, 저 저희는…… 드…… 등산을 하고 이…… 있었어요."

아무래도 말문을 여는 모양새가, 이 이야기는 참으로 길어질 것 같습니다.

"아…… 아침에는 맑아서 등산을 갔어요. 정상에 갔다가 내려오는데, 갑자기 폭우가 쏟아지지 않습니까. 정말 도저히 어쩌지 못할 정도로 비가 왔어요. 아직 산중턱이고 내려가려면 한참 남았는데. 산에서 비를 피할 곳이 따로 없잖아요. 그래서 비를 피할 곳을 찾다보니 정자가 하나 있더라구요. 이미 사람들이 많이 모여 있었어요. 아침엔 날이 좋아서 등산객이 제법 많았거든요. 그리 넓지 않은 정자라서 벌써 삼사십 명 되는 낯선 사람들이 서로 살을 맞대고 앉아 있었지요. 그것만 해도 갑갑하고 끈적끈적한 느낌 있잖습니까. 정자라는 데가 옆이 휑하니 뚫린데다 바람이 심하게 불어서 비가 그냥 들이치는 느낌이었어요. 그래도 고스란히 맞는 것보다는 나아서 다들 거기 개미떼처럼 비집고 앉아 있었어요. 언제 그칠지 기약도 없는데, 그냥 그 습기랑 다른 사람들의 땀 냄새를 맡고 서로 말없이 앉아 있었던 거죠. 그…… 그, 그런데 갑자기 세상이 번쩍하더니 정자가 번개를 맞은 겁니다."

"네…… 네?"

"정자 꼭대기에 번개가 떨어졌다구요. 정말 전류가 순식간에 찌릿하더니 온몸을 훑고 지나갔어요. 거기 있는 삼사십 명이 한꺼번에 감전된 거요. 하이고, 그 비가 쏟아지는데, 노인네도 있고 아줌마도 있는데, 한꺼번에 감전이 되니깐 다들 제정신으로 '아, 번개가 지나갔구나' 이러겠소? 각자 이리 눕고 저리 눕고 사지를 부들부들 떨고 기어다니고 발광을 하는데, 그 모르는 사람들끼리 그 좁은 정자 안에서 앉아 있는 사람 하나 없이 서로 포개누워 그 비를 생쥐처럼 맞으면서 온몸을 바들거리는데, 아이고, 그런 아비규환이 없었소."

그는 방금 그 장면이 다시 떠오르는지 손사래를 치며 이야기했습니다.

"저 아줌마는 고개를 좌우로 흔들고, 저 노인네는 사지를 뻗고 누워 있고, 구석에 있던 사람들은 날아가서 진흙에 처박히고. 지옥도였어요, 지옥도. 그런데 다들 보니깐 정신은 멀쩡하던데 놀라고 경황이 없으니까 더 그랬던 것 같아요. 그 와중에 누가 벼락이 또 칠 수 있으니까 정자 밖으로 나가야 하지 않겠냐고 그래서 사람들이 우르르 기어 바깥으로 나갔어요. 감전은 당했고 온몸은 비에 다 젖었고 전부 바들바들 떠는데 가관이더라고요. 근데 또 누가 한 번 벼락 친 곳에 또 치는 법은 없지 않냐고 하길래 다시 정자로 몇 명 들어가고. 그러다가 몇 명은 불안하다고 또 나오고. 결국 탄내 맡으면서 노인네들 우왕좌왕하는데 눈 뜨고 볼 수가 없었어요. 근데 번개가 같은 곳에 다시 안 떨어지는 거 맞긴 맞아요? 아휴, 나는 진짜 홀라당 비 맞고 있었네."

"그건 저도 잘…… 근데 워낙 그게 드문 일이라."

"그 와중에 누가 119구급대에 신고한 것 같은데, 그 친구들은 또 왜 그렇게 안 오는지, 하긴 산 올라오려면 힘들긴 했겠지요. 그래서 우리끼리 계속 지옥에 떨어진 것처럼 펼쳐져 있었지요. 아이고, 누구는 이거 좀 있다 다 죽는 거라고 소리치고, 누구는 하느님 찾고, 부처님도 찾고, 저 아줌마는 기운 없다고 혀 빼고 누워 있고, 어떤 사람은 세상에 자기가 벼락을 맞다니 헌금도 열심히 했는데 하면서 기도하고, 저 아저씨는 그야말로 비 맞고 염불 외는 땡중 같더만요. 그러고 119구급대원들이 나타났는데, 그 친구들이 삼사십 명을 들고 내려올 수 있겠어요? 별수 없죠. 그냥 비 맞으면서 전부 줄서서 내려왔소. 벼락은 둘째 치고 얼어 죽을 뻔했네."

이 아저씨의 이야기가 너무 실감났기 때문에, 그리고 사람들이 일단 멀쩡해 보였기 때문에, 저는 도저히 실소를 참을 수가 없었습니다. 생각만 해도 그런 지옥이 없잖아요. 사람들의 꼬질꼬질한 분위기하며, 생판 모르는 사람들이 뒤섞여 살을 맞대고 굴러다녔을 그 광경하며, 어찌 보면 비극적이지만, 또 어찌 보면 아주 희극적인 장면입니다. 뒤에서 인턴이 외치네요. "선생님, 저 사람들 얘기가 네이버 기사에 떴네요. '○○산 집단 감전 사태 충격. ○○병원에서 진료중'. 참 빠르기도 하지요.

그들은 옷 말리고, 발 닦고, 정해진 검사를 받고 관찰을 거친 후, 편안하게 걸어서 집으로 돌아갔습니다. 벼락 맞을 확률은 180만 분의 1이라는데, 30여 명이 한꺼번에 벼락을 맞으려면 도대체 얼마만큼의 확률인 건지, 게다가 전부 멀쩡히 살아남으려면 그 확률은 또 얼마만큼인 건지요. 정자와 30명이 나누어 맞았으니 다들 살아남은 걸지도 모르겠습니다. 그렇다면, 정말 전쟁터에서 함께 싸운 전우 아닌가요. 일생에 한 번도 맞기 힘들다는 벼락을 함께 겪고, 맞서 이겨낸 전우. 그렇다면 대단한 연맹이자 연합 아니겠습니까. 혹여 인터넷 카페나 산악회 같은 것을 만들지도 모르겠어요. 아닌 게 아니라 그들은 좀 안정되자 친밀하게 이야기도 주고받고, 전화번호도 주고받더니, 가끔씩은 웃기도 하네요. 그렇다면 이름은, '모월 모일 ○○산 천둥번개 산악회'쯤 되려나요. 그래서 다음주쯤 '단톡방'에서 "맑은 날 잡아 실내에서 막걸리에 파전이나 한잔 합시다"라고 누군가 주도할 테지요. 그러고 모여서는 술에 취해, "아, 김형이 그때 정자에 또 벼락이 내리친다 그래서 우리 참 처참하게 젖었지 뭡니까!" 내지는 "아니, 그런데 이형은 무슨 기도를 그렇게 필사적으로 하셨수" 이런 얘기들을 나누고 집에 돌아갈지도 모르겠네요. 하하, 다들 멀쩡해서 하는 말이지만, 세상엔 참 별 우연이 다 있습니다.

◈

비가 오나 눈이 오나, 응급실은 특유의 희로애락을 내뿜으며 돌아갑니다. 태연한 표정으로 밝게 빛나는 응급의료센터 간판과는 다르게 말이지요. 그곳은 정말, 비극과 희극이 교차하는 세상입니다. 희극적인 비극과, 비극적인 희극은 변덕스러운 날씨와 비교할 정도도 아니지요. 그보다도 더 복잡한 세계가 응급실에는 혼재되어 있습니다. 그곳에선, 180만 분의 1이라는 우연이 몇 번씩 일어나기도 합니다. 그것을 온몸으로 받아낸 사람들은 즐거워하거나, 노여워하거나, 아니면 예기치 않았던 친구들을 얻기도 합니다. 오늘도, 그 소우주 안의 사람들은 비가 오나 눈이 오나 역시 분주할 것입니다.

어떤 골절

응급실 인턴 K는 한밤중에 아우성치며 몰려드는 환자를 막아내고 있습니다. 이 시간대면 항상 겪는 일이지요. 환자들은 생김새만큼이나 병도 가지각색이지만, 그래도 인턴 생활, 특히 응급실 인턴을 오래 하다보니 이제 제법 감이 오는 것 같습니다. 문을 열고 들어오는 환자의 얼굴만 보고도 무슨 연유로 왔는지 알아보고 잽싸게 행동하는 거지요. 눈치가 빠르다고 레지던트 선생님의 칭찬도 제법 들었습니다. 구겨진 표정으로 옆구리를 붙잡고 있는 중년 남자는 분명 요로결석, 피 흘리는 손가락을 쥐고 있는 청년은 당연히 저걸 꿰매러 왔을 거고요. 화장기 있는 얼굴에 배를 부여잡은 여성은 체한 것 같습니다. 이런 게 응급실 인턴의 소소한 재미라고 할까요.

그렇게 K는 한참 일하고 있었습니다. 어느 순간, 응급실 자동문이

지겹게 또 활짝 열렸습니다. 그리고 하반신에 피가 여기저기 묻은 채 하얀 모텔용 가운을 입은 맨다리가 119카트에 실려들어옵니다. K는 순식간에 파악합니다. '하혈이다. 모텔에서 너무 무리해서 뭔가 일이 생겼군. 나는 이러고 일만 하고 있는데…… 어쨌든 출혈량과 산부인과 기록을 확인하고 산부인과 연결하면 되겠다. 근데, 이럴 땐 보통 걱정스러운 표정의 남자와 같이 오는 법인데. 어디 한번 어떤 남자인지 얼굴이나 볼까?'

K는 반은 호기심으로, 또 반은 환자 파악을 위해 들어오는 카트를 빤히 쳐다봅니다. 맨다리를 실은 카트가 응급실 한복판으로 굴러옵니다. K는 뒤따라 들어오는 보호자의 얼굴을 훑어갑니다. 그리고 119구급대원을 따라 들어오는 보호자와 눈이 마주칩니다. 그 사람은 놀랍게도, 앳된 얼굴의 여자입니다. 그녀는 울상을 짓고 눈물을 흘리며 카트에 실린 사람의 손을 꼭 잡고 있습니다. '으악! 뭐지?' K는 카트에 실린 사람의 얼굴을 확인합니다. 벌거벗은 몸에 피 묻은 모텔 가운만 입고 있는 사람은 늠름한 남자입니다. 그것도 파르라니 짧게 깎은 머리를 한 군인 같아 보입니다. '윽…… 하혈은 하혈일 텐데…… 앞인가? 뒤인가? 아니면 내가 상상하지도 못하는 다른 부위가 있나? 이건 도대체 무슨 일이야!'

"완전히 부러졌군."

처치실에서 환자의 하얀 가운을 열어본 응급의학과 레지던트 S는 선언합니다. 환자의 음경은 크게 부어 있고, 믿을 수 없는 각도로 오른쪽으로 휘어 있습니다. 왼쪽 해면체를 만지자 결손 부위가 느껴집니다. 음경 끝에는 혈뇨, 아니죠, 그냥 피를 쏟아낸 자국이 있습니다.

다행히 피는 멈췄습니다. 음경은 안에서 나오는 피로 인해 육안으로 보기에도 조금 더 부풀었습니다. 이게 하혈은 하혈인데…… 그죠, 하혈이 맞지요.

"부러졌다기보다는 안에서 찢어진 겁니다. 거기서 피가 흘러나와서 이렇게 붓는 거죠. 이거 입원해서 당장 수술해야 합니다."

"저…… 저희 오빠는 살 수 있나요? 생명에는 지장 없는 거죠?"

"생명에는 지장 없습니다."

"그…… 그러니까 목숨…… 네, 목숨에는 지장 없는 거라는 얘기죠?"

"네, 목숨에도 지장 없다니까요."

"그…… 그…… 그러니까요. 저…… 정말 지장이 없는 거죠?"

"네? 아…… 네, 그 지장이요. 아마 없을 겁니다."

"감사합니다, 선생님."

군에서 휴가 나와 부상당한 남자는 군인다운 결연한 표정으로 부풀어가는 자신의 성기를 바라보고 있고, 여자친구는 울먹이면서 그 옆에 무릎을 꿇고 앉아 있습니다. '군대에 있는 동안 그리움이 이만저만이 아니었나보군. 이렇게까지 격렬했던 걸 보면.' 웃을 수만은 없는 외상이지만, 진심으로 걱정하는 여자친구의 표정을 보자 S는 만감이 교차합니다. '요즘같이 각박하고 사랑이 부족한 시대에 모두에게 경종을 울리는 진정한 사……응? 내가 무슨 생각을 하는 거지?' S는 고개를 내젓습니다.

"K선생, 어서 비뇨기과 호출해서 이 환자 입원해서 수술 받도록 해."

K는 순전히 의학적인 호기심으로 막간을 이용해 성기 골절에 대한 논문을 뒤져봅니다. 역시, 세계 유수의 비뇨기과 전문의들이 관련 연

구를 해놓았습니다. '성기 골절은 매우 드문 손상이다. 대부분이 질식 성교를 하다 생기고, 일부는 격렬한 자위행위(도대체 어떻게!)로 생기거나, 발기된 채로 침대에서 혼자 구르다가(정말 구르기만 해도?) 생긴다. 아주 드물게 무엇인가에 맞아서(으악!) 생기는 경우가 있다. 제법 많은 사례가 비아그라 복용과 연관되어 있다. 성기 골절이 잘 생기는 질식 성교의 체위는 여성 상위이며, 그 외에 남성이 여성을 벽이나 고정된 물체에 밀어붙이는 자세에서 잘 발생한다.' K는 논문 마지막에 실린 '성기 골절이 잘 생기는 체위'라는 제목의 삽화를 물끄러미 바라봅니다. 이 남녀가 엉켜 있는 두 개의 그림은 너무나 디테일해서 학문적인 경계를 넘어선 것 같습니다. 아, 학문과 연구란 정말 대단한 것이군요. 갑자기 컴퓨터 뒤로 누가 지나가는 느낌이 들어 K는 논문을 황급히 닫아버립니다. 괜한 오해를 살 뻔 했네요, 휴.

응급실 신규 간호사 A는 방금 들어온 환자가 잘 이해되지 않습니다. 세상에, 부끄럽지도 않나봐요. 어떻게 나체에다가 모텔 가운 하나만 입고 올 수가 있죠. 그것도 사람 많은 대학병원에 간다는 걸 뻔히 알면서요. 남자가 그렇게 입으면 무슨 '바바리맨' 같잖아요. 거기가 다쳤다고 자랑하는 것도 아니고. 그래서 A는 넌지시 레지던트 S에게 말을 건넵니다.

"선생님, 방금 저 환자가 실은 좀 불쾌해요. 반나체로 119구급차까지 타고 실려왔잖아요."

"A간호사는 환자를 잘 이해하지 못하네요. 자, 생각해보세요. A간호사는 정확히 감은 안 오겠지만, 성기가 부러졌으면 일단 엄청 아프겠죠?"

"뭐…… 네, 그렇겠죠."

"부러진 성기가 저러고 있는데 환자가 팬티를 입을 수 있을까요?"

"못 입겠죠."

"그러면 보통 팬티를 안 입고 바지만 입을 수 있나요? 그리고, 어차피 바지만 입어도 닿으면 아플 텐데."

"그러네요. 그건 좀 느낌이 이상하겠어요. 아프기도 할 테고요."

"그럼 아랫도리는 아무것도 못 입는다고 해봅시다. 그러면 남자가 아래에는 아무것도 안 입고 위에 티셔츠 한 장만 입고 나타났다고 생각해보세요."

"아이고, 그럼 안 되죠."

"아마 자기도 119구급차 기다리면서 나체에 티셔츠만 한번 입어봤을 겁니다. 그러곤 거울 한번 보고 이건 아니구나, 라고 생각했겠지요. 그래서 찾은 최선책이 모텔 가운만 걸치고 오는 일이었을 겁니다."

"듣고 보니 그러네요. 다른 해결책이 없는 거였군요!"

비뇨기과 레지던트 B는 정말 인간의 것이라고는 믿을 수 없는 물건을 보고 있습니다. 왼쪽 해면체를 통과하는 동맥이 찢어지면서 안쪽의 혈압이 높아져 피가 너무 많이 고였기 때문에, 성기가 무지막지하게 커져버렸습니다. 과학적인 설명으로야 두 배쯤 되는 두께에 두 배쯤 되는 길이지만, 이걸 실제로 보는 건 정말 쇼크입니다. 이 물체를 어떤 동물과 비교해야 할지 모르겠습니다. 정말, 사람인데 '이야, 크다' 수준은 그냥 벗어납니다. 어디 돌연변이나 우주에서 온 성기나, 교과서에서만 보던 기생충 물린 성기가 저럴까요. 실제 크기가 저렇다면 지구에선 어떠한 생활도 불가능할 겁니다. 그 와중에도 그건 오른쪽으로 맹렬하게 휘어 있습니다.

“환자 분, 그러니깐 관계중에 갑자기 ‘뙤악’ 소리가 나더니 이렇게 됐다고 하셨죠?”

“네, 몇 번이나 말씀드렸습니다.”

“자, 내일 아침에 바로 수술하실 겁니다. 이렇게 피가 많이 고여 있으면 되레 조직이 눌려서 괴사할 수 있어요. 응급으로 수술하고, 피를 빼서 빨리 크기를 줄여야 합니다.”

환자는 약간 아쉬운 표정이다.

“수술 방법은요. 이쪽 앞부터 뒤까지를 칼로 이렇게 열고, 여기 앞까지 얘를 밑으로 쭉 내려서, 여기 대만 남기고 남은 부분에서 터진 부분을 봉합하고, 다시 위로 올려서 원래대로 꿰매는 겁니다.”

환자는 이번엔 끔찍하다는 듯한 표정이다.

“그리고, 그럴 일은 없겠지만 수술하는 거니까 합병증이 당연히 있을 수 있어요. 감염이나 통증도 당연히 있을 수 있고요, 수술 부위가 성기니까 수술하다가 잘못될 경우 앞으로 성기에서 아무것도 느껴지지 않는다든지, 발기부전이 된다든지, 감염이 심하면 썩는다든지, 그렇게 되면 잘라낼 수도 있……”

“와악. 그만, 그만요. 그렇게 되면 저는 그냥 죽을 거니깐 그거 그만 얘기하고 수술이나 잘 해주세요.”

“저, 그리고 지금 왼쪽 해면체가 찢어져 왼쪽이 더 부어 성기가 오른쪽으로 휘어 있지만, 수술을 하게 되면 왼쪽을 실로 꿰매버리기 때문에 왼쪽이 잘 늘어나지 않아요. 그래서 수술이 끝나고 회복되면, 발기 시 성기가 왼쪽으로 휘게 될 겁니다.”

"네? 평생 휜다고요? 각도가 얼마나 휘는데요?"

"그건 수술하고 회복해봐야 압니다."

"서…… 선생님, 그건 언제 알 수 있을까요? 그거 엄청 많이 휠 수도 있나요? 막 바나나킥처럼 직각으로 이렇게요?"

환자는 손으로 바나나킥의 궤적을 크게 그렸다. 각도가 제법 매섭고 날카롭다.

"회복되면 곧 알게 되실 겁니다."

환자는 옆에 있는 여자친구와 의미심장한 눈길을 교환했다. 여자친구는 비장한 얼굴로 고개를 끄덕인다. 환자의 표정이 침착해진다.

"네. 알겠습니다."

"그럼 내일 수술 잘 받으세요."

비뇨기과 인턴 N의 일 중 하나는 수술 전날 환자의 성기 주변을 면도하는 것입니다. 매일 밤 대여섯 개에서 많게는 열 개씩, 병동 환자의 성기를 깨끗하게 면도해서 환부의 감염을 줄이는 숭고한 일입니다. 이제 비뇨기과 환자에 익숙해진 N은 콧노래를 부르며 기계적으로 면도를 하고 있습니다. 이 일을 하다보면 N은 자기가 의사가 아니라 이발사에 가깝다는 생각도 듭니다. 방금도 암 수술을 앞둔 할아버지의 국부가 N의 능숙한 솜씨로 순식간에 헐벗었습니다. N은 명부에서 다음 환자를 찾습니다. '21세. 성기 골절. 응?'

병실에 들어가니 아직은 앳된, 머리를 파르라니 깎은 군인으로 보이는 환자와 그의 여자친구가 손을 꼭 붙들고 있습니다. N은 생각합니다. 비뇨기과에서 성인 환자의 손을 꼭 붙잡고 있는 성인 보호자는 처음 보는 것 같다고요.

"면도하게 보호자 분은 잠깐 나가 계시겠어요?"

여자친구로 보이는 보호자는 곧 커튼 밖으로 나갔습니다. N은 환부 면도를 위해서 환복을 걷습니다. 그리고 기겁합니다.

'으이이잉? 이게 뭐람? 이 영웅은 누구지? 아프리카나 북유럽에서 오신 분인가? 아니, 피부색은 우리랑 똑같은 분인데……'

N은 내색하지 않습니다. 병원 생활이란 모름지기 환자에게 내색하지 않는 것이 정말 중요한 거더라고요. 여기서 벌어지는 일이 아무리 신기해도 이 모든 일은 있을 수도 있는 겁니다. N은 이를 악물고 놀라움을 참아냅니다.

"으…… 자, 이제 면도하겠습니다."

N은 그 물체를 조심스럽게 붙들고 거웃을 잘라냅니다. 살이 팽팽히 펴져 있어서인지 작업은 아주 수월하게 빨리 끝납니다.

"이제 다 되었습니다."

N은 땀을 닦으며 말합니다. 여자친구는 그 말이 끝나자마자 달려와 다시 그의 손을 꼭 붙잡습니다. 마치 그 짧은 시간에도 그가 그리웠다는 듯이요.

다음날 아침, 21세 성기 골절 남자 환자는 첫 수술로 수술방에 들어갑니다. N의 임무는 베드를 밀고 수술방으로 들어가는 것입니다. N은 그 위용을 어제 한 번 보았기 때문에 더이상 놀랍지 않습니다. 엄밀히 말하면, 이제는 많이 놀랍지 않고 조금 놀랍습니다. 하지만 다른 사람들에게는 아니겠지요. 침대에 정자세로 누워 있는 환자의 환부는 그야말로 수북수북 푼 고봉밥을 엎어놓은 것처럼 높이 올라와 있습니다. 첫 수술을 위해서 수술방에 몰려든 각종 과의 인턴과

레지던트들, 수술방과 마취과의 간호사들이 전부 N과 환자를 흘낏 보고 지나갑니다. 정말 인간적이고, 의학적인 궁금증이겠지요. N과 친한 몇 명은 직접 소근거리며 물어봅니다.

"환자 진단명이 도대체 뭐야?"

"응. 골절."

"뭐?"

"응. 그런 게 있더라고."

수술을 시작하기 위해 베드를 밀고 수술방으로 가는 그 짧은 시간에도 복도를 지나가는 사람이 전부 N과 환자를 쳐다봅니다. 다들 자기 일에 바쁜 아침 시간임을 감안하면 참 이례적인 관심입니다. N은 자신이 마치 그 크기가 너무 거대해서 지구에 존재해서는 안 되는 수박이나 생선을 팔러 시장에 나온 상인 같다고 생각합니다. 정말 딱 그런 시선입니다.

환자가 수술대에 눕고 마취가 시작되었습니다. 환부 소독 및 수술을 위해서 환복을 걷자, 그 구부러진 위용이 만천하에 드러납니다. 맨 처음으로 반응을 나타낸 건 마취과 선생님이었습니다.

"으와악. 저게 뭐에요?"

"성기인데요."

"부러졌다고 저게 저렇게 된다고요?"

"네. 그런가봅니다."

이윽고 마취과 간호사들과 수술방 간호사들이 그 넘치는 위용에 눈길을 고정합니다. 평소에는 수술하는 쪽에 관심도 없는 간호사들이 수술대 쪽으로 시선을 돌리다가 서로 손을 마주잡고 기묘한 눈빛으로 소근거리며 대화를 합니다. 정확히 무슨 말인지는 알아들을 수 없으나 팔꿈치와 손을 사용하여 무엇인가 비교하는 눈치입니다. 소문을 들었는지 옆방 간호사들도 슬쩍 보이기 시작합니다. 마지막에는 끝내 마취과 여자 주임교수님까지 나타납니다.

"에구머니나. 저게 뭐람. 저거 뭐 어떻게 된 거에요?"

"저건 그냥 부러진 성기라니까요."

N은 충분히 이해합니다. 이건 정말 같은 인간으로서 호기심이 동할 만한 엄청난 것이니까요. 수술 부위를 소독하는 동안 수술방은 술렁거리는 소리로 한동안 소란스럽습니다. 환부의 범위가 넓어 소독도 제법 오랜 시간이 걸렸습니다.

수술이 시작되었습니다. 비뇨기과 교수님의 수술은 아주 능숙합니다. 교수님은 날카로운 메스로 귀두의 앞부분과 뒷부분을 넓게 도려냅니다. 그리고 앞쪽의 해면체와 뒤쪽을 분리합니다. 성기는 금방 나무를 쪼개놓은 것처럼 두 쪽이 됩니다. 충분한 양의 거즈로 성기를 잘 눌러주자 피가 흡수되어 금방 성기는 제 크기로 돌아옵니다.

이제 환부를 찾아 봉합할 시간입니다. 조금 박리하자 왼쪽 해면체에 큰 피떡 부분이 보입니다. 이쪽의 해면체가 찢어져 피가 고여 굳은 것입니다. 이걸 제거하고 봉합하면 됩니다. 교수님이 피떡을 조심스럽게 걷어냅니다. 그 순간, 갑작스럽게 찢어진 성기에서 동맥혈이 뿜어져나옵니다. 쭈우욱, 하고 길게요.

N은 수술장갑과 마스크를 끼고 멍하니 바라봅니다. 교수님이 반으로 쪼개진 성기를 들고 있고, 그곳에서 피가 일직선으로 레지던트 B를 향해 뿜어져나오는 것을요. B는 능숙하고도 필사적인 자세로 몸

을 돌려 핏줄기를 피합니다. 그 광경이 N의 눈동자에는 슬로우모션처럼 느리고 정확하게 비칩니다. '딴딴따라따.' N은 그 장면을 왠지 영화 〈매트릭스〉에서 본 것 같다고 생각합니다. 방금 순식간에 그 배경음악이 들렸던 것도 같고요. 하긴 성기에서 일직선으로 뿜어져나온 피를 얼굴에 쫙, 하고 맞는다면, 그것도 별로 생각하고 싶지 않군요. B가 아주 유연하게 핏줄기를 피하자 교수님은 황급히 출혈을 막습니다. 그러고 수술은 일사천리였습니다.

환자는 특별 병가를 받아, 충분히 나을 때까지 병원에서 요양하고 결국 부대로 복귀했습니다. 상처는 잘 아물었고요. 아마 부대에 복귀하면 휴가 때 있었던 일 얘기는 과장을 곁들여서 정말 시원하게 할 수 있겠네요.

"정말 이~~만했었다니까?"

"김 상병님, 농담도 잘 하시지 말입니다." 이렇게요.

이제 남은 궁금증은 그것의 좌향각이 어느 정도 되느냐겠지요. 그건 그 환자가 부대에 들고 가버려서, 이제는 알 방법이 없습니다. 이젠 그와 그의 목숨을 걱정하던 여자친구만이 아는 비밀이 되었겠지요. 그렇게 사랑하는 사이에서 그 정도의 비밀과 추억은 있어야 하는 것 아닐까요? 마지막으로 저는 그들이 앞으로도 모텔에서의 하룻밤에 맞이한 시련을 딛고 행복하기를 바라봅니다. 이제 그들은 분명 사랑을 나눌 때 조금 조심스럽기도 해야 한다는 교훈을 얻었을 테니까요.

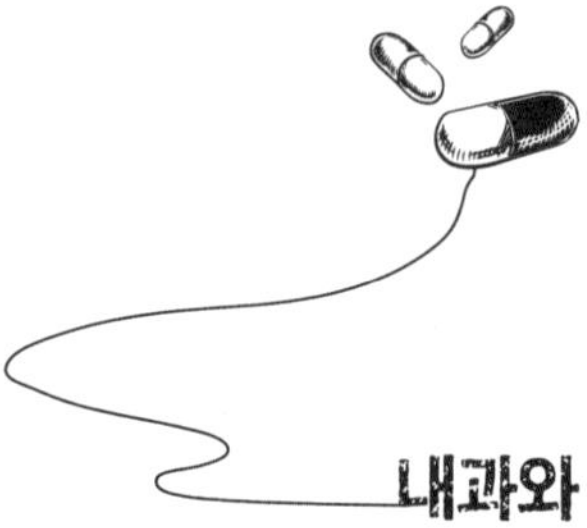

내과와 외과

의예과 시절, 그러니깐 괜한 한담으로 시간을 죽이던 시절, 친구와 나누었던 대화가 있다. 그녀는 의학과 관련이 없는 미대생이었다. 그녀가 먼저 흔한 한담의 화두를 던졌다.

"나중에 의사가 되면, 전공과를 정해야 하잖아? 너는 무슨 과 의사가 되고 싶어?"

"그건 아직 먼 얘기지만, 나는 남자니깐 지금은 외과 쪽에 관심이 있는데."

"잘 생각했어. 내과 쪽은 너무 힘들고 피도 많이 봐야 하잖아. 역시 깔끔한 외과가 좋은 것 같아."

"내과도 힘든 분야이기는 하지. 근데 피는 외과보다는 많이 안 볼 텐데? 외과는 하루 종일 칼을 들고 수술하는 관데."

"응? 너 뭔가 잘못 알고 있는 거 아니니? 내과가 사람 내장이라든지 장기를 더 많이 보는 과잖아. 외과는 겉만 보고."

당시 나는 의학에 너무 관심이 없던 때였으므로, 내가 뭔가 잘못 말했다는 느낌이 들었다. 그래도 선배한테 들은 게 있어서 항변했다.

"아닐 텐데, 저번에 술자리에 나온 선배가 외과 전공이었는데, 계속 수술하는 얘기를 했단 말이야."

"으이구, 잘 생각해봐. 이름이 왜 내과랑 외과겠어. 내內과는 사람 안을 뜻하는 말이잖아. 외外과는 사람 바깥을 뜻하는 말이고. 사람 안을 들여다보려면 칼로 절개를 하고 안에 있는 장기를 봐야겠지? 그러면 계속 수술을 해야 할 거 아냐. 반면에 외과는 사람 겉만 진료해도 되잖아. 겉만 진료하는데 피를 볼 일이 있겠어? 외과는 아주 깔끔한 과란 말이야."

"그…… 그런가? 그러면 나는 남자니까 내과를 전공해야겠어. 역시 남자라면 내과지."

우리는 의견의 일치를 보았으므로, 다음 한담으로 넘어갔다. 나는 한동안 실제로 그렇게 알고 있다가, 술자리에서 선배의 시원한 조롱을 들었던 것으로 기억한다. 분명히, 조금 억울했던 것 같다.

인턴이 되어서 같은 친구를 다시 만났다. 인턴이 되어도 괜한 한담을 나누는 것은 변하지 않았다. 그녀가 이번에도 불쑥 한 가지 화두를 던졌다.

"근데, 병원에서 일하는 의사들은 정말 힘들겠어."

"응, 병원에서 실제로 의사 명찰 달고 일해보니까 정말 힘들더라."

"의사들은 정말 만능인 것 같아. 팔 힘이나 전반적인 근력도 엄청

세야 되잖아. 그런 것까지 어떻게 하는지, 원."

"응? 많이 힘들기는 해. 그리고 근력을 많이 쓰는 일도 있기는 한데, 그렇다고 남들보다 힘이 셀 필요는 없는데?"

"아냐. 정말 대단한 것 같아. 텔레비전에서 봤는데 의사들이 누워 있는 사람 위로 올라타다시피해서 가슴팍을 막 누르잖아. 그러면서 무슨 도구 같은 걸 들고 와서 있는 힘껏 환자를 때리는데, 얼마나 세게 때리는지 환자가 막 자리에서 튕겨나가더라고. 어마어마한 완력이야. 그렇게 죽어가는 생명을 살리려고 팔 힘까지 길러서 환자를 세게 때려야 하다니, 정말 의사는 대단해. 그거 일부러 운동해야 되는 거잖아."

"그…… 그거 거기서 전기가 나가는 건데. 전기 때문에 사람이 튕겨나가는 거야."

"뭐?! 전기가 나간다고? 어머, 난 그거 그냥 쇳덩인 줄 알았어. 사람을 가장 효율적으로 힘차게 때릴 수 있게 고안해놓은 기계인 줄 알았지. 손잡이를 편하게 잡고 환자를 빡! 그러면 그 충격으로 환자가 일어나는 거. 아니었구나. 그런 장치가 되어 있을 줄이야. 그럼 의사들은 웨이트트레이닝 같은 거 안 하겠네?"

"응. 헬스장은 가보지도 않았어."

그녀는 아마, 소림사 수도승처럼 가운을 입은 의사들이 훈련장에 줄지어 서서 양손에 제세동기를 들고, 기합에 맞추어 얏! 하고 허공에 제세동기를 있는 힘껏 후려치는 훈련을 상상했던 것 같다.

나는 지금도 의료계 종사자가 아닌 외부 사람이 의사의 일에 대해 갖고 있는 시선을 떠올릴 때면, 병원에서 만난 사정 모르는 보호자나 환자보다 그녀와 했던 대화가 떠오른다. 일단, 제법 재미있는 발상이었으니까. 하지만, 그녀가 절대로 남들보다 무지한 것은 아니었다. 그건 그냥 남의 이야기였을 뿐이고, 다만 상상력은 약간 뛰어난 친구였던 것 같다. 그렇게 생각하면 나도 타인의 직종이나 이야기에 한없이 무지해질 수 있다는 생각을 한다. 실제로 내가 그녀의 전공인 미술을 보는 시선과 이해가 그 정도일 것이다. 미술뿐만 아니라, 내가 경험하지 않은 일에 대해서는 터무니없이 무지할 것이다.

그런 생각으로, 나는 세상에서 내가 경험하지 못한 많은 일들에 대해 한없이 겸손해진다.

기묘한 진료실

논산 훈련소에는 4주간의 훈련을 마치면 공중보건의가 되는 전문의들만 모아놓은 중대가 있다. 나도 이 틈바구니 속에서 4주간 훈련소 생활을 했다. 국방부의 편의를 위해 한 곳으로 몰아넣어진, 대부분 그해 전문의가 되어 전국에서 모인 각종 과 전문의 수백 명은 의료계에선 실로 그 기세와 위용이 대단했다. 그 인력을 고스란히 사회로 데리고 나가면, 서울을 포함한 5대 광역시를 채우고도 남아서 대한민국 10대 도시에 종합병원을 몇 개씩 세울 수 있을 정도였다.

품새로는 불치병도 고칠 수 있을 것 같은 이 집단은, 훈련소에 들어와 있으면 안타깝게도 그냥 서른 줄이 훌쩍 넘은 까까머리 오합지졸 훈련병 떼거리에 불과했다. 그래서 방 하나에 전문의만 수십 명씩 있는 수십 개의 병영은, 듣기만 해선 병마도 숨이 막혀 피해갈 것 같았지만, 오히려 허약한 체력의 고령 남성들이 골골대는 각종 질병의 경연장이 되었다. 입소 며칠 만에 의사들만 가득한 병영 한 층은 거대 병실을 옮겨놓은 것처럼 콜록거리는 기침소리와, 폐병쟁이를 연상시키는 거친 가래 내뱉는 소리로 복도가 쩌렁쩌렁 울렸다.

우리는 사회에서의 기지를 발휘해서 몰래 숨겨온 형형색색의 항생제를 포함한 각종 약들을 자가복용했다. 하지만 열악한 위생 상태와 불길처럼 번지는 병마를 이겨내기에는 역부족이었다. 결국 우리는 거의 한 명도 빠짐없이 크고 작은 질병에 걸려 드러누웠다.

그렇다면 이렇게 앓는 가엾은 훈련병들을 치료할 사람이 있어야 했다. 국방부에서 이 전문의들을 치료하기 위해 배치한 의료인은 바로 한 명의 중위 군의관이었다. 중위 군의관은 전문의가 아닌 인턴만 마치고 군대에 온, 그 역시 가엾은 친구다. 자기보다 4년이나 수련을 더 받은 전문의 몇 백 명을 진료해줘야 하는 고역을 맡았으니, 얼마나 가엾은 친구인가. 이 장면을 쉽게 표현하면, 애플 스토어에서 아르바이트생이 아이폰을 판매하고 있는데 갑자기 스티브 잡스 수십 명이 아이폰을 사러 와서 기능에 대해 한 가지씩 질문을 던지는 꼴이다(약간의 과장을 더하자면 그렇다는 이야기다).

그의 진료시간은 일과가 끝난 시간부터 한두 시간 남짓이었다. 그 짧은 시간동안 그는 몇 백 명에 달하는 전문의 진료를 엄청나게 효율적으로, 의료 서비스에 익숙한 그들에게 아무런 불평불만도 나오지 않게 잘 해내고 있었다.

나는 개중 건강한 훈련병이었으므로, 그리고 훈련소의 부당함에 대해 고뇌하느라 바빠 이 기묘한 의료 서비스에 관해 생각해볼 여력이 없었으므로 훈련소 생활 초반에는 진료실에서 무슨 일이 벌어지는지 잘 알지 못했다. 그러다 훈련소 생활 막바지에 나도 호되게 앓아누울 일이 생겼다. 그래서 진료를 받으러 이 기묘한 진료실을 방문했다.

강당만한 대기실에 들어서자 이미 다수의 나이 많은 까까머리들이 주저앉아 대기하고 있었다. 그들은 서로 묻고 답하며 무언가를 적고 있었는데, 한 의무병이 나에게 건네주는 것을 받고서야 그것이 무엇인지 의문이 풀렸다. 그것은 내 차트였다. 뒤에는 사용가능한 약과 약전까지 별첨으로 붙어 있었다. 의무병은 말했다. "늘 하던 것처럼 서로 진료를 보시고 차트에 적어오시면 됩니다."

그렇다. 이 중위 군의관은 자기에게 부과된 신성한 진료의 의무를 환자들에게 오롯이 떠맡겨버린 것이었다. 이곳은 마치 환자들의 자치구인 것처럼 환자들끼리 서로 진료를 보거나 혹은 직접 자기가 스스로 진료를 보는 유토피아였던 것이다. 우리는 간단한 진료도구도 사용할 수 있었고, 의무실에서 사용가능한 범위까지 처방도 모두 사용할 수 있었다. 나는 응급의학과 전문의였기 때문에 더욱 바빴다. 나는 우리 분대 재활의학과 전문의의 기관지염을 진단하고 유려한 의학용어로 차트에 기록했으며, 성형외과 전문의의 목감기도 하나 차트에 기록했고, 내 증상에 관해 기술하고 진단해 내가 먹을 약을 내 차트에 잔뜩 써냈다. 그렇게 자가진료를 마친 환자들이, 자기 차트를 들고 길게 '나래비'를 서서 한 명의 공식적인 의사를 만나고 있었다.

이 의사는 방관자나 감시자의 역할을 맡은 양 환자가 적어온 차트를 받아들고, 환자의 얼굴을 쓱 본 다음에, 그 차트를 자기 쪽 차트

에 베껴 쓰고는 크고 화려하게 사인을 했다. 환자가 가져온 그 차트에 '군부대 병원 진료'라고 쓰여 있으면 그는 그걸 그냥 베껴썼으므로, 우리는 글 한 줄이면 군부대 병원까지 갈 수 있었다. 곰곰이 생각해보면 이 인력과 지식들을 놀리지 않고, 모두에게 불만도 없으며, 진료 시간도 줄이는데다가 혹시 부끄러워질 수도 있는 자기 목소리를 낮추는 아주 훌륭한 방법이었다.

그렇다고 그가 단순히 감시자의 역할만 맡은 것은 아니었다. 한 환자가 진지하게 손에 난 피부병에 대해서 묻자 그는 물끄러미 병변을 보더니 외쳤다.

"여기 피부과 선생님 안 계십니까?"

그가 그렇게 외치자 복통인지 배를 움켜잡고 뒷줄에 서 있던 까까머리 환자가 갑자기 슥 나와 의사가 됐다. 그는 병변을 보고 몇 가지를 묻더니 유려하게 설명했고, 환자는 고개를 끄떡였다. 그러자 중위 군의관은 이렇게 덧붙였다. "들으셨죠?" 설명을 마친 피부과 전문의는 다시 아픈 배를 부여잡고 있던 자리로 돌아가 환자가 되었다. 그는 제법 명망 높은 중개자 역할도 하고 있었던 것이다.

이 의사들만 우글거리는 기묘한 진료실은 의사와 환자가 서로의 경계를 넘나드는 흡사 의학계의 파티장과도 같았다. 한 명의 공식적인 의사는 파티의 호스트처럼, 매일 밤 의료계의 잔치를 묵묵히 주관하고 있었다. 국방부는 자기도 모르는 사이에 전국의 전문의를 한데 모아놓고, 비위생과 병마를 넉넉히 제공하여 심심한 재미를 베푸는 유토피아적 진료실을 창조해낸 것이리라.

군부대의 기묘한 교육

알다시피 나는 논산 훈련소에서 4주간 훈련과정을 수료했다. 입소 전에는, 나도 일반인들과 마찬가지로 막연히 아침에 일어나 러닝셔츠를 입고 뜀박질을 하고, 저녁 점호를 마치면 취침에 들어가는 생활을 반복하다가 수료하는 줄 알았다. 하지만 수십 년간 전국의 민간인들을 소집해 4주 만에 날고 기는 유수의 훈련병으로 키워낸 전통의 논산 훈련소는 그리 녹록치 않았다. 입소하자마자 우리는 이 훈련소의 시스템이 나름대로 체계적으로 짜여 있음을 깨닫게 되었다. 대학교의 학점 이수 체계처럼, 수천 명의 훈련병들은 훈련소에서 정해놓은 과목을 누락 없이 전부 이수해야만 용맹한 훈련병으로 거듭날 수 있었다. 정해진 일정표에 따라 우리는 몇몇 부대의 고귀한 명사들에게 불굴의 전사가 되는 법에 대한 강의를 듣기도 했고, 실제로 전투하는 방법을 배워가면서 심신을 수양하기도 했다.

그것 외에는 특별히 할 일이 많지 않았으므로, 우리는 훈련병 숙소 입구에 붙어 있는 일정표를 매일같이 숙지하고, 이미 수료한 과목과 남은 과목이 무엇인지 셈해가며 사회로 복귀할 날짜를 손꼽아 기다렸다. 그중 심신을 단련해야 하는 과목은 열 개 미만이었는데, 대부분 유격, 각개전투, 영점사격같이 이름만 들어도 현대 보병의 느낌이 물씬 나는 것들이었다. 그중 유난히 우리 눈에 띄었던 과목은 구급법이었다. 이것은 분명 부상당한 전우를 정의로운 손길로 구해내 국군의 전투력을 유지하고, 나아가서 국민 건강의 증진을 꾀하는 숭고한 과목일 것이었다.

이번에도 알다시피, 우리 중대는 전문의만 200명이 넘게 소속되어 있었다. 이들은 스무 살부터 6년간 의학을 공부하고, 의사가 되어 5년을 대학병원에서 근무하다가 서른 줄에 훈련소에 오게 된, 10년이 넘는 세월을 의학에 몸담은 사람들이었다. 이들에게 구급법은 실제 죽어가는 사람에게 이미 몇 백 차례쯤 시행해보았을 그들의 본업이자 밥벌이 수단이었다. 전국의 모든 훈련병이 균일한 교육을 이수해야 하기 때문에 이 과목이 군이 존재하고 있는 것이겠지만, 우리는 그럼에도 이 교육에 대해서 반신반의했다. 아무리 군대라고 하지만 과연 어떤 방식으로 우리에게 구급법을 가르칠 것인가. 시작부터 교육이라는 말이 성립할 수 있는가. 이건 전국 판사들을 모아놓고 배심원 한 명이 법학 개론을 가르치거나, 전국 프로게이머 워크숍에서 한 인터넷 이용자가 게임에 최적화된 마우스 쥐는 법을 가르치거나, 전국 군 간부 회의에 가서 의사가 각개전투를 가르치는 꼴이지 않은가.

하지만 입소 전 귀에 못 박히도록 들었던 말 중 하나는, 군대에서는 무슨 일이든 가능하다는 명제였다. 묘하게 강압적인 훈련소의 분위기와 맞물려서인지 구급법 교육 시간이 다가올수록 우리는 점점 더 기대에 부풀어갔다. 과연 구급법에 배당된 세 시간은 어떤 방식으로 흘러갈 것인가. 우리는 세 시간 동안 훈련병의 소임을 태업할 것인가, 아니면 근엄한 스승이 우리를 구급법의 소양을 갖춘 용맹한 전사로 만들어줄 것인가. 어떤 결론을 생각하더라도 상당히 흥미로운 시간이 될 수밖에 없었다. 우리가 그런 마음으로 심신 훈련에 열중하는 동안 훈련소에서의 무료한 시간은 더디 흘러갔고, 드디어 구급법 교육 시간이 우리 눈앞에 다가오고야 말았다.

고대하던 그 시간, 전문의 수백 명은 지긋지긋하게 보았던 인체 모형을 가운데 두고 교육 대형으로 사열해 있었다. 흥미진진한 분위기가 중대에 완연했다. 훈련병 수백 명의 평균 나이보다 살짝 어린 중대장은 태연한 표정으로 걸어나와 단상 앞에 섰다.

"자, 훈련병 여러분. 이번 시간은 구급법을 배워보도록 하겠다. 잘 알다시피, 구급법은 전우의 목숨을 구할 수 있는 아주 중요한 기술이다. 그러면, 숙련된 조교의 시범을 잘 보도록 하겠다."

시범 조교는 중대장 바로 뒤에 대기하고 있었다. 중대장의 소개 멘트가 끝나자, 국문학과를 1년 다니고 휴학해 군대에 와서 논산 훈련소로 배정받은 스물한 살의 '숙련된' 조교는 마른침을 꿀떡 삼키고 전문의들 앞에 섰다. 그에게서 근엄한 스승의 모습을 찾기는 힘들었고, 다만 이 위기를 어떻게 모면할 것인지 고뇌하는 기색만이 역력하게 느껴졌다. '세상에, 내 인생에 이런 강좌를 하다니. 이거 기념사진이라도 남겨야겠어' 정도의 당혹스러운 표정이었다. 그는 목소리를 가다듬고 말문을 열었다.

"훈련병들. 옆에 있는 훈련병이 쓰러지면 어떻게 대처해야 할까?"

"조교님은 일단 주위를 둘러보고 저희가 지나가는지 찾아야 하지 않겠습니까?"

한 훈련병이 대답하자 좌중은 낄낄거렸다.

"훈…… 훈련병. 잘난 체하지 마라."

이런 식으로 그럭저럭 교육은 시작되었다. 숙련된 구급법 조교는 심폐소생술의 당위성과 그 숭고한 가치에 대해서 매뉴얼대로 나열하고는 구체적인 방법을 떨리는 목소리로 설명했다. 몇몇은 고개를 끄덕였고, 대부분은 심각하게 턱을 괴고 그 혼신의 강의를 경청했다. 그러고 나서 조교는 실제 모형으로 심폐소생술을 해보였다. 팔이 덜덜 떨려 그는 금방이라도 인체 모형을 부둥켜안고 나뒹굴 것처럼 보였다.

조교의 위태로운 시범이 그럭저럭 끝났다. 그는 방금 나라를 구한 표정으로 원래 자리로 돌아가 부동자세를 취했고, 강단에는 다시 중대장이 돌아와 훈련병 앞에 섰다.

"훈련병들. 교육 잘 봤나?"

"넵. 잘 봤습니다."

"자, 그러면 훈련병들……"

중대장은 여전히 태연한 표정으로 중대 발표를 할 것처럼 말꼬리를 흐렸다. 그리고 이어진 말은 놀라운 것이었다.

"이것이 바로 논산 훈련소 구급법 교육의 현 주소다. 그렇다면 이제 전문가인 여러분의 차례다. 이후 시간은 방금 보았던 교육을 참고하되, 지적할 사항과 장단점을 중심으로 훈련병들이 우리에게, 그리고 여러분 사이에서도 구급법에 대해 정리할 수 있는 훌륭한 장이 되기를 바란다. 이상."

그랬다. 처음부터 이 중대장은 교육기관장으로서 이 훈련병들을 구급법에 숙달된 용감한 전사로 키우는 데는 뜻이 없었다. 그는 현명함을 발휘해서 이 교육 시간을 효율적으로 보내는 방법을 택했다. 중대장은 자기가 먼저 솔선수범해서 사열에 들어가, 전문가의 구급법 강의를 기다렸다. 그러자 대기하고 있던 많은 조교들도 안도하는 표정을 지으며 각자 사열로 들어갔다.

스승과 제자는 뒤바뀌고, 상황은 역전되었다. 평생 몸담았던 본업을 떠나 일련번호를 부여받고는 전투는커녕 자기 몸도 건사 못하는 훈련병 생활을 근근이 버텨내던 전문의 수백 명은 멍석이 깔리자 갑자기 신이 났다.

각 분대별로 구급법에 통달한 이들이 손을 들어 앞으로 나왔다. 그들은 인체 모형 앞에서 구급법의 변천사와 군에서 활용해야 하는 특수 상황의 구급법에 이어, 입소 직전까지 보고 왔던 미국과 영국과 프랑스에서 발표된 구급법의 최신 지견에 대해서까지 난상토론을 벌이기 시작했다. 응급의학과와 내과, 흉부외과, 기타 구급법 관련 전문과들과 구급법이 기본 소양인 모든 과의 의사들이 구급법의 실패와 성공 사례에 대해서 한마디씩 거들기 시작하자 각 분대의 교육장은 구급법계의 거대한 성지처럼 변했다. 이 토론을 듣자 하니, 이들은 전쟁터에서 부상자를 전부 벌떡 일으켜세울 것 같았다.

방금 전까지 숙련된 구급법 조교였던 교관들은 각 분대에 끼어 이 모습을 멍하니 바라보고 있었다. 그들은 정확히 알아듣지는 못해도, 이 토론을 머릿속에 새기고 있었으리라. 이렇게, 중대장은 약간의 기지를 발휘해 자칫 태업할 수도 있었던 세 시간을 거룩한 발걸음을 내딛은, 그리하여 논산 육군 훈련소 구급법계가 진일보를 이룬 쾌거의 시간으로 변모시켰다.

100명의 위인들

N은 열성적인 인턴입니다. 게다가 인턴 생활 초기라서 군기가 바짝 들었지요. 인턴들끼리 하는 말로 '아시아에서 가장 힘들다'고 소문난 비뇨기과에서도 그건 마찬가지였습니다. 일주일에 한 번 토요일 오후부터 일요일 아침까지만 주어지는 오프를 제외하고는 마소처럼 열심히 일해왔죠. 정말 매사 성실하게 임했던 기억뿐이네요. 어젠 4주간의 비뇨기과 인턴 생활에 있어서 마지막 일정이었던 유난한 송별회도 성대히 마쳤습니다. 아주 거나한 자리였지요.

오늘 비뇨기과에서의 일을 마무리하면 다른 과로 넘어가기 전까지 오프입니다. 이제 이곳을 떠난다고 생각하니 숙취도 가라앉는 것 같습니다. 마지막으로 해왔던 일의 정리와 인계도 전부 잘 갈무리되었습니다. 지금이 토요일 오후 2시니까, 내일 아침 10시까지 무려

20시간의 오프가 주어지는 겁니다. N은 설레는 마음으로 일주일 만에 퇴근 준비를 합니다. 그런데 갑자기 레지던트 2년차 선생님에게서 한 통의 전화가 옵니다.

"N선생, 마지막으로 해야 할 일이 있으니 내 방으로 오게."

N은 실망스러운 기색을 감출 수가 없습니다. 이제 떠나는데 마지막 일이라니요. 하지만 그는 열성적인 인턴이었고, 마지막으로 주어질 일이 큰일은 아닐 거라는 예감이 들었습니다. 그래서 하던 일을 멈추고 마음 바쁘게 레지던트 2년차 선생의 방으로 갑니다.

"N선생, 마지막으로 이것 좀 도와주렴. 이번에 K교수님과 쓰는 논문인데, 논문을 위해서 데이터를 수집해야 하거든. 열심히 하면 금방 끝낼 수 있을 거야. 이것까지 마무리하면 퇴근해서 오프를 즐겨도 좋아. 자, 어떻게 하는 거냐면……"

요는 이런 것이었습니다. 비뇨기과 외래에서 남성 호르몬제를 처방받은 100명의 자료가 있습니다. 이 사람들에게 전화를 걸어서 간단하게 신상조사를 하고, 호르몬제 복용 후 삶의 질이 나아졌는지, 특히 성생활은 나아졌는지, 그리고 허리둘레 같은 신체 지표를 조사해 살이 빠지고 건강해졌는지를 묻고 기록하는 것입니다. N은 2년차 선생님이 당연히 야속했습니다. 100명의 이름과 연락처만 써 있는 엑셀파일은 휑하니 넓어 보였습니다. 이 사람들에게 일일이 전화를 걸어서 빈칸을 채워넣어야 한다는 말이었으니까요. 하지만 N은 열성적인 인턴이라 곧 마음을 고쳐먹었습니다. 어쨌든 지시받은 일이니까요. 게다가 자신이 '남성 호르몬제 복용이 인류에 미치는 영향'에 대한 논문의 숨은 조력자로 의학의 발전에 기여할 수 있다는 생각도 들었습니다. 그래서 N은 병동으로 올라가서 주어진 일을 시작했습니다. N은 병원 전화기를 들어 1번 환자에게 전화를 겁니다.

"여보세요?"

"네 ○대 병원 비뇨기과입니다. ○○○ 환자 분 맞으시죠?"

"네, 맞는데요."

"네. 저, 환자 분께서는 몇 날 며칠 남성 호르몬제를 추가처방 받고 복용하셨죠? 그와 관련해서 문의드리고자 전화했습니다. 호르몬제 복용 이후 성생활이 개선되었나요? 그전 성생활이 5점이였다면 지금 성생활은 몇 점 정도 될지 여쭤봐도 될까요?"

"야! 이 새끼 잘 걸렸다. 네가 나 꼬드겨서 그 약 먹인 그 새끼냐?"

"아, 저는 아닙니다. 처방은 저희 교수님이……"

"똘마니 새끼구나. 그거 좆도 안 서고 효과도 좆도 없어, 씨발. 비싸기는 또 오달지게 비싼데, 그 새끼가 하도 그럴싸하게 얘기해서 난 또 옳다구나 처먹었잖아. 그 새끼 나중에라도 보면……"

"저 그러니까 0점이라는 말씀이십니까?"

"이 새끼가 좆도 안 선다니깐 점수 타령하고 앉았네. 하여간 내가 그 새끼 나중에 길에서라도 보기만 하면 콱 주둥아리를……"

N은 놀란 가슴에 급히 전화를 끊었습니다. 일단은 0점이라는 말이겠지요? 0점이라고 말하면 될 것을, 참 표현이 거친 사람입니다. N은 1번 환자의 성생활과 기타생활 등에 최하점을 표시합니다. 그리고 다시 한번 숨을 고릅니다. 99명이 남아 있으니까요. N은 두번째 환자에게 전화를 겁니다.

"여보세요?"

"(왁자지껄한 중년 남녀의 소란스러운 소리를 배경으로 이미 술 취한 목소리로) 여보세요?"

N은 벌써 느낌이 좋지 않고 뒤통수가 싸한 기분이 듭니다.

"네 ○대 병원 비뇨기과입니다. ○○○ 환자 분 맞으시죠?"

"오, 그래. 그건 나다."

"환자 분은 몇 날 며칠에 남성 호르몬제를 추가처방 받고 복용하신 적이 있지요?"

"아아아, 그거 느네가 시켜서 좀 처먹어봤지."

"그러면 처방 전과 처방 후에 환자 분의 성생활에서 개선된 점이 있는지 여쭙고 싶습니다. 그리고 그 전 성생활이 5점이라고 한다면 지금 성생활은 몇 점 정도인지도 여쭙고 싶습니다."

"(수화기에도 들리게 밖에다 대고) 야 ! ○대 병원에서 대낮부터 전화와서 내 좆이 꼴리는지 안 꼴리는지 묻는다, 얘들아! 야, 좆만아! 나는 그런 걸 처먹든 안 처먹든 잘 꼴리는 사람이야! (주위에서 중년 남녀가 낄낄거린다.) 좆이 오늘도 꼴리는지 안 꼴리는지 직접 보여줘야 알겠냐? 좆만아?"

"아, 그렇다면 비슷한 성생활을 하셨다는 말씀이신 거죠? 이전이 5점이라면 지금도 5점 정도?"

"내 좆은 100만 점이야, 이 새끼야! 5점 같은 소리하고 있네(주위에서 깔깔대는 소리가 높아지면서 흡사 파티 분위기다)."

"저 그렇다면, 처방 전 허리둘레와 비교할 때 처방 후 허리둘레가 혹시 줄었는지 말씀해주실 수 있을까요?"

"어? 이 좆만이 봐라? 대낮부터 갑자기 전화해서 내 좆이 꼴리는지

묻더니 이제 허리둘레도 묻네? 좀 있다가는 좆 둘레도 물을 기센데? 아니지 지금 좆 둘레 까짓 거 미리 재줄게. 잠깐만 기다려봐(부스럭거리는 소리와 함께 주변은 광란의 분위기다)."

N은 다시 황급히 전화를 끊습니다. 끝내 허리둘레는 듣지 못했습니다. 물론 필요 없는 성기 둘레도 마찬가지지요. N은 시계를 봅니다. 시간은 오후 3시 30분이고, N의 오프는 이제 18시간 30분 남았습니다. 엑셀파일에 뻥 뚫린 공란은 현재 98개입니다. N은 눈물이 납니다. 의학의 발전을 돕는 일은 역시 N에게는 요원한 일이었던 것입니다.

말할 수 없는 곳

어느 추운 겨울 새벽이었다. 나는 비교적 평온하게 근무하고 있었다. 갑자기 응급실 문이 열리더니 딱 보기에도 앳된 남학생 한 명이 걸어들어왔다. 단정하게 깎은 머리에 수수한 옷을 입은 평범한 인상의 고등학생이었다.

나는 응급실 당직 근무중일 땐, 환자를 쓱 보고 왜 여기까지 오게 되었는지를 맞혀보는 습관이 있다. 성별, 나이, 그리고 행색과 표정을 보고 어디가 아픈지, 혹은 무엇이 불편해서 왔는지를 한번 짐작해보는 것이다. 몇 년 정도 하다보니, 추측은 대체로 잘 맞아떨어졌고, 그게 나름대로 응급실 근무의 소소한 재미가 되었다. 나는 이번에도 촉이 발동해서 그 고교생을 바라보았다. '음, 남학생은 대부분 다치거나 복통으로 오는데……' 하지만 방금 들어온 학생은 어디 다쳐서 피 흘리는 곳도 없었고, 그리 불편한 기색도 없었다. 그는 사지 멀쩡하게 진료실로 뚜벅뚜벅 걸어들어왔다. '이 새벽에 왜 온 거지? 도저히 이 친구는 짐작할 수가 없군.'

나는 혼자 복잡한 추측을 하며 환자에게 첫 질문을 던졌다.

"어떻게 오셨습니까."

남학생은 주저하며 대답했다.

"저, 말하지 못할 부분에 쉐이빙크림 통이 들어가버렸어요. 일부 말고 전, 전부 다요."

"여기는 말하지 못할 부분도 말할 수 있는 곳입니다. 구체적으로 어디입니까?"

"음…… 항문이요."

"어쩌다가 그게 들어간 겁니까?"

그 내용은 도저히 내가 예측할 수조차 없는 종류의 것이었다. 환자용 의자에 앉지도 못하고 진료실 한복판에 우뚝 서서 그는 이렇게 답했다.

"그게…… 저, 샤워를 하다 미끄러져서 넘어졌는데…… 문득 주위를 둘러보니깐 바닥에 놓여 있던 긴 쉐이빙크림 통이 없어졌더라고요. 뿅, 하고 사라진 것처럼. 감쪽같이요."

윽. 물리적으로 불가능한 일이다. 나는 참 감쪽같지 않은 거짓말이라고 생각했다. 나는 어금니를 꽉 깨물고 실룩거리는 얼굴 가죽을 붙들며 말했다.

"일단, 환부부터 확인해봅시다. 앉지 말고 곧장 여기 엎드려 누우세요. 앉으면 아무래도 불편할 테니까."

웃음을 참느라 이를 악물었기 때문에 내 발음이 조금 우습게 들렸다. 그 고등학생의 바지를 벗기고 엎드려 무릎을 꿇게 한 채로 말하지 못할 그 부분의 입구를 열어보니, 확실히 들어 있었다. 뒤집힌 반구형의 은색 물체가 아주 비좁은 틈 사이로 보였다. 그것은 보이는 몸집의 몇 배가 심해에 묻혀 있는 빙산의 일각처럼, 그 뒤로 상상할 수 없이 광활한 세계가 숨어 있음을 시사했다. 비좁은 틈을 벌려보았지만 뒤집힌 반구형 은색 바닥의 지름만 약간 더 보일 뿐이었다. 게다가 안이 오목하고 바깥이 동그랗게 돌출되어 있는 모양이라서 도저히 이대로 나올 수 없어 보였다. 나는 한번 곧장 빼내려는 시도를 해보았다. 하지만 그것은 촘촘한 창살 안에 갇혀 도저히 탈옥할 수 없는 죄수 같았고, 항문을 벌리려고 시도할수록 환자가 괄약근을 움찔거리며 불편해하는 것이 손끝으로 느껴졌다. 나는 이 방법을 포기했다. 그리고 생각했다.

'이 친구도 이 과정을 혼자 한 번 겪어봤겠지. 아니, 여러 번 해봤을 거야. 병원만은 도저히 안 돼. 쪽팔려…… 이렇게 생각하며 필사적으로 벌려봤겠지. 그리고 곧 자신의 처지가 탈옥할 수 없는 죄수와 같다는 것을 깨달았을 거야. 그러고는 병원에 오면서 필생의 창의력을 발휘해 사건의 경위를 지어냈겠지. 새벽 하늘이 노래졌겠군. 그나저나 이 친구, 창의력이 제법인데?'

엑스레이에는 형체가 하나도 망가지지 않은 길이 십여 센티미터의 쉐이빙크림 통이 찍혀나왔다. 윗부분의 분사구와, 아래의 반구 모양, 긴 몸통이 의료용 엑스레이 화면에 선명하게 보였다. 그 모양은 너무 온전해, 마치 누가 그 통을 손에 들고 엑스선을 잘 겨냥해 찍은 것 같았다. 그걸 듣고 있는 것은 그의 직장直腸이었지만 말이다.

스테이션에 돌아가니 호기심을 숨기지 못한 간호사들이 그의 차트를 열독하며 갑론을박을 벌이고 있었다. 대부분 이 언급의 진위 여부와 실제로는 어떤 일이 벌어졌는가에 관한 것이었다. 크게 두 파로 나뉘었는데, 첫번째는 쭈그려앉아서 재미(?)를 봤다는 거고, 두번째는 서서 봤다는 것이었다. 쭈그려앉았다는 파가 훨씬 우세했고, 반대파는 어찌 그걸 그렇게 잘 아느냐는 말로 응수했다. 그 와중에 넘어져서 들어갈 수도 있는 법 아니냐는 순진무구한 친구와, 쉐이빙크림이니 밑엘 면도하려고 했던 것 아니냐는 개그 욕심 충만한 친구가 소수 의견을 내고 있었다. 새벽 시간이고 유독 한가했던 그녀들은 토의가 길어지자 진위를 떠나 그 난상토론을 한없이 즐기는 것처럼 보였다.

나는 환자를 불러 입원과 수술에 관해 설명했다.

"자, 그게 그 자리에 그러고 있으면 '말할 수 없는 곳'이 제 할일을 못하겠죠. 걔가 가로막고 있는데 그 친구가 알아서 나올 것도 아니고, 그렇다면 쌓이기만 할 텐데 왠지 끔찍한 일 아닙니까? 그러니 날이 밝는 대로 수술해서 그 친구를 빼줄 겁니다. 수술은 간단합니다. 수술방에 올라가서 전신마취를 받습니다. 그러면 우리가 자세를 잘 빠질 수 있는 상태로 세팅해줄 거예요. 그 상태에서 혈관으로 근육 이완제를 듬뿍 쓸 겁니다. 그러면 '이름을 말할 수 없는 곳' 과 근처 근육에 힘이 빠지겠죠. 그러면 그곳을 충분히 벌려서 빼낼 겁니다. 들어갈 때보다도 훨씬 많이 벌려야 그 두꺼운 걸 빼낼 수가 있겠죠. 따로 그 도구가 있어요. 이렇게 넣고, 나사를 조이면 이게 요렇게 벌어지는 겁니다."

내가 손 모양으로 그 기구의 흉내를 내자 그는 몹시 끔찍한 표정으로 눈살을 찌푸렸다. 나는 말을 이어갔다.

"수술 후 며칠은 누워만 지낼 겁니다. 그걸 그 정도까지 벌리면 보통사람들은 꼼짝도 못해요. 상상해봐도 그렇죠? 한 일주일은 아무것도 못하고 침대에 엎드려 진통제만 맞고 있어야 됩니다. 밥도 누워서 먹고요."

아마 지금부터 암 수술 때문에 배를 열어 당신의 장기를 만진다고 하거나, 부러진 사지를 한꺼번에 맞춘다고 했어도 그런 표정을 짓지는 않았을 것이다. 그는 자기 인생의 우환이 한꺼번에 찾아온 것 같은 표정을 지었다. 그는 침대에 모로 누워 멍하니 앞을 바라보다가, 사태를 인정하고 절인 배추처럼 시무룩해졌다.

"네, 알겠습니다."

그는 입원 대기용으로 특별히 마련된 구석 침대에서 밤새 안정을 취하고, 다음날 찾아올, 들어서는 도저히 상상도 가지 않는 믿을 수 없는 일을 기다리기로 했다.

새벽이 지나고 해가 떠올랐다. 이른 아침에 환자의 어머니가 비보를 듣고 병원으로 달려왔다. 연락을 맡은 원무과 직원은 도저히 전화로 환자의 상태를 정확히 전할 수 없었다. 그는 아주아주 급한 일이 발생했는데, 지금 벌써 입원중이고, 날이 밝는 대로 응급수술을 해야 하니 얼른 오시라고 전화한 모양이었다. 어머니는 도착하자마자 불안감에 떠는 표정으로 주치의를 찾더니, 곧 나타난 나를 붙들고 조심스레 물었다.

"우리 아들이…… 도대체 무슨 일이 일어난 거죠? 정말 그렇게 급히 수술이 필요한가요?"

나는 그 자리에서 바로 말할 수 없었으므로, 아무도 없는 진료실로 보호자를 안내하고 차근차근 설명하기 시작했다.

"항문에 이물질이 들어갔습니다."

"네?"

"여기, 엑스레이 보이시죠? 이거, 겹쳐서 찍힌 거 아닙니다. 배 안에 들어 있는 겁니다."

"이게 어떻게 들어갔답니까?"

"샤워하다가 넘어졌는데, 들어갔다고 합니다."

"무슨 병에 걸렸거나 그런 건 아니고, 그냥 이 문제인 건가요?"

"네, 이것뿐입니다."

"이…… 이…… 이 새끼……"

"당장 입원해서 응급수술을 받아야 합니다. 일주일간 입원입니다."

어머니는 뭐라 설명할 수 없는 표정으로 한동안 생각하더니 고개를 숙이고 대답했다.

"우리 애…… 고3이에요. 수능이 17일 남았어요."

순간 환자의 벼락 맞은 표정과 어머니의 침통한 모습이 나에게 완벽히 이입되었다. 영화 말미의 반전 부분에서 사태를 설명하는 장면이 휘리릭 지나가듯, 여기서 그들이 보였던 반응이 머릿속에서 휘리릭 지나갔다. 상황을 꿰뚫는 한마디였다. 일생 한 번뿐인 수능을 앞두고 아들에게 과연 무슨 일이 벌어진 것일까.

여느 때처럼 지난밤의 내원 환자와 현재 재원 환자의 브리핑을 하고 아침 회진을 돌았다. 언제나 엄숙한 과장님은 예의 근엄한 얼굴로 번쩍이는 청진기를 목에 걸고 순서대로 환자를 진찰하기 시작했다. 우리 의료진은 묵묵히 아침마다 벌어지는 그 의식을 따라 회진을 돌고 있었다. 그런데, 저 한구석 커튼 뒤에서 모자의 길고 긴 대화, 아니 기나긴 말다툼이 들려왔다. 그것을 여기 자세히 옮길 수는 없지만, 대체로 이런 식이였다.

"아이고, 이놈아. 수능이 17일 남았다. 그동안 공부도 못하잖니. 정신도 못 차리는 놈아, 이게 도대체 무슨 짓이냐. 대학에는 갈 거냐."

"엄마, 쪽팔려. 그만해."

"아니 네가 무슨 암이라든지, 폐병이라든지, 아니 차라리 열이 펄펄 끓는 감기라면 말도 안 한다. 아니 어디 몸이 아픈 것도 아니고……"

"엄마 쪽팔려. 사람들 들어. 그만하라니까."

"네가 팔다리가 부러지거나, 무슨 질병이 걸린 것도……"

"엄마 그만 좀. 그게 여기 들어 있는데 어떻게 해."

"그러니깐 그게 왜 거기 있냐고. 거기 있어야 하는 것도 아닌데, 그걸 왜 거기다가……"

"엄마 제발, 조용히 좀. 옆에서 들어. 쪽팔려. 제발."

감정이 폭발한 어머니와, 폭발적으로 쪽팔린 아들의 말다툼은 상황을 알고 있는 우리가 듣기엔 정말 돌아버릴 것 같았다. 대화가 계속되자 우리는 과장님 등 뒤에 숨어 고개를 돌리고 이를 악다물고 키득대기 시작했다. 아마 한 명만 못 참고 웃어버렸으면 다들 쓰러졌으리라. 하지만 엄숙한 회진 시간에 우리는 의료인의 체통을 지키기 위해 죽을힘을 다하고 있었다. 나는 주치의였기 때문에 남들처럼 과장님 뒤에 숨을 수 없어 과장님 바로 옆에 서 있었는데, 얼굴 근육이 마비되고 정신이 거의 몽롱해지고 있었다.

하지만 과장님은 아랑곳없이 아무 눈치 없는 복통 환자의 진료를 보면서 보호자에게 설명하고 계셨다. 나는 역시 과장은 아무나 하는 게 아니라는 존경심으로 그를 바라보았다. 마침 응급실 창밖으로 햇살이 내리고, 환자의 이야기를 듣고 있는 과장님의 얼굴에 볕이 비쳤다. 그 순간 나는 보았다. 근엄한 과장님의 번쩍이는 금테 안경 뒤로 씰룩거리는 눈주름과 맺힌 눈물을, 이를 악물어 어긋나는 양측 턱을, 그리고 부자연스럽게 패인 볼살을. 아, 언제나 진중했던 과장님도 지금 필사의 노력을 하고 계셨다. 그렇게, 그 말할 수 없는 곳에 관한 이야기와 아침부터 벌어진 모자의 언쟁은 우리 전부를 니르바나Nirvana로 인도했다.

선택적 청각 장애

사람이 많이 모인 곳에는 꼭 돋보이는 사람이 있습니다. 북적거리는 나이트클럽이면 사람의 시선을 잡아끌면서 요란하게 춤을 추는 사람일 것이고, 시장통이면 고개를 돌려 쳐다볼 수밖에 없게 만드는, 특이한 목소리로 생선을 파는 아저씨가 있을 수 있겠지요. 응급실도 마찬가지입니다. 응급실의 주인공이 된 마냥 시선을 잡아끄는 사람이 있지요. 돋보이게 화려한 춤을 추는 사람이 많은 나이트클럽이나, 고래고래 소리지르는 상인들이 많은 시장처럼, 응급실도 주인공이 날뛰면 더욱 화려하게 사람의 혼을 빼놓는 북새통이 됩니다. 지금도 기억에서 잊히지 않는 그날 밤 여주인공의 이야기를 해볼까요?

60대인 그녀는 새벽 1시에 119카트를 타고 실려왔습니다. 응급실 문밖에서부터 그녀가 실려오는 소리가 들렸지요. 아, 카트가 굴러가는 소리는 그렇게 크지 않습니다. 대신 그녀가 화통을 삶아먹은 것처럼 소리치고 있었지요. 첫마디부터 굉장했습니다.

"으아아악, 어지럽다아아아."

이 소리는 저에게 가까이 올수록 커지더니, 응급실 문턱을 넘자 모든 사람들이 고개를 돌려 쳐다볼 수밖에 없는 크기가 되더군요. 그녀는 머리를 싸매고 그 좁은 카트에서 데굴데굴 굴렀습니다.

"어지럽다아아. 어지럽다아아아아."

같이 온 남편은 묵묵부답 표정 없이 바라보고만 있었구요.

의사들끼리 하는 이야기지만, 어지러운 사람이 실려올 때면 약간 우스꽝스러운 면이 있습니다. 사람이 다리를 다쳤으면 다리를 붙들고 올 테고, 배가 아프면 배를 부여잡고 올 것이고, 목이 삐었으면 뒷목을 잡고 올 테지요. 하지만 어지러운 사람은 도통 어디 잡을 데가 없단 말입니다. 게다가, 어지러움이란 게 겪어보면 무척 괴롭고 힘든 증상 아닙니까? 그러니 뭐 어찌할 도리 없이 겉으로는 멀쩡한 몸으로 머리를 싸매고 어지럽다고 침대 위를 막 굴러다니는 모습으로 내원하는 겁니다. 환자의 고통은 십분 이해하지만, 겉모습이 조금 우스꽝스러울 수 있다는 거지요. 그 상태로 그녀는 응급실 입구에서부터 데굴거리면서 소리 질렀습니다. 등장부터 대단했죠.

어지러운 환자는 뇌졸중의 가능성이 있어서 빨리 진찰을 해야 합니다. 실은, 그 소리 때문에 진찰을 빨리 하지 않을 도리도 없습니다. 응급실에 있던 모든 사람들이 저 사람을 언제 진료해서 조용하게 해줄지 지켜보고 있거든요. 저는 첫 질문을 합니다.

"어떻게 오셨어요?"

"아이고 의사양반, 이제 왔소?"

저는 바로 달려왔는데 첫마디가 '이제 왔소'입니다.

"내 말 좀 들어보세요. 이게 내 머릿속이 막 꺼지는데…… 그 누워 있는데 바닥이 푹푹 꺼지는 거 알잖아요. 내 베개가 저 뒤로 넘어가는 기분이 들더니만 그냥 사정없이 누가 메다꽂는 것처럼, 그 유도하는 사람들 있잖소, 엎어치고 메치고 튕기는 것처럼 빙글빙글 도는데 말이요. 내가 그 전까지 텔레비전에서 하는 영화를 보고 있었는데, 양복 입은 남자가 막 몸을 저리 굴리고 이리 굴리면서 총을 쏘는데 그걸 보지 말걸 그랬어요. 그 남자가 갑자기 또 생각이 나더니 화면이 빙빙 돌면서 구역질이 나고 토를 하는데, 내가 점심때 회를 먹고 저녁때는 갈비를 먹었는데 그게 토로 한 무더기가, 어디 보자 이만큼이 나왔어요. 아이고, 지금도 토할 것 같네."

"그러니까, 어지러워서 오신 건가요?"

"아니 어지럽다니깐 말을 해도 왜 못 알아들으세요. 지금 어지러워 죽겠다고 말하고 있……"

"네, 이제 진찰 좀 하겠습니다. 보호자 분 접수 좀 부탁드릴게요."

저는 빠른 진료를 위해 말을 끊고, 보호자에게 접수를 부탁했습니다. 남편으로 보이는 분은 제 말이 안 들리는지 그냥 멍하니 아내를 바라보고 있더군요.

"이 양반은 언젠가부터 귀가 먹어서 들리질 않는다오. 귀머거리요, 귀머거리. 그나저나 회랑 갈비랑 섞인 토가……"

"네에에에, 네에."

어쩐지 남편은 그 소동에 너무 침착하더라고요. 어쨌든 그녀의 말을 끝까지 들을 여유는 없었고, 그럴 필요도 없어 보였습니다. 저는 즉시 그녀의 기본적인 신체 진찰과 신경학적 검진을 시작했지요. 검진중에도 그녀는 뭔가 꼭 길게 말하려 했습니다. 이런 식이었지요.

"이렇게 하면 더 어지럽습니까?"

"아니 지금 그 영화 주인공이 김 머시긴데, 그 친구가 장롱 뒤로 숨었다가 말았다가 의자 뒤로 다시 숨는 장면이 생각날 것도 같아서 어지러운 것도 같……"

"그, 그만. 알겠습니다."

저는 그 다물 줄 모르는 입에 조마조마하면서 신경학적 검진을 마쳤습니다. 다행히 별 이상이 없더군요.

"별 이상이 없는 것 같은데요?"

"아니, 내가 이 병원을 얼마나 다녔는데! 차트 좀 확인해보슈. 다 나올 테니까."

안 그래도 내원 기록을 확인하고 싶어지던 참이었습니다. 저는 스테이션으로 돌아가 막 내원한 환자의 차트를 열어봅니다. 어디 보자. '김○○, 여성, 63세.' 기록을 열자 수많은 외래 내원 흔적이 쏟아집니다. 의학 용어로 가득찬 차트에서는 진료했던 의사들의 절망과, 회한과, 괴로움이 잔뜩 기술되어 나옵니다. 동작으로 하자면 고개를 절레절레 흔드는 동작과 비슷한 겁니다.

'어지러움의 큰 원인 보이지 않음. 잘 설명했으나 잘 설득되지 않음. 약에 반응 없음. 신경성으로 보임.' 최근 10여 회의 내원 차트에서 기술하는 것은 대략 이 방향이었습니다. 제가 느낀 것을 그 사람들이 앞서 느꼈고, 제가 이제 다시 충분히 느낄 차례라고 말하는 것 같습니다.

하지만, 응급실 의사는 신중해야지요. 일단 저는 어지럼증에 대한 검사를 다시 진행했습니다. 그리고 곧 이상 없다는 결과를 받았습니다. 그렇다면, 응급실 내원 어지러움 호소 환자의 가이드라인은 '안정제 투여 후 증상 안정 시까지 관찰'하는 겁니다. 막 어지러움을 느끼는 채로 집에 가기는 어려우니까요. 그녀는 가이드라인대로 밤새 응급실 한복판에 눕습니다. 남편은 그녀 옆에 앉아 묵묵히 이 상황을 지켜보고 있고요.

앞서 말한 대로, 여주인공인 그녀는 이제 무대 위에 올랐습니다. 그날 다른 주인공은 없었으므로 그녀의 독무대였지요. 그녀는 멍석이 깔린 응급실 한복판에 누워 소리지르기 시작합니다. 지나갈 때마다 모든 의료진을 붙잡고 눈물로 하소연을 하는 거지요. 그중에는, '으아아아아아아악 어지럽다아아아' 류의 괴성과 '어지러운 게 어떻게 낫겠어요…… 처음부터 불가능한 소망이지요' 류의 체념과 '머릿속이 꺼지면 땅이 꺼지고 바다도 꺼지고 산도 꺼지고' 류의 횡설수설과 '한 달 갈 어지러움이라고 분명히 얘기했는데 ○○교수님은 약을 2주치만 줬다니까. ○○교수님은 남은 2주를 나를 죽이려고!' 류의 분노와 '어려서부터 우리집은 어지러웠고 남들 다 먹는 짜장면 한 번……' 류의 일대기가 포함된 장광설이었지요.

저는 밤새 오가며 그녀와 몇 번의 대화를 시도했습니다. 시도했다기보다는 시도당했다고 할까요. 환자들도 잠시 쉬는 깊은 새벽 시간, 그녀는 자기 이야기를 듣지 않으면 지나가는 의료진을 고래고래 소리질러 불러댔습니다.

"아이고 간호사님, 아이고 선상님. 아이고 여기 날 좀 보소, 날 좀 보소."

대화를 안 하면 의료진이 어지러워서 견딜 수가 없었습니다. 그러니, 시도당했다고 표현할 수도 있을 것 같네요. 매번 대화의 종결은 비슷했습니다.

"괜찮으실 것 같은데요."

"괜찮기는 뭐가 괜찮소!"

처음부터 같은 자세로만 앉아 있던 남편은, 진료에는 관심도 없는지 숫제 창밖만을 보면서 한마디도 하지 않고 있었습니다. 하긴, 들리지 않으니 무슨 영문인지도 잘 모르고 앉아 있어야겠지요. 하지만 세상과 치료에는 한참 지쳐 보였습니다. 새벽이기도 했고요. 어쩐지, 저 옆에서 살아남으려면 귀가 먹은 편이 오히려 편할 것 같네, 라는 생각을 잠시 했지만 곧 그녀의 언변에 다시 정신을 빼앗기고 말았습니다.

"선생님이 어지러움을 알아요? 아이구야, 가장 사람 잡는 것이 이 어지러움이요." 시간은 덕분에 빠르게 흘러갔습니다.

격동의 밤이 지났습니다. 그녀는 낮잠을 푹 자고 밤에 왔는지, 한시도 쉬지 않고 떠들었습니다. 의료진뿐만 아니라 주변에 있는 환자와 보호자도 어지러움을 호소할 정도였지요. 저는 병원에서 몇 년을 갈고닦은 설득과 회유의 기술을 발휘해 집에 가겠다는 그녀의 동의를 얻어냈습니다.

"일단 집에 가서 지켜보도록 하지요. 응급실에서 살 수는 없는 노릇 아닙니까. 나중에 이상이 있으면 외래로 꼭꼭 다시 와주시고요."

"아이구, 이 양반. 그래요. 약이나 많이 주쇼."

저는 진짜 얼마나 기뻤는지 모릅니다. 그녀는 호위무사처럼 옆에서 그녀를 지키고 있던 남편을 툭툭 칩니다. 그러고 퇴원하자는 손짓을 보내더군요. 남편은 그제야 처음으로 끄덕거리더니 몸을 일으켜세웠습니다. 목석이 일어나는 느낌이었지요.

해는 이제 막 떠올랐습니다. 저는 큰짐을 덜고 스테이션에서 아침 환자를 정리하고 있었습니다. 갑자기 제 눈앞에 그 남편이 나타났습니다.

"퇴원 수속은 어떻게 합니까?"

"저기에서 저렇게 수납하고 저리 가서 약 받아서 퇴원하시면 됩니다."

"아, 여기에서 수납하고 저쪽으로 가서 약 받으면 된다는 거죠?

"네. 그렇습니다. 엇?"

그렇습니다. 남편은 들리는 사람이었던 겁니다. 의학적 진단명으로 부른다면 '선택적 청각 장애Selective hearing impairment'쯤 되겠지요. 저는 그의 대답을 듣는 순간 영화 〈유주얼 서스펙트〉에서 카이저 소제가 뚜벅뚜벅 일어나 걸어나가고, 〈식스센스〉에서 브루스 윌리스가 처음부터 유령이었다는 걸 알게 된 사람처럼 충격을 받았습니다. 문제 해결 방식 중에는 저런 것도 있는 셈이지요. 여생은 얼마 남지 않았고, 귀가 들리는 청인聽人의 생은 괴로우니, 남은 생은 귀머거리로 편하게 살겠다는 해결책 말입니다.

그가 들리는 인간이어서 당했던 일들이 얼마나 서럽고 분했을까요. 평생 그녀의 곁에서 말상대를 해주다가 그의 생은 얼마나 지쳐버렸을까요. 얼마나 고심한 끝에 몸에 밴 연기였는지, 그의 행동은 지극히 자연스럽게 보였습니다. 그가 내린 결단은 비밀스러웠고, 소극적이었고, 게다가 심히 반항적이기까지 했습니다. 아침이 되자, 그는 약을 받아 들고 아내와 함께 비척거리며 퇴원했습니다. 그 모습은 쓸쓸해 보이기도 했지만, 꽤나 결연해 보였습니다. 껄껄. 저는 그날 햇살이 비추는 당직실에 들어가 크게 웃었습니다.

소화계는 한 줄로 되어 있습니다

"너무나 당연한 얘기지만 인간의 소화계는 한 줄로 되어 있습니다. 입부터 항문까지, 곁가지라고는 전혀 없는 외길이지요. 그 길로 우리가 먹은 음식물이 일렬로 통과하게 됩니다. 지극히 물리적으로만 생각한다면, 소화관은 소화능력이 있는 벽으로 둘러싸인 밀폐된 공간에 불과합니다. 텅 비어 있는 아주 긴 동굴을 생각하면 되지요. 그러므로 만약 인간이 소화능력을 깡그리 상실한다면, 이 벽은 음식물이 통과하는 과정에서 아무런 행위도 하지 않습니다. 고로, 인간이 입으로 섭취한 음식물은 고스란히 항문으로 나오게 됩니다."

이는 제가 학창시절에 들었던 강의로, 몹시 흥미로운 내용입니다. 물리적이고 과학적인 내용만을 제시하고 있지만, 쉽게 납득하기 힘든 내용이 포함되어 있지요. 인간의 장이 한 줄이라는 것은 당연하고 논리적인 사실이지만, 어제 시켜먹은 치킨이 튀김옷까지 고스란히 항문으로 나올 수 있다는 사실은 평범한 인간의 상식으로 보면 전혀 논리적이지 않습니다. 하지만 인간 또한 물리법칙에서 예외일 수 없는 존재고, 이는 엄연히 과학의 일부로 제시되고 있습니다. 자, 그렇다면 이제 흥미로운 이야기를 하나 해볼까요.

69세인 A는 얼마 전부터 변의 굵기가 얇아지는 느낌이 들었습니다. 처음에는 약간 변비가 생겼다고 생각했는데, 갈수록 변이 뱀처럼 길게 빠져나가는 겁니다. 변비는 당연히 더 심해지고, 그 긴 걸 빼내는 일도 보통 힘이 드는 게 아니었습니다. 그러다보니 아랫배가 뭉치는 느낌도 자주 들고, 아프기도 하더라고요. 뭘 먹어도 더부룩하고요. A는 평소 건강했으므로 컨디션이 안 좋으면 그럴 수도 있다고 생각했습니다. 스트레스성 소화불량이라고 생각했지요. 스트레스는 누구나 다 있는 것 아닙니까.

그런데 하루는 갑자기 아랫배가 참을 수 없이 아파서 병원에 갔습니다. 엑스레이에서 변이 너무 많이 찼다고 그러더라고요. A는 바로 대장내시경을 권유받습니다. A는 이 기회에 난생 처음 대장내시경을 받아보는 것도 나쁘지 않겠다고 생각해 기꺼이 승낙합니다. A는 카트에 실린 채로 다른 내시경 대기 환자 사이에 끼어 급하게 내시경을 받습니다.

내시경 담당의는 그의 항문에 내시경을 넣고 직장부터 올라가며 진행하다가, 동굴을 완벽히 가로막고 있는 한 종괴를 발견합니다. 그건 만화에서 가끔 보는, 동굴 입구를 누가 큰 돌멩이로 막아놓은 모양 같습니다. 더이상 카메라가 들어갈 수도 없게요. 이건 분명 직장암입니다. 게다가 완전 폐색閉塞으로 발견된 겁니다. 엄청 급하게 자라

난 직장암이네요. 이 상태로는 어떤 것도 올라가거나 내려갈 수 없습니다. 입원 후 응급수술을 받아야 합니다. 이대로는 먹고 싸는 것이 불가능하니까요. 인간이 당장 먹고 싸는 것이 불가능하면, 의료진이 무엇인가 조치를 취해야 하는 것 아니겠습니까.

A는 급히 입원합니다. 당장 내일 아침에 수술을 해서 일단 종괴를 걷어내고 뭐라도 지나갈 수 있게 길을 터놓자는 설명을 듣습니다. A는 난생 처음 받는 내시경에, 입원에, 갑작스럽게 암이라는 진단을 받고 당장 내일 배를 여는 수술을 하자고 하니 정신이 없습니다. 그날 밤 병실에 고요히 누워서 자신에게 몰아닥친 것은 무엇인가 생각합니다. 지금까지 착하고 건강하게 살아온 인생이 주마등처럼 지나갑니다. 내일 수술을 받는다는 것은 갑자기 잘못될 확률도 있다는 것 아닌가요. 텔레비전에서 보니깐 자주 그런 거 나오던데요. A는 누워서 생각을 정리합니다. '이대로 여기서 내가 무너지면 안 되지. 병원에서 하는 말 잘 듣고, 수술 잘 받고, 집에 건강한 모습으로 퇴원하는 거야. 식구들도, 주변 사람들도 걱정하는데 여기서 내가 쓰러지면 안 돼. 나는 살아난다. 파이팅.'

그리고 A는 수술 '전처치'에 들어갑니다. 보통 직장암 수술 환자는 수술 전날 장을 비우는 '전처치'를 받습니다. 맛도 없이 밍밍한 설사약 4리터를 억지로 마시는 거지요. 그러면 장에 있던 찌꺼기들이 몇 번에 걸쳐 쭉 빠져나갑니다. 수술하는 입장에서는 감염도 줄이고 수술할 때 시야가 확보되기 때문에 꼭 필요하지요. 하지만 장 처치를 받지 말아야 할 사람도 있습니다. 바로 A처럼 장이 막힌 사람이지요. 하지만 하필 A를 맡은 주치의는 가정의학과 파견 주치의 B였습니다.

한 달만 외과로 실습을 나온 주치의지요. B는 경험 부족으로 다른 환자와 똑같이 A에게 설사약 4리터를 기어코 다 마시게 합니다.

A는 큰 통으로 놓인 설사약 4리터를 보고 굳은 결의로 그걸 다 마십니다. 이미 변도 못 본 지 꽤 되었고, 속은 부글부글 끓어가는데요. 그건 정말 굳건한 의지가 필요한 일이었다고 말할 수밖에요. 자, 그럼 이제 무슨 일이 벌어졌을까요? 그건 바로 B가 간호사의 급한 전화를 받는 겁니다. "선생님 A가 지금 대변을 토하고 있어요!"

장은 한 줄의 통로입니다. 이건 논리적이지요. 그래서 장이 막히면 빠져나갈 구석이 없습니다. 역시 논리적이지요. 그래서 직장이 꽉 막혔는데 그 앞에 소화물과 섞인 4리터의 액체가 찰랑찰랑 고인다면 뒤로 역류해야만 합니다. 여기까지도 논리적이지요. 그렇다면 직장과 대장에 들어 있던 똥이 쓰나미 같은 물살을 타고 입으로 나오게 되는 것도 아주 과학적입니다.

하지만 급한 호출을 받은 B와 의료진이 달려가서 본 장면은, 변을 보고 나서 변기를 돌아보니 어제 먹은 초밥이 고스란히 들어 있는 일처럼 전혀 논리적이지가 않았어요. 굳건한 결의를 보였던 A의 심정도 마찬가지였겠지요. 자신이 먹은 적도 없는 대변이 입을 통해 폭풍우처럼 쏟아져나오는 신기하고도 불쾌한 경험을 하면, 그게 논리인지 과학인지는 생각할 수도 없는 벼락 같은 일이었을 겁니다.

그러니까 입으로 대변이 나오는 광경은 과학적이라지만, 인간의 논리로는 설명되지 않는 일인 겁니다. 그들이 목도한 똥을 토하는 입이 그 과학과 논리의 아슬아슬한 접점에 있었다고나 할까요. 이토록 의학은 과학이지만 인문학적인 순간들이 있습니다. 흥미롭게도요.

병원 A의 영웅

병원 A의 응급실은 한산합니다. 특별한 일 없이 늘 그렇습니다. 복잡한 환자나 중환자는 근처 대학병원으로 가버리고, 병원 A의 응급실을 찾는 사람들은 그들의 판단으로 중소병원인 A에서 치료받으면 된다고 생각한 사람들입니다. 그리고 환자 본인의 판단은 대부분 정확합니다. 그래서 유흥가 근처에 위치한 병원 A의 응급실 환자는 찰과상이나 감기, 두드러기가 반 정도고, 나머지 반의 거의 대부분은 밤새 볶고 지진 음식에 술을 먹다 배탈난 사람들입니다. 찰과상 환자는 소독하거나 간단히 봉합하면 집에 갑니다. 두드러기나 감기 환자는 주사 맞고 약 받으면 집에 갑니다. 복통 환자는 수액을 매달고 눕혀놓으면 한두 시간쯤 후엔 집에 가겠다고 성화를 부립니다. 이 몇 안 되는 환자군의 프로세스가 이렇게 간단하니 별다른 고뇌라든지,

전문가의 고견 따위는 크게 필요가 없습니다. 가끔씩 한꺼번에 들이닥치는 환자를 차례대로 세워놓고 그들이 필요한 것을 해주면 되는 일입니다. 어찌 보면, 담배가 필요한 사람에게 담배를 팔고, 복권이 필요한 사람에게 복권을 파는 편의점 같습니다. 도심 유흥가 속에 위치해서 간편하게 경환輕患들이 잠시 들렀다 가는, 그런 병원이 바로 병원 A입니다.

전직 대학병원 레지던트인 응급의학과 전문의 B는 병원 A에서 근무하고 있습니다. 온갖 군상을 다 겪던 대학병원에서 이렇게 한산한 병원으로 옮겨오니 처음에는 참으로 편하고 좋았습니다. 사람들이 오는 대로 척척 세워놓고 몇 안 되는 질환군 안에서 이렇습니다, 저렇습니다 이야기해주면 사람들은 이렇군요, 저렇군요 하며 딱딱 집에 갑니다. 이런 식으로 얼마간 일해보니, "어디가 아파서 오셨습니까?" 보다 "무엇이 필요해서 오셨지요?"라는 말이 더 먼저 나올 것 같은 느낌입니다. 어제부터 감기 기운이 있고, 기침 가래가 나오면 감기 아닌가요. 새우 알러지가 있는데 새우가 들어 있는 볶음밥을 먹고 피부에 발적이 나면 두드러기 아닌가요. 저녁으로 삼겹살을 먹고 야식으로 짜장면을 먹고 새벽에 술안주로 돈가스를 먹고 배가 아프면 배탈 아닌가요. 환자 본인들도 그렇게 알고 오는 내용은, 대부분 크게 틀리지 않습니다. 병원 A를 찾아오는 사람들은 대부분 그러하니까요. 처음에는 이게 참 편했지만, B는 갈수록 이 생활이 조금 무료해집니다. 피가 철철 흐르고 보호자들이 떼로 몰려들어 곡하는 응급실이 가끔 그립다는 생각까지 들어 무섭기도 하고요. 그곳에 다시는 가지 않겠다고 맹세하고 나왔지만, 응급의학과 전문의 B의 본능은 아직 살아 있습니다. 여기서 이런 경환들을 붙들고 근무하는 것이 좀 낭비가 아닌가 싶기도 하고요. 어쨌든, B는 맡은 바 임무에 충실하게 살고 있습니다. 그것도 자기에게 주어진 일이니까요.

병원 A에도 바빠지는 시간이 있습니다. 그건, 주변 유흥가가 유난히 흥청거리는 주말 밤부터 새벽까지지요. 사람들은 주중에 못 먹었다고 생각한 술과 볶고 삶고 튀긴 안주를 밤새 먹고 탈이 나고 설사를 해서 병원 A에 몰려듭니다. 아니면, 취기에 손을 베고 발을 삐고 머리를 부딪치기도 합니다. 사람들이 밤 활동을 활발히 하는 시간, 응급실도 아주 활기찹니다. 그리 달갑지 않은 활기죠. 사람들이 유흥을 즐기는 시간은 대중없지만, 대체로 그 시간만 넘기면 응급실은 다시 고요해집니다. 그것이 병원 A의 생리입니다.

전날 푹 쉬고 주말에 출근하는 B는 혼자서 생각합니다. '오늘은 사람들이 제법 모여들겠어. 근데 좀 중한 환자 한 명쯤은 와주었으면 좋겠군. 피 튀기고 한 명쯤 죽어나가야 응급실 근무하는 의사 같잖아.' 이리 생각하다 B는 황급히 방금 떠올린 생각을 지워버립니다. '이러다가 꼭 실제로 오면 후회한다니까. 망할 나쁜 생각 같으니라고. 아까 한 생각은 취소다, 취소.' 그리고 그의 주말 근무는 평소와 크게 다르지 않습니다. 약간 더 유난스러웠다는 것 외에는요.

오늘밤은 복통의 날인가 봅니다. 워낙에 복통 환자 비율이 많은 병원 A임에도, 유난히 배를 움켜잡은 환자들만 몰려듭니다. 진경제(경련을 가라앉히는 약)와 수액을 맞은 복통 환자들은 호전 양상을 지켜봐야 합니다. 그러니 진료실에서 지켜볼 수 있는 침대에 누워 B와 눈을 맞대며 안정을 취합니다. 스테이션에 앉아 있으면 각자의 배를 붙잡은 사람들이 죽 하고 누워 있는 광경이 보입니다. 50대 남자가 말합니다. 볶음밥을 먹고 설사해요. 볶음밥이 잘못했군요, 7번 침대에 누우시죠. 40대 여자가 말합니다. 회를 먹고 설사해요. 회가 잘못했군요, 8번 침대에 누우시죠. 20대 여자가 말합니다. 개고기를 먹고 배가 아파요. 개고기가 잘못했군요, 9번 침대에 누우시죠. 이런 식으로 B는 바쁩니다. 사람들은 각각 볶음밥과, 회와, 개고기가 잘못해서 이렇게 됐다는 듯 아프면서도 담담한 표정으로 정해진 침대에 눕습니다. 사람들이 몰려들어도 급박하지 않고 그냥 바쁜 느낌인 병원 A답습니다. 환자들의 표정도 병원 A만큼이나 무료합니다. 그냥 어서 정해진 치료를 받고 호전되면 집에 가서 남은 주말을 쉴 생각으로 누워 있습니다.

동네 병원 의사 B를 쳐다보는 시선도 크게 다르지 않습니다. 정해진 치료를 받기 위해 거쳐야 하는 자동문으로, 체한 복통 환자나 연달아 진찰하는 무료한 서생으로 생각하는 눈길이지요. B는 그런 시선에 익숙합니다. 그냥, 묵묵히 일하고 있을 뿐이지요. 그러던 병원 A에 사건이 터집니다. 멀리서 봐도 매우 급해 보이는 119구급대가 갑자기 응급실 문을 열고 들이닥친 것입니다.

'제길, 생각이 방정이야, 생각이.' B는 일순간 후회했지만, 심폐소생술을 하며 카트를 밀고 뛰어오는 119구급대원들을 보자 지쳤던 몸에 힘이 솟으면서 야생의 본능이 일어납니다.

"무슨 환자에요?"

"심정지에요, 심정지."

40대 가장이 돌연 주말 새벽에 쓰러졌습니다. 병원 근처에도 가보지 않았던 건강한 사람이 집에서 갑자기 의식을 잃고 가족들이 보는 앞에서 목석이 된 것처럼 바닥에 고꾸라졌다고 합니다. 그의 아내는 평생 한 번도 겪어보지 못한 당황스러운 상황임에도 의료 지도를 받고 심폐소생술을 시행했고, 119구급대도 빨리 도착했습니다. 쓰러지고 곧 심폐소생술을 유지하면서 20분 만에 이 병원으로 온 것입니다. 근처 대학병원으로 가기에는 시간이 급박해서 그들은 병원 A를 골랐습니다. 확인하니 아직 심정지입니다. 보호자가 괴성을 지르고, 여고생인지 여중생인지 앳된 딸 둘이 울면서 엎어져 있는 것을 보자 B는 옛날로 돌아간 것 같은 느낌이 듭니다. B는 소리 지릅니다.

"간호사, 삽관 준비. 한 명은 CPR 유지. 블레이드 건네주고. 7.5프렌치 튜브. 제세동기 준비해놓았겠지! 아이브이 달고 바로 에피 슈팅! 3분마다 모니터링 지속해! 이거 되면 환자 탈의."

B는 40대 가장의 목구멍을 젖힙니다. 오랜만에 기도로 빨려들어가는 7.5프렌치 튜브의 느낌, 이 느낌입니다.

"인투베이션은 잘 됐어! 체스트 불러. 이 엠부를 잡으라고 아니 CPR을 그렇게 하면!"

B는 장갑을 바꿔 끼고 온힘을 다해 심폐소생술을 실시합니다. 곧게 뻗은 양팔에 힘이 강하게 들어갑니다. 환자의 흉부가 요란하게 꿀렁거립니다. 이 사람은 젊고 시간도 얼마 되지 않았습니다. 분명 살릴 수 있다고 본능이 이야기합니다. 두번째 사이클에 요란한 심전도 리듬이 보입니다.

"차지! 200줄 차지 눌러. 한 명 CPR 그대로 유지하고, 차지!"

온 응급실의 사람들이 숨죽여 보는 동안 B는 꿀렁거리던 흉부에 그대로 전기충격을 가합니다. 환자는 다이내믹하게 공중으로 붕 떠올랐다가 털썩 주저앉습니다. B는 제세동기를 홀쩍 뒤로 던지고 다시 흉부를 압박합니다. 거친 압박에 환자의 손과 발은 늘어져 풀썩거리고, 피부색은 위태위태하게 불그죽죽한 색깔입니다. 손을 떼자 성공입니다. 약하지만 환자의 맥이 돌아왔습니다.

남편을 잃을 것이라고 아직 상상조차 못하고 있던 아내는 아무것도 보이는 것이 없습니다. 눈물바람으로 괴성을 지르고 B의 바짓단을 붙듭니다.

"선생님! 이제 멀쩡히 살아 돌아오는 거죠? 정말로 살아야 해요. 절대로 죽을 수 없는 사람이에요."

온 의료진과 두 딸, 그리고 저 멀리 열을 맞춰 누워 있는 복통 환자들까지 온 시선이 B에게 쏠립니다. B는 지긋지긋한 복통 설명만 하다가 갑자기 중한 선고를 할 차례가 오자 목소리에 힘이 들어갑니다.

"자. 제가 일단 살렸습니다. 심장이 돌아왔어요. 지금 부군의 심정지 원인은 알 수가 없습니다. 지금은 누구도 알 수가 없어요. 원인은 대부분 심장이나 머리입니다. 이 두 군데에 중한 질환이 오면 방금 보신 것처럼 사람이 목석처럼 쓰러져버리게 됩니다. 지금은 아마도 심장 쪽일 거라고 생각합니다만, 그 원인이 무엇이든 일단 응급처치를 해서 살리고, 그다음 검사와 치료를 해나가는 순서입니다. 일단은 앞에서 훌륭하게 처치를 해주셨고, 방금 심장이 돌아오게는 했습니다. 이제 뒷일은 기도하는 수밖에 없습니다. 간호사 아트로핀! 아트로핀 0.5밀리 아이브이 슈팅! 머리일 경우 수술하는 방법이 있고, 심장일 경우 막힌 관상동맥을 찾아내서 뚫어야 합니다. 그동안 심정지가 제법 경과된지라 부군께서 좀 버텨주셔야 합니다. 향후 경과는 절대 장담할 수가……간호사 다시 CPR!"

B는 다시 환자에게 달라붙습니다. 그리고 아까와 같은 과정을 거쳐 다시 환자의 맥이 돌아옵니다. 땀에 전 B는 다소 피로한 표정으로 말을 잇습니다.

"아…… 장담할 수가 없어요. 여기는 작은 병원입니다. 어떻게든 이제 큰 병원으로 나가서 치료를 받아야 합니다. 부군께서 그 전의 모습으로 다시 돌아오는 것은 어찌 보면 불가능하다고 할 수 있어요. 심정지 환자의 대부분이 그렇습니다. 하지만 여기 있는 저희들은 최선을 다할 겁니다. 가까운 곳에 저희 병원이라도 있어서 일단 운이 좋았다고 생각해주세요. 시간이 없습니다. 근처 대학병원으로 부군의 목숨을 붙들고 갈 겁니다."

설명을 들은 아내는 드라마 여주인공처럼 자지러지게 웁니다.

"제발 살려만 주세요. 돌아와야 해요. 돌아……와야 해요."

B는 스테이션의 전화기를 급히 들어 근처 대학병원에 전화합니다.

"자, 아니. 그렇다고요. 저희 병원 처치가 안 되지 않습니까. 병실 없다고 이 환자 죽일 겁니까? 네, 네, 알겠습니다."

"자, 가는 겁니다. C병원에서 부군을 기다리고 있겠답니다. 얼마 걸리지 않을 겁니다."

B는 '원인을 알 수 없는 심정지'라는 소견서를 써서 동봉하고, 약물을 넉넉하게 챙겨 40대의 가장을 대학병원으로 이송합니다. 아주 분주한 과정입니다. 병원 A의 당직 의료진은 몇 명 되지 않아, 한 환자에게만 온 인력이 집중됩니다. 그것도 발에 불이 붙도록 뛰어야 신

속하게 심정지 환자가 처리됩니다. 조마조마한 순간들이 지나고 환자를 실은 구급차가 요란한 소리를 내며 아내와 두 딸을 싣고 사라집니다. 병원 A의 드물게 급박한 상황은, 이것으로 일단락되었습니다.

B는 완전히 지쳐버렸습니다. 한 시간도 훨씬 넘는 시간을 한 환자에게 집중했고, 육체적인 소모도 심했기 때문이죠. 허나 나쁘지 않은 결과를 얻어서 그나마 보람이 있었습니다. 그러나 몸이 지친 것은 어쩔 수 없습니다. 게다가 퇴원 시간도 훨씬 지난 대여섯 명의 복통 환자들이 침대 위에 있습니다. 이들이 새벽 시간에 차를 놓쳤느니, 자신을 방치했다느니 신소리를 하면 또 어쩔까요. 지친데다 그들 앞에 나서려니 약간 두려운 마음도 듭니다. 정말로 두세 시간은 다들 상태 한 번 확인도 못한 채였으니까요. B는 차트를 열어 그들을 일단 확인합니다. 이 사람이 개고기, 이 사람이 볶음밥 그리고 이 사람이…… 멸치국수던가, 회비빔국수던가.

B는 남은 기운을 정비해서 복통 환자의 구역으로 갑니다. 그리고 힘 빠진 목소리로 의례적 질문을 던집니다.

"좀, 어떠셨어요?"

"아, 넵. 괜찮습니다. 저는 아!주! 괜찮습니다. 싹 나았습니다."

'으응?' 아직 젊은 B에게 50대 남자 환자가 갑자기 군대식 말투로 존칭을 씁니다. 느낌이 이상해서 B는 주위를 둘러봅니다. 볶음밥을 먹었던 50대 아저씨의 초롱초롱한 눈빛이 그를 바라봅니다. 그 곁에 앉아 있던 볶음밥 아저씨의 아내도 비슷한 동경의 눈빛입니다. 옆에 누워 있는 40대 아줌마도 B를 선망의 눈으로 보고 있습니다. 이어서 저 멀리까지, 대여섯 명의 복통 환자와 그 보호자가 숫제 그를 전부 비슷한 눈빛으로 뚫어져라 바라보고 있습니다. B는 상황을 깨닫습니다. 그들은 방금 라이브로 펼쳐지는 의학드라마를 한 편 본 겁니다. 그것도, 난생 처음으로 눈앞에서 펼쳐지는 생생한 화면으로요. 절규하는 보호자와 아비규환 속에서 냉철하게 상황을 지시해 목숨을 살리는 의사가 나오는 드라마를, 처음부터 끝까지 마른침을 삼켜가며 지켜보고 있었던 겁니다. 게다가 주인공은 방금까지 자신의 배를 어루만지던 B였고요. 그들의 눈빛은 막 텔레비전 속에서 튀어나온, 지구의 평화를 지킨 아이언맨이나 슈퍼맨을 보는 그것이었던 거죠. 동네 병원에 무료하게 앉아서 볶음밥을 먹었다면 볶음밥이 잘못했다던 촌부 서생은, 실은 지구를 지킬 수 있는 영웅이었던 겁니다. 그런 사람이 신분을 숨기고 자기 배를 어루만지고 있었던 거지요.

옆자리의 40대 환자는 손이 배에 닿자마자 "아유, 뭘 이렇게까지 해주시고" 하며 황송한 표정으로 말을 읊조렸고, 그 옆에 20대 환자는 아예 서글서글하고 정감 있게 "저, 근데 참 수고가 많으시네요"라는 격려까지 붙여줍니다. 그러더니 옆 친구와 "저 근데 얘가 방금 선생님 진짜 멋있다고 했어요" "얘는 뭐래니! 주책이야!" 같은 드라마식 대사도 선보입니다. 그들은 정말 황송한 표정으로 제 손이 닿자마자 전부 나아버립니다. 한 명씩 응급실 문 앞에서 90도 인사를 하면서 귀가하는데, B는 받아주는 것이 오히려 힘이 들 지경입니다. 급기야 마지막 환자는 스테이션에서 악수를 청하는 바람에 B는 일어나 고개를 숙이고 악수를 받습니다. 아, 네에, 조심히 가시고요. 불편한 일 있으면 언제든 또 와주시고요.

이제 평소처럼 한산한 새벽, 병원 A의 응급실과 B가 남았습니다.

B는 하얀 리넨이 깔린 침대와 쌓여 있는 차트들을 보면서 생각합니다. '이건 참 재미있는 직업이야. 그럼. 참 재미있는 직업이고말고. 하하. 하하하.' B는 간만에 보람찬 느낌으로 혼자 웃습니다. '하하. 하하하하하.'

고요한 출근길

고요한 아침, 방 안에 요란한 알람소리가 울려퍼집니다. 죽은 듯이 잠들어 있던 저는 그 소리를 듣고 '헉' 하며 잠에서 깨어납니다. 눈을 뜨자마자 기다렸다는 듯 간밤의 숙취가 제 몸을 조여옵니다. 머리는 깨져나갈 듯이 아프고, 속이 울렁거려서 금방이라도 토할 것 같습니다. 본능적으로 상황을 정리하고, 기억을 더듬어봅니다. 어제는 밴드 합주 후에 회식이 있었지요. 신나는 록 음악이 있었고, 사람들이 섞어대던 보드카가 있었고, 신나게 그걸 흔들어대던 제 손과 마셔대던 제 입까지 기억이 나네요. 분명 그중에는 "내일 출근 따윈 알 게 뭐야! 마셔!" 하고 소리치던 대사와 의연한 제 모습도 있었던 것 같습니다. 완전 미쳤지요.

이젠 출근에 대해서 생각해야 할 때입니다. 지금 나가면 간신히 제

시간에 도착할 수 있겠네요. 메스꺼운 속을 부여잡고 세수를 하고 양치질을 합니다. 이 간단한 일상마저 참으로 버겁군요. 손에 잡히는 대로 옷을 챙겨 입고, 문밖을 나옵니다. 아침 공기가 서늘하네요. 온몸에 기운이 하나도 없고 세상이 빙글빙글 돕니다. 걸음걸이도 누가 봐도 정상이 아닌 것처럼 비틀거립니다. 평소처럼 인간들로 들끓을 지하철을 상상해보니, 그걸 도무지 견딜 자신이 없습니다. 저는 도로에 지나가는 택시를 손짓으로 부릅니다. 곧 택시는 멈춰서고, 저는 뒷좌석으로 들어가자마자 쓰러지듯이 모로 눕습니다. 그리고 눈을 감고 행선지를 말합니다.

"기사님, ○○대학병원 응급실로 가주세요."

"아이고, 많이 아프신 분이군요. 얼른 가드리겠습니다."

그렇습니다. 백이면 백 택시를 잡아타고 응급실로 가자고 하면 환자나 보호자인 줄 알지, 그게 이 사람의 일터라고 생각하기는 어려울 겁니다. 게다가 이 혈색 창백하고, 뒷좌석으로 타자마자 바로 드러누워 가쁜 숨을 몰아쉬는 남자가 환자가 아닐 것이라고는 생각하기 힘들겠지요.

나는 굳이 항변하지 않고 얌전히 환자가 되어 택시에 실려 조용히 출근했습니다. 항변할 기운도 없었지만, 다 죽어가는 이 남자가 응급실 앞에서 벌떡 일어나 주치의가 되어 앞으로 24시간 동안 이 문을 통과하는 사람을 진료할 것이라는 것을 굳이 밝혀, 기사님이 품고 있었을 응급실 의사에 대한 환상을 깨고 싶지 않아서였습니다. 덕택에, 출근길은 매우 고요했고, 평온했습니다. 제가 환자에서 다시 의사로 돌아갈 수 있을만큼요.

월드컵 16강

2010년 남아공 월드컵을 기억하십니까. 당시 대한민국 대표팀은 2002년 월드컵 4강에 빛나는 박지성, 이영표가 건재했고, 기성용과 이청용으로 대표되는 신세대까지 멋지게 조화를 이루고 있었습니다. 우리나라 국민들은 하나같이 대한민국 대표팀이 2002년의 영광을 재현해줄 것이라고 믿고 응원했습니다. 실제로 대표팀은 기대를 저버리지 않고, 조별 예선에서 그리스를 2대 0으로 꺾고 월드컵 사상 첫 원정 16강에 오릅니다. 16강의 상대는 객관적으로 열세지만 상대적으로 해볼 만하다는 우루과이였습니다. 그건 정말 전 국민적 관심이 쏠린 대단한 경기였지요. 한 경기만 더 이긴다면 세계 강호들의 틈바구니에서 월드컵 8강에 오르는 기적과도 같은 상황을 연출할 수 있었으니까요.

한 달 치 근무가 미리 정해지고 항상 누군가는 근무하고 있어야 하는 응급실 일정상 오프를 받아 병원 밖에서 축구를 보는 일은 행운이 따라야 합니다. 게다가 전 국민적 행사가 있는 날이어도 아픈 사람은 쉬지 않습니다. 그들은 지구 반대편에서 축구를 하는지 혹은 야구나 발야구를 하는지에는 아무 관심 없다는 표정으로 끊임없이 몰려듭니다. 밖에서는 축구 때문에 사람도 안 지나다니는데 말이죠. 저는 한국 대표팀이 16강에 오른다면 당직을 피해 밖에서 맥주라도 한잔하며 축구를 볼 수 있지 않을까 조마조마한 마음으로 기대했지만, 그런 계산은 누구라도 하는 것이었습니다. 연차 낮은 레지던트였던 저는 당연히 당직을 받았습니다. 저를 뺀 의국원들이 전부 밖에서 축구 경기에 환호하고 있던, 그날 말입니다.

경기 당일 아침부터 전국에는 팽팽한 긴장감과 전운이 감돌았습니다. 언론도 온통 태극 전사들의 선전을 바라는 기사와 광고를 쏟아냈고, 출근하는 사람들의 머릿속엔 오늘 일을 빨리 마치고 멋지게 축구를 응원할 생각뿐이었습니다. 이날의 분위기는 폭풍전야와도 같았습니다. 꼼짝없이 당직을 받은 제 머릿속에도 당연히 축구 생각이 간절했습니다. 너무 역사적인, 중요한 시합이었으니까요.

경기 시간이 다가오자, 저는 의국에 있던 텔레비전으로 축구를 잠시라도 관전할 계획을 세웠습니다. 비록 응급실에서 근무하고 있지만, 잠시라도 응원하고 싶었지요. 별 거창한 계획은 아니었습니다. 경기 시작 직전까지 최대한 많은 환자들을 축구 보시라고 댁으로 돌려 보내는 겁니다. 물론, 갈 만한 사람들을 보내야겠지요. 집에 갈 만하지 않은 사람에게는 할 수 있는 처치와 설명을 최대한 해놓는 겁니다. 적어도 경기중에 부가설명이나 처치를 할 필요 없게요. 경기가 막 상 시작되면 그래도 좀 환자가 줄어들기는 할 테니까, 축구를 보다가 최대한 몰아서 한 번에 환자를 진료하고 다시 의국으로 돌아와서 경기를 감상하는 겁니다. 안정적이거나 제대로 된 관람은 아닐지라도 어떻게든 영광의 순간을 조금이라도 함께할 수 있을 테지요. 킥오프 휘슬이 울리고, 저는 의국 텔레비전 앞에 앉았습니다. 긴장되는 경기가 시작되었지요.

다행히 전반전 응급실은 무탈했습니다. 저는 전반전 45분 중에서 중간의 15분을 뺀 나머지 30분간 축구를 보는 데 성공했습니다. 나름대로의 성과였지요. 그 노력이 무색하게, 우리나라 대표팀은 한 골을 잃어 1대 0으로 뒤지고 있었습니다. 후반전의 열띤 응원이 필요한 상황이었습니다. 저는 전반전이 끝나자마자 의국 의자를 박차고 나와 환자 상태를 체크하면서 생각했습니다. '작전은 제법 성공했어. 하프타임에 환자를 전부 정리하고 후반전을 보는 거야. 환자들도 아주 안정적이고, 이대로라면 후반전도 30분은 볼 수 있겠어.' 그렇게 하프타임의 회진도 아주 순탄하게 진행되었습니다. 하지만 정리가 거의 끝나가고 후반전이 시작될 무렵, 사고가 하나 터졌습니다. 갑자기 심정지 환자가 들어온 겁니다.

'아혹…… 축구는 물 건너갔군.' 속으로는 원망스러웠지만, 심정지 환자를 원망할 수는 없는 노릇이지요. 저는 즉시 환자에게 붙어 초기 처치를 시행했습니다.

환자의 상태는 좋지 않았습니다. 70대 할아버지였고, 중증 파킨슨병으로 5년 이상 투병하고, 최근 2년은 침상에서 일어나지도 못하던

분이었습니다. 자리보전이 2년이 넘어가면 사람은 거의 뼈만 남습니다. 환자는 생의 마지막을 함께한 찌든 담요에 싸여 응급실로 들어왔습니다. 얼굴은 해골 형상에 가까웠고, 허벅지도 비쩍 말라 가죽만 붙은 대퇴골 같았습니다. 최근 며칠간은 의식도 완전히 가물거렸다고 합니다. 이런 환자에게는 가족과의 협의하에 심폐소생술이나 적극적인 처치를 하지 않기도 합니다만, 이 환자는 어쨌거나 엄연히 목격된 심정지였고, 심폐소생술을 하며 들어온 사람이었습니다. 이분의 죽음이 확정적이라고 해도 저에게는 최선을 다할 의무가 있었습니다. 저는 즉시 삽관과 CPR을 시행하고, 급보를 듣고 달려온 보호자와 상담했습니다. 40대 초반으로 보이는 아들의 표정은 밝지 않았지만, 투병이 길었던 데다가 마지막 상태도 안 좋았기에 담담한 편이였습니다. 조만간 돌아가실 줄 알았는데 그게 오늘이 되었구나, 하는 느낌이었습니다. 가망이 없을 것 같다는 설명을 듣고는 그는 그냥 고개를 끄덕였습니다. 그러고는 보호자 대기실에서 기다리라는 안내를 받고 자동문을 넘어 대기실 쪽으로 나갔습니다. 아마 그는 몇 십 분 뒤의 결과를 충분히 짐작하고도 남았을 겁니다.

처치는 복잡하거나 손이 많이 가지 않았습니다. 산소를 투여하고, CPR을 유지하며, 3분마다 약물을 쓰고, 2분마다 리듬을 체크하면 되는 일이었지요. 나머지는 환자에게 달린 일이었습니다. 하지만 환자는 경험상으로도 육안으로도 소생될 기미가 전혀 없었습니다. 되레 비쩍 마른 몸으로 심폐소생술을 견디는 모습이 더 힘겨워 보였다고 할까요. 안정적인 처치를 해두고 나니 제겐 불경스럽게도 이런 생각이 잠시 떠올랐습니다. 아, 축구가 궁금하다…… DMB라도 켜서 잠깐 볼까…… 그러고 바로 마음을 바꿔먹었습니다. 안 돼. 의사 생활에서 이런 오점을 남길 수 없어. 그러고는 정말이지 마음을 다잡고 환자의 소생에 집중했습니다. 하지만 20여 분이 지나도 심전도 그래프는 미동도 하지 않았습니다. 포기할 시간이었습니다.

저는 상황을 설명하려고, 보호자 대기실쪽 자동문을 열었습니다. 그 순간 온 응급실에, 아니 온 병원에, 아니 온 나라에 커다란 함성이 울려퍼졌습니다.

"우우와아아아아아아!"

길고 우렁찬 외침. 후반 23분, 이청용 선수가 우루과이 골문에 헤딩 동점골을 꽂아버린 것입니다. 천장에 텔레비전이 달린 보호자 대기실은 환희의 도가니였습니다. 각자 환자의 쾌유를 빌던, 일면식도 없던 사람들이 서로 얼싸안고 환호하고 있었습니다. 심지어 구호도 맞춰서 부르고 있었습니다. 저는 그 혼돈의 도가니에서 아까 그 보호자를 찾았습니다. 그는 다른 사람들과 어깨동무까지 하고 있지는 않았지만, 분명히 오른손을 불끈 쥐고 하늘로 내젓고 있었습니다. 전국을 강타하는 열기에 휩싸인 그의 들뜬 표정에서 강렬한 기쁨과 희망이 배어나왔습니다. 크게 벌린 입 모양 또한 동점골에 환호하는 발음을 나타내고 있었습니다. 주변이 시끄러워서 그의 함성이 정확히 어떤 내용인지는 잘 안 들리더군요.

저는 그에게 다가가서 어깨를 툭툭 건드렸습니다.

"저, 방금 아버님이 돌아가셨습니다."

"아아아……네? 네…… 알겠습니다."

저는, 세상에, 그런 복잡한 표정은 태어나서 처음 보았습니다. 분명히 일그러진 표정이기는 한데, 순간적인 희노애락과 삼라만상이 다 담겨 있었다고나 할까요. 동공은 흔들리고, 얼굴 주름이 서로 반대 방향으로 실룩거리고, 입가가 톱니처럼 구부러진, 기쁘진 않고 슬픈데 분명 무조건 슬픈 표정은 아닌 슬픈 표정이었습니다.

아무리 골이 들어가는 순간의 환희가 강렬하다고는 해도, 남이 벌이는 축구 경기와 자신의 아버지가 돌아가신 사실을 비교할 수는 없겠지요. 하지만 갑작스러운 일도 아닌, 오랫동안 투병한 아버지의 확정된 죽음을 직감하고 있던 와중에 눈앞에서 벌어진 중요한 축구 경기를 모른 척하기도 어려웠을 겁니다. 산 사람은 살아가야 하는 것이 인간이니까요.

그는 곧 침착해져, 망자를 확인하고 장례 절차를 밟았습니다. 하지만 당시 그 복잡미묘한 표정을 어떻게 설명해야 할지. 지금도 저는 가장 강렬한 감정의 표현을 떠올리라면 그 순간 보았던 그 얼굴을 떠올리고는 합니다. 웃지도 않고, 그렇다고 완전히 울지도 않는, 입꼬리가 기괴하게 비틀어진 망실亡失의 표정을요.

◈

응급실은 병원 안에 있지만, 바깥세상의 한복판에 있기도 합니다. 바깥세상에서 무슨 일이 벌어지면, 응급실에서도 고스란히 그 일과 관련된 소동이 벌어집니다. 그래서인지 병원에서 근무하기도 하지만, 사회 한복판에서 일한다는 느낌을 받기도 한답니다. 사람들은 이곳에서 슬픔에 젖곤 하지만, 사회라는 곳이 꼭 슬픔만 가득찬 곳이 아니듯 응급실에도 가끔씩 기쁘거나 미묘한 순간들이 있습니다.

그날 저는 환자를 하나 잃고 다른 환자들을 정리한 다음 의국에 돌아오자마자 우루과이의 추가골 장면과 우리 대표팀의 패배를 똑똑히 지켜봤습니다. 그러나 지금까지도 잊히지 않는 것은 그날의 축구 경기보다 그 순간의 그 표정일 겁니다. 그것이 응급실이라는 미묘하고 특수한 공간에서 벌어지는 복잡한 인간사가 주는 재미라고 해야겠지요.

말이 어눌해져서 왔습니다

"말이 어눌해져서 왔습니다."

다소곳한 아내와 같이 온 건장한 남자는 진료실에 앉자마자 이렇게 말했다. 그는 40대 초반으로 덩치도 크고, 듬직해 보이는 인상이었다. 걸어와 앉는 태도나 어투에서 자신감 있고 당당한 평소 성격이 보였다. 당연히 앓던 병도, 입원해본 적도 없었다.

"증상은 얼마나 되었나요?"

"한 3일 됐습니다. 명절 연휴 때문에 바빠서, 또 병원은 열지도 않더라구요. 말도 좀 어눌하고, 가슴도 좀 뻐근했는데, 암래도 가족이랑 처가랑 챙길 게 많은 시기 아닙니까. 덩신이 좀 오락가락했는데, 바빠서 그런가보다 했죠. 가족들 챙기는 게 보통 일이 아니잖아요. 그래서 이데서야 응급실로 오게 되었네요."

"젊은 분이긴 하지만, 증상으로는 뇌졸중 가능성이 높습니다. 바로 검사하도록 합시다."

말이 길어질수록 확실히 어투는 어눌했으며, 약간은 격앙되어 보였고 어법도 묘하게 어긋났다. 이 증상만 가지고도 뇌졸중의 확률은 매우 높았다. 그에게 즉시 MRI처방을 냈다. 그는 검사를 안내받고, 예의 당당한 보무로 침대로 걸어가 누웠다. 아내는 듬직해 보이는 그를 말없이 뒤따라가 그의 곁에 마련된 의자에 앉았다. 아마 평생 저렇게 든든한 남편으로 살았으리라.

"선생님, 결과가 그렇게 안 좋은가요?"

MRI를 보는 나의 찌푸린 표정에 그의 아내는 불길한 결과를 짐작했다. 숨길 수 없었던 표정만큼이나 결과는 좋지 않았다.

"뇌의 좌반구를 뇌졸중이 거의 전부 침범했습니다. 그 나이에 이 정도 심한 뇌졸중이 발견되는 것은 아주 드문 일입니다. 아마 모르고 계셨던 다른 기저 질환이 있었을 가능성이 매우 높습니다. 게다가 흉통에 관해서도 시사하는 바가 좀 있습니다. 무슨 병이 더 있을지 모르니 심장을 비롯해 전반적인 검사를 추가로 해봐야 할 것 같습니다. 일단 뇌졸중에 대해선 3일이 지났으므로 급성기 치료도 할 수 없어요. 나아지는 것을 기다리는 것과, 추후 재활치료뿐입니다. 어느 정도로 회복될지 장담할 수 없습니다."

"그러면, 선생님. 한 3일 전부터 남편이 말하는 것도 어눌하고 가끔 이상한 말을 하고, 이전과 다른 행동을 보인 것도 그것 때문인가요?"

"그렇다고 봐야 합니다."

유순해 보이는 아내의 얼굴이 급격히 굳었다. 남편을 만나고부터 지금까지 살아온 길다면 길고 짧다면 짧았던 지난날을 생각하고 있으리라. 이 사람과 함께라면 행복하게 살 수 있을 거라는 생각으로 결혼을 결심하고서, 같이 의지하고 기대며 살아온 시간과 최근 며칠간 변해버린 그를 번갈아 떠올릴 것이다. 살아갈 날은 너무 많이 남았으되, 같이 살아가야 할 사람은 이제 중병에 걸려 변해갈 거라는 사실을 깨닫는 찰나였겠지. 어눌해진 말과 알 수 없는 언어들, 이전까지의 그 사람은 사라지는 병, 그것을 옆에서 목도하면서 사는 삶.

그것들을 생각할 만큼의 시간이 필요했다. 그녀가 자기 앞에 놓인 불행을 통과하고 다시 현실로 돌아오기까지는.

여긴 작은 병원이라 충분한 검사를 하기가 불가능했다. 하지만 그는 젊은 나이라 뇌졸중의 원인을 규명하려면 다양한 검사를 받아야 했다. 결국 그는 좀더 큰 병원으로 옮겨 검사와 치료를 받기로 했다. 나는 그의 소견서를 작성하고, 필름을 복사해서 전원을 준비했다. 옆에서 설명을 듣던 남편이 스테이션에 와서 나에게 물었다.

"이 어늘한 말은 학실히 나아는 지는 거지요? 학실히 내가 듣기에도 어늘하긴 한데, 이거 사회생할 하는 데 문제는 얻지요? 난 멀쩡한 것 같는데."

"나아질 수는 있습니다. 사회생활도 할 수 있구요. 마음을 굳게 먹고, 치료를 잘 받으세요. 아직 젊은 나이이니 예방하는 것도 아주 중요합니다. 그쪽 병원에 가서 의료진의 지시를 잊지 말고 잘 따르세요."

"그렇조. 사람들이 눈치됴 못 챙길 꺼야. 가끔 내가 내가 아닌 말을 하은 것 갇지만. 나도 아는데 그런 말이 막 해오. 하지만 사지 멀정하니까 갠찮을 껍니다. 말이 좀 어늘하다고, 좀 뭐 무슨 일이 있겠어오.

열심히 일도 하고, 다 일도 다 할 수 있고, 말이 말이 뭐 중요하겠오. 그냥 입 닫고 있으면 되지. 않그러오?"

듣고 있던 아내와 나는 둘 다 그 말에 답하지 않았다. 그의 말들은 이제 확연히 어눌하고 이상해서 분명 사회생활에 지장이 있을 것처럼 들렸기 때문이다. 그리고 그건 그도 분명히 알고 있었을 것이다. 자신이, 자신이 아닌 사람이 되어버렸다고.

하지만 가계를 책임진 가장의 본능으로, 그간 그녀를 든든하게 지켜왔던 남편으로, 아내를 안심시키고자 무슨 말이든 해야 했을 것이다. 하지만 그가 허우적거리며 무슨 말이든 내뱉을수록, 우리는 더욱 대답할 수 없었다. 그건 우리에게 불행이 눈덩이처럼 굴러가는 소리로 들렸으니까. 그리고 그 소리는 고요한 응급실 자동문이 열리고 그가 눈시울이 붉어져 아무 말에도 대답하지 않는 아내를 데리고 나갈 때까지 계속되어, 끔찍할 수 없을 정도로 나의 마음을 슬픔으로 긁어댔으니까.

고요하면서 안온한 하루

내가 하는 일 중에는 소방대원들을 의료 지도하는 일이 있다. 모든 업무는 전화로 이루어지고, 나는 현장을 볼 수 없다. 나는 현장의 급박한 상황을 듣고, 의학적인 판단을 내린다. 그것이 내가 할 일의 대부분이다. 나는 업무시간 중에는 전화기에서 손을 떼지 않는다. 그것도 내가 하는 일의 대부분이다.

의료 지도의 종류는 다양하다. 약물을 투여하는 것도 있고, 산소를 투여하는 것도 있고, 전문병원으로 이송하는 것도 있으며, 심폐소생술을 유지하는 것도 있다. 그중에는 '심폐소생술 유보'라는 항목이 있다.

이 항목은 상당히 특이하다. 한마디로 설명하자면, 법적인 절차를 밟는 일이다. 우리나라 법규상 사망의 판단은 의사 면허를 가진 사람만 할 수 있다. 소방대원들은 당연히 의사 면허가 없다. 그래서 소방대원들이 현장에서 사체를 발견하면, 법적으로 사망을 선고할 권리가 없다. 사망한 지 너무 오래 되어 사체 강직이 있고, 시반이 뚜렷하며, 부패가 시작된 상태여도 법적으로 소방대원은 사체를 살리기 위한 최선의 노력을 해야 한다. 부패가 시작되고 구더기가 끓는 사체의 입을 벌려 기관 삽관을 하고 심폐소생술을 하는 일은 얼마나 비효율적인데다가 충격적인가. 하지만 다행히 그런 일은 없다. 의료 지도 의사가 대신 그 권한을 행사하기 때문이다. 대원들은 뻣뻣하게 굳은 사체를 발견하면 근무중인 나에게 전화를 건다. 그리고 현장의 상황과 사체에 대해 최대한 자세히 설명한다. 나는 그 설명을 가려듣고 객관적인 증거를 찾는다. 그리고 그 죽음이 명백하다고 판단되면 이렇게 말한다. "네, 심폐소생술은 유보하겠습니다. 사후 조치만 부탁드리겠습니다."

이것이 내가 할 일의 '거의' 전부다.

근무중 전화는 아주 빈번하게 울린다. 그중에 좋거나 기쁜 내용은 단연코 한 마디도 없다. 무조건 사람이 아프거나, 다쳤거나, 미쳤거나 아니면 죽었다는 전화다. 사람이 아프거나, 다쳤거나, 미쳤거나, 죽었다는 통화 내용에서 조금이라도 좋거나 기쁜 구석을 찾을 수가 있을까. 그러므로 나는 전화기로 전해오는 비극만을 전해듣는다. 이것을 내 업무라 부른다.

내 근무 반경은 약 200킬로미터 정도다. 그 경계 안쪽에서 벌어진 일은 무조건 나에게 보고된다. 반경 200킬로미터 내의 변사체도 물론 한 구도 빠짐없이 나에게 보고된다. 그 변사체가 발견된 상황과,

형체와, 굳은 모양과, 곁에 있는 가족들의 울음소리도 전부 낱낱이 전달받는다. 그리고 산전수전 다 겪은 대원들이 못 살릴 것 같다고 판단하는 경우는 거의 틀리는 법이 없다. 내 대답은 거의 일정하다. "심폐소생술은 유보하겠습니다." 이렇게 말하면 대원들은 심폐소생술을 유보하고 근거리에 있는 병원으로 사체를 전달한다. 그러면 그 병원 의사는 사체를 직접 확인하고 사망을 최종 확인한다. 이런 시스템으로 내 반경 200킬로미터 내의 변사체는 순탄하게 수집된다.

어느 추운 월요일 아침, 나는 여느 때보다도 많은 변사체에 관한 소식을 들었다. 월요일 아침엔 변사체를 찾았다는 전화가 많이 온다. 월요일 아침은 주말 사이에 발견되지 못했던 사람이나 시신을 찾는 시간이기 때문이다. 혼자 사는 사람이 주말에 급사하거나, 스스로 목숨을 끊으면 그 사실은 대부분 자연스럽게 숨겨진다. 주말은 흔한 안부조차도 쉬는 때다. 그것은 주말이면 쉬는 택배나, 가구 판매점과 비슷하다. 사람은 죽었거나 죽지 않았거나, 주말에는 쉰다. 나는 쉴 틈 없이 울리는 전화로 그들의 굳은 모양새를 전해듣는다. 그러고는 그 주말, 따뜻한 국밥 한 그릇을 눈앞에 놓고 수저를 들었던 일을 떠올린다.

한 구는 3일간 목을 매고 허공에 떠 있었고, 한 구는 이틀간 집 안에서 술병들과 함께 엉겨 있었고, 한 구는 마른 논두렁에 빈 농약병을 남긴 채로 논바닥을 바라보며 누워 있었고, 한 구는 방금 강물에서 건져올렸고, 한 구는 앉아서 죽은 채로 너무 오랜 시간이 지나 의자에서 빼내 눕히니 등만 바닥에 대고 자전거를 타는 자세였고, 한 구는 차 안에서 다 타버린 연탄재와 함께 악취를 풍기고 있었다. 그리고 하나같이 그 자세 그대로 굳어 있었다고 했다. 밥 한 숟가락도 뜰 수 없을 만큼.

그것들은 전부 돌이킬 수 없는 사망의 명백한 징후이므로 나는 전부 심폐소생술을 유보했다. "그들을 지금부터 시신으로 봐 주세요." 한 시간 동안 수많은 사망을 선고하고, 따뜻한 집에서 밥숟가락을 휘적거리며 아침밥을 뜨다가, 김이 오르는 밥을 먹으며 죽음을 지껄이던 입을 훔치고 문밖을 나섰다. 밖에서는 쩡쩡 어는 추위 속에 올해 첫눈이 매섭게 내리고 있었다. 보통의 겨울엔 첫눈은 가볍고 살랑거리며 내렸다. 하지만 이번 첫눈은 너무나 어지럽고 세차게 내렸다. 하얗고 선명한 눈발이 사방 천지에 흩날려서 오히려 세상은 어두웠다. 나는 하얗게 어질러져 캄캄한 아침 풍경을 바라보았다.

월요일 출근길, 거리에 나오자 주말을 편안히 보낸 사람들이 사선으로 내리는 눈줄기를 맞으며 두꺼운 옷을 최대한 여미고 몸을 움츠린 채 걸어가고 있었다. 그 광경을 보다 나는 문득 궁금해졌다. 춥고 어두운 세상에서 시신이 되어 치워지는 사람들도 이 눈을 보고 있을까. 아마 그들은 이렇게 생각할지도 모르겠다.

'주말엔 쉬어야겠어. 정말, 다시는 움직이지도 못할 만큼 푹 쉬는 거야. 절대로 다시 오지 않을 휴가를 받은 것처럼 누구의 방해도 받지 않고 나만의 주말을 보낼 거야. 주말이 지나면, 왠지 예쁜 첫눈이 올 것 같으니까. 그리고 곧 내 몸 위에 소복하게 쌓이겠지. 고요하고도 안온하게. 그렇게 된다면 참 포근할 것 같아. 나는 움츠리지도 않고, 그리 외롭지도 않게 잘 쉬고 간다고 생각할 수 있을 테니.'

우리가 느끼지 못했던 고독

"저, 일반인 의료 상담이 한 통 와 있습니다. 근데 예삿분이 아니네요. 잘 부탁합니다."

119상황실 수보대원의 말에 나는 상당히 긴장했다. 인간 백태와 삼라만상 전화를 다 받는 상황실에서 이렇게까지 부탁할 정도면 정말 걸출한 전화가 분명했다. 나는 단호한 목소리로 대화를 시작했다.

"신고자 분, 말씀하세요."

"아, 의사선생님인가요?"

"네, 맘 놓고 물어보셔도 됩니다."

"아, 드디어 나왔네. 자, 잘 들어보슈(목소리가 약간 어눌한 50대 남성이었다). 내가 소변줄기가 옛날부터 약해. 앞으로 소변이 안 나간다고. 소변이 막 후둑후둑 떨어져. (…) 그게 참 애로사항이었다고."

"네, 그래서요?"

"근데 지금 고속도로 휴게소인데, 여기가 어디냐 하면……(주변을 한참 둘러보는 듯 한동안 배경소리만 들린다) 천안이여, 천안."

"네…… 그런데요?"

"근디 방금 내가 여기서 소변을 봤어. 그 남성용 소변기 알잖아. 그 발밑까지 내려오는 긴 소변기. 근데 말했다시피 내가 소변이 후두둑 후두둑 밑으로 떨어져. 나이 먹으면 참 이렇다니깐. 근데 방금 유난히 소변이 더 후두둑후두둑 떨어지더라고. (…) 그래서 그 밑에 고이는 부분 있잖아. 소변이 내려가는 부분. 똥그란 뭐 놓여 있고, 사이로 막 소변 내려가고. 거기에 막 소변이 후두둑후두둑……"

"네. 후두둑후두둑이요, 후두둑. 근데 그게 무슨 문제죠?"

"근디 그러다보니깐 발밑에 좀 고인물에 소변이 막 사정없이 떨어졌는디, 고것이 또 유난히 사정 안 봐주고 막 사방으로 튀는 거여. 개네도 후투두둑 후투두둑. 그러니깐 내 오줌이랑 딴놈들 오줌이랑 막 섞여서 온갖 군데 다 튀는 것이여. 그러니 내 발에도 엄청 튀었겠지? 아닌 게 아니라 느낌이 고래서 나중에 보니깐 발에 막 소변 섞인 물이 튀어서 범벅인디 하이고…… 그나저나 이거 남의 소변이 발에 막 묻은 거잖아. 근디 이거 메르슨가 뭔가 하는 놈 옮는 거 아닐까? 그거 다 죽어 나자빠지는 병이라는디."

나는 정신적으로 조금 충격을 받았다.

"아, 저, 건강한 사람에게 소변은 무균입니다. 체외에서는 배양되어서 균이 자랄 수도 있지만, 상처 없는 피부에 묻었다고 전염되는 건 아니고…… 특히 메르스는 소변으로 옮는다는 증거는 아직까지……"

"아니? 소변이 얼마나 더러운디? 생각해보슈, 소변이 얼마나 더러운지. 게다가 고속도로 휴게소에서 아무 놈이나 싸지르고 간 오줌 아녀. 이게 정말 균이 없다고? 와서 함 보슈. 여기 이거 시궁창이여. 어떤 새끼 오줌인지 알 수도 없고. 딱 메르슨가 뭔가 하는 놈 살게 생겼슈. 이렇게 더러운 걸로 안 옮으면 뭘로 옮겠어. 증거는 무신 증거. 내 발이 증거요. 막 그러니깐 인자 다리 썩어가고 나 나자빠지는 거 아녀?"

"저 일단 메르스는 다리 썩는 병이 아니라서요. 일단 발에 상처 없으시면 묻은 부위를 잘 씻어내시고 나중에 발적이라던지 다른 증상 없으면 괜찮으실……"

"아니 근디 지금 휴게소 바깥에 나와서 발을 못 씻는구만. 그냥 나와버렸슈. 한 여섯 시간 정도 걸리겠는디. 이거 근데 여섯 시간 동안 오줌 묻은 부위부터 막 다리가 썩어가고 안 그런다고? 근데 여섯 시간 정도는 버틸 수 있을까? 난 소변이 후두둑후두두둑거리는 거 말고는 면역력 뛰어난 건강한 사람인디."

그후론 대화가 혼돈 속으로 빠져버렸기 때문에 더이상 소개하지 않겠다.

◈

"감기 기운이 있어서 왔어요. 기침이랑 가래가요. 한 일주일 되었네요, 벌써. 제가 지병이 좀 있어서 병원에 자주 다니거든요."

서른 살의 여자 환자는 마스크로 얼굴을 거의 전부 덮고, 간신히 보이는 표독스러운 눈으로 나를 바라보며 말했다. 벌써, 꽤나 위압적이다.

"재보니 열은 없네요. 어제도 그쪽 병원에서 열은 없다고 했다면서요."

"근데, 주변 사람들이 열나는 것 같다고 해서요. 그렇게 말하니 저도 열이 나는 것 같아서. 분명히 느낄 수 있는 게 있잖아요."

"해열제 안 드셨다는 거죠."

"네."

"어디 봅시다."

아무리 양쪽 귀의 열을 재봐도 37도를 넘지 않는다. 숨소리도 나쁘지 않고, 엑스레이에도 특별한 병변이 보이지 않는다. 일주일 정도 지속된 단순한 기관지염 정도로 생각된다.

"자, 환자 분은……"

"아, 저, 잠시만요. 제가 지금 선생님이 말하는 걸 녹취해야겠어요. 저한테 무슨 일이 생기면 책임질 사람이 필요하잖아요. 말씀하신 걸 제가 잊어서 다시 들어야 할 수도 있고. 제가 혹시 중한 상태가 되면 어떤 소견을 들었는지 증거로 남겨둘 수도 있고요. 괜찮으시겠어요?"

"뭐…… 그러시죠."

기분이 썩 유쾌하지 않지만, 거부할 이유가 없다. 나는 그녀가 녹취 준비가 될 때까지 애꿎은 진료실 컴퓨터 화면을 만지작거린다. 마음이 괜히 불편하고, 화면의 마우스 커서가 미세하게 떨린다. 그간 그녀는 꼼지락거리면서 스마트폰으로 녹취를 준비한다. "아씨, 이 녹취 버튼이……"라고 혼잣말도 하며 제법 오랜 시간 스마트폰을 만진다.

진료실에 어색한 침묵이 흐른다.

"됐습니다. 말씀하시죠."

그녀는 스마트폰을 진료실 책상에 놓고 말했다.

"자, 환자 분은 현재 기침, 가래 등 상기도 감염 증세만 약간 있고 열은 없으며, 엑스레이나 청진상으로도 깨끗합니다. 환자 분은 증세가 조금 오래 지속되는 기관지염이라고 지금은 생각될 수 있겠습니다. 일반적인 기관지염처럼 증세에 맞는 약을 먹고 푹 쉬면 괜찮아지실 것으로 생각됩니다."

"저, 메르스는 아닌가요? 확실히 메르스가 위험하다 아니다 말씀을 해주셔야지요."

나는 환자와 대화를 하는 건지, 녹음기와 대화를 하는 건지 혼란스러웠다. 도저히 의식하지 않으려야 그럴 수가 없었다. 스마트폰의 녹음기 표시는 매초 지날 때마다 카운팅된다. 내가 입을 열자 녹음기의 빨간 볼륨 표시가 쭉 올라갔다.

"현재 환자 분이 경유하신 모든 병원은 세 시간 전에 질병관리본부에서 받은 메르스 환자 발생, 경유 병원 명단에 없습니다. 환자 분을 측정했을 때 발열 증세도 없고요. 현재까지 '나라에서 공개한 정보와 방침'에 따르면, 지역사회 감염 확률은 거의 없는 것으로 알려져 있고 환자 분은 메르스 발생 병원을 지나치지 않았으므로 원내 감염의 확률도 떨어집니다. 고로 '나라'에서 기준한 메르스 환자로 보기 어렵습니다. 현재 발열도 없으므로 일단은 '나라에서 공개한 정보와 방침'에 따르면 자가격리를 한다든지 미리 검사할 필요도 없는 것으로 보입니다. '나라'에서 정한 현 기준으로 일반적인 감기 치료만 받으시면 될 것으로 사료됩니다."

생각 같아서는 '제 개인적인 소견'으로는 괜찮다고 말하고 싶다. 실은, 이건 개인적인 판단이기도 하지 않은가. 하지만 내가 맞서 싸워야 하는 건 현재 질병보다는 녹음되는 내 목소리와 지지부진한 책임 문제와 환자의 두려움이다. 내 생각을 내세우면 '오냐, 네 생각이 그렇다니 어디 두고보자' 식으로 나오기 십상이다. 아니, 벌써 처음 진료할 때부터 그런 식으로 나오지 않았던가. 어쨌든 작전은 주효했다. '나라'를 주구장창 반복했더니 벌써 날카로운 눈매가 살짝 풀어졌다. '나라'에서 정한 기준이라는 게 일단은 훨씬 더 믿음직스럽다는 생각도 들 테고, 앞에 있는 의사에게 진료를 본 걸로 메르스라는 질병에 대한 면책권을 받아내고 싶었지만, 앞에 있는 의사가 대의적인 기준이라는 말을 반복하기 때문에 더 큰 면책권을 주고 있다고 생각할 것이다. 내가 공격 대상에서 벗어났다, 라고 생각하는 순간.

"자, 이걸 또 대답해주셔야 합니다." 안 그래도 가까이 놓여 있던 녹음기를 한 뼘 더 내 쪽으로 놓으며 그녀는 말했다.

"제가 내일 제주도에 가서 주말 내내 있어야 할 일이 있습니다. 제주도에 환자가 발생했다고 들었는데, 제가 제주도에 가면 메르스에 안 걸릴까요? 혹여나 제주도에 갔다는 사실 자체가 제 건강에 절대적으로 위협이 되지 않을까요? 확실히 말씀해주시죠."

그녀의 말투와 눈빛이 의기양양했다. 넘을 테면 넘어봐라, 이게 마지막 관문이다, 라는 당당한 질문!

"제주도에 환자 한 명이 경유했던 걸로 알고 있었습니다. 신라호텔에서 3일간 묵었고요. 신라호텔은 병원은 아니지만, 혹시 모를 감염의 우려 때문에 폐쇄된 상태입니다. 그 외에는 '나라'에서 아직 지역 사회 감염의 확률이 거의 없다고 발표하고 있으므로, '나라'에서 정한 원칙대로라면 신라호텔 근처에만 가지 않으면 당신의 여행은 안전합니다."

"아, 그럼. 됐습니다. 감사합니다. 안녕히 계세요."

살았다. 그녀는 스마트폰을 들고 진료실을 나갔다. '나라' 핑계를 댄 것과 메르스 관련 뉴스를 틈틈이 봐둔 게 도움이 됐구나. 휴, 아직도 그 표독스러운 눈매만 생각하면 다리가 후들거리고 등골이 서늘하다. 시계를 보니 어느덧 30여 분이 지났다. 경유 병원 확인과 각종 감염 예방 절차를 진행하고, 평소의 몇 배에 달하는 설명에 녹취할 시간까지 필요했던 탓이다.

근데, 생각해보면, 그냥 감기 환자였잖아. 그리고 내가 왜 이런 취조와 심문을 당해야 하지? 내가 무슨 잘못으로? 그냥, 이 시국에, 이 자리에 앉아서 환자들을 돌보고 있는 게 이런 표적이 될 만큼 잘못한 일일까? 분명히 내가 받은 것은 미움과 불신이었다. 처음 보는 내 환자가 갑작스럽게 총끝을 겨누듯 뾰족한 시선으로 알지 못하는 나에게, 그것도 비상시에 일선에 나와 답답한 마스크로 꽁꽁 싸매고 불안감을 감추며 우직하게 진료하는 나에게. 이게 내가 받아야 하는 미움일까? 반드시 이겨내야 할 시련일까? 생각이 멈췄다. 더이상 생각하지 않기로 했다. 나는 할 일이 너무 많았다.

◈

"형, 그 기사 봤어요? 이번에 80대 할머니가 메르스로 돌아가셨는데, 절차대로 화장을 진행하려고 하니까 유가족이 거부했대요. 장례에 관한 모든 비용과 보상을 국가에 요구하고 있다는데요."

"에이, 설마. 어디서 봤니?"

종일 응급실에서 환자들을 보다가 술 한잔 하러 나온 의국 선배인 D형은 못 믿겠다는 눈치였다. 그는 눈을 동그랗게 뜨고 반문했다.

"기사가 있으면 줘볼래?"

나는 그에게 떠도는 기사를 보여줬다. 기사를 읽던 그는 담배 연기를 길게 내뿜으면서 한숨을 크게 내쉬었다. 막 고된 일을 마치고 즐겁게 술 몇 잔을 마신 그의 표정이 눈에 띄게 시무룩해지더니, 슬픈 낯빛이 되었다.

"아, 정말 너무한다. 너무했다. 인아, 우린 지금 일선에 내동댕이쳐져 있어. 방금 60대 환자가 하나 있었거든. 며칠 전까지는 괜찮았다는데, 고열도 심하고 폐렴 증상으로 의식도 없어지기 직전이더라고. 그걸 어떻게 안 볼 수가 있겠어. 기관 삽관을 해야 하는데, 본능적으로 너무 위험하다는 생각이 들었어. 나도 죽을 수 있을 것 같다는 생각. 그 컴컴한 목구멍을 보면서 그런 생각이 들더라. 근데, 결국 나밖에 할 사람이 없잖아. 그래서 우리 의료진들 전부 나가라고 했어. 그리고 나 혼자 그 비말飛沫을 뒤집어쓰고 삽관하고 종일 그 환자의 처치를 다 했어. 한 사람만 해야 한다면 무조건 나 혼자 해야 하는 일이었으니까. 그리고 그 환자는 상태가 너무 나빠져서 인공호흡기를 달았다가 곧 죽었어. 피 검사도 바이러스 감염 같더라. 그래서 지금 메르스 검사를 보내놓고 왔어. 지금 실은 너무 불안해, 그래서 고되지만 술 마시러 나온 거야. 잊어보려고. 이게 다시 오지 못할 행복일 수도 있으니까. 내가 사명 같은 게 있는지도 모르겠어. 언젠가부터 그런 건 잊었어. 하지만 목숨은 아깝고 나 죽기는 두려워. 근데 하는 일이니까, 하던 일이니까 그냥 한 거야. 근데 나라에서 보상해줄 것 같아? 그런 것도 없어. 아예 알아주지도 않아. 나 죽으면 아무것도 없어. 그런 걸 바라지도 않고, 그런 걸 바란 적도 없었어. 근데, 참, 사람들이 이기적이다. 죽은 분도, 유가족들도 생각하면 정말 안타깝지만 건강한 사람들이 자신의 건강이나 목숨을 해칠 각오를 하면서 사람들을 돌보고 있는데. 그리고 인정받지 못하고 내몰려서 묵묵히 일하다가 남모르게 앓고 죽어가는 사람들이 얼마나 많은데. 자신의 일을 다 했다며, 보상 같은 것은 바라지도 않고 조용한 곳에서 시들어가는데. 할머니가 그런 대접을 받아야 한다고…… 그래서 원칙대로 화장도 못하고 그대로 있다고…… 바이러스와 함께. 인아, 난 잘 모르겠다. 어디서부터가 옳은 일이고, 어디서부터가 그른 일인지. 사람들이 왜 이러는지. 이게 무슨 난리들인지. 난 잘 모르겠다. 인아……"

D형은 말끝을 흐리고 이내 식은 소주를 들이켰다. 뒤로 넘어가는 그의 눈시울이 붉었다.

◈

전국을 떠들썩하게 했고, 186명의 확진자와, 38명의 사망자가 나

온 이 바이러스와 관련된 사태는 이후 소강상태가 지속되어 공식 종결됐다. 사람들의 마음속에서도 분명 잊혀질 것이다. 하지만 확진자에게도, 살아남은 5천만 명의 사람들에게도 분명 남긴 것이 있다. 실체가 잡히지 않는 죽음의 공포, 증오하고 책임져야 할 것이 필요했던 사람들, 낯선 이에게 건네는 경멸에 가까운 불신 같은.

인간의 약하고 악惡한 자리로 찾아들어간 이 바이러스는, 정말 바이러스답게 우리 마음속에 스며들어서 한동안 편을 가르게 하고 마음을 헝클고 헤집어버렸다. 그후 멀쩡히 살아남아 또다시 살아가야 할 5천만 명이 해야 할 일은 과연 무엇인가. 그해 초여름, 우리들의 마음은 참 혼돈스러웠다고 기억하는 것뿐일까. 그해 답답한 마스크 안에서 우리가 느꼈던 미움과 두려움을, 우린 그렇게 쉽사리 잊어버릴 수 있을까.

성탄절, 그 하루의 일기

응급실은 24시간 365일 한시도 문을 닫지 않는다. 온가족이 모여서 흥겨운 시간을 보내는 명절이든, 연인끼리 따스한 시간을 보내는 크리스마스든 응급실의 문은 활짝 열려 있다. 사람이 아픈 것은 때가 없으므로 병원의 문을 걸어잠그는 일도 없어야 한다. 오히려 사람들이 제 일에서 벗어나 일탈하는 휴일이나 특별한 날 응급실은 각종 사건사고로 더 붐빈다. 사람들의 사고는 대부분 '일상'이 아닌 '일탈'에서 발생하기 때문이다.

그곳에서 일하는 사람에게도 당연히 휴일은 없다. 오히려 타인의 휴일은 우리에게 버티거나 견뎌내야 하는 힘든 날이다. 응급실이 직장인 우리는 매번 서로의 근무표를 맞춰가면서 크리스마스나 설 당일로 근무가 정해지는 사람을 조롱하기도 하고, 자신이 근무를 하게 되었다고 낙담하기도 한다. 개중에는 한 해의 달력을 펼쳐서, 연휴가 긴 해를 미리 셈해놓고 서로 자조하는 분위기까지 있다. '내년은 설 연휴가 길고, 추석 연휴도 긴 해로군. 게다가, 제헌절도 연휴가 되네. 망했군, 이번 해는 완전히 힘들겠어.' 이런 자조는 일반 직장인과는 정반대인데다가, 다른 의사들에게도 익숙하지 않다. 하지만 우리에게는 당연하게 통용되는 하소연이다. 이곳에서 사람들이 만들어내는 지옥을 몇 번 버텨내다보면, 신규 레지던트나 간호사도 곧 우리의 질서에 편입되어 가장 먼저 휴일을 세는 광경을 볼 수 있다.

나도 그들 안에 속해 있으므로 당연히 휴일 근무를 좋아하지 않는다. 병원 문밖에는 행복에 겨워 흥청거리면서 어울려 노는 이들이 있고, 그 사람들 중에서 그날 불행이 선택한 사람들은 응급실 문턱을 넘어온다. 그런 사람들로 만원인 응급실은 바깥 풍경과 극명한 대조를 이루어 한층 더 짙고 불행해 보인다. 그곳에 서 있으면, 온갖 불행이 내 안에 침잠하고 있다는 생각이 든다.

이런 광경은 1년 중 가장 북적거리는 성탄절에 절정에 달한다. 모두가 들뜬 연말. 서로가 서로에게 특별한 날이 되기를 바라는 날. 나는 이 일을 시작한 이래로 한 번도 성탄절에 안온한 행복을 느껴본 적이 없었다. 그런 행복은 나에게는 항상 너무 멀었고, 성탄절은 그저 견뎌내야 하는 연말의 고된 날들 중 하루였다. 길거리의 사람들은 부푼 마음으로 욱적거리고, 나는 인파를 헤치고 응급실 문턱을 넘어선다. 하지만 내가 특별히 불행하다고 생각하거나, 근무를 피한 적은 없었다. 오히려 근무를 자청한 적도 있었다. 병원 바깥에서 죽은 듯 잠들어 있어도, 어차피 한 번도 행복하지 않았으므로. 그럴 바에는 그냥 온몸을 다해 미친 듯이 일하고, 이 특별한 날이 기억에도 남지 않을 정도로 쏜살같이 흘러가는 편이 나았다. 그래서 나는 올해도 월초에 일찌감치 성탄절 근무를 자청했다. 이날의 불행을 목격하고 집으로 돌아가 깊은 잠을 자는 것으로 이 시간을 보내버리리라 생각했다.

여느 때처럼 무심하게 추위를 뚫고 출근한 성탄절 아침, 거리는 건조하고 메말랐으며 추위 때문인지 길에 사람은 별로 보이지 않았다. 나는 곧 그 대기를 헤치고 응급실 문턱을 넘어, 성탄절 하루의 근무를 시작했다.

◈

아침부터 병원 문턱을 넘어온 할머니는 배가 아팠다. 그것도 몇 달간 계속 점차 아파왔다고 했다. 밥만 먹으면 몇 시간은 배를 움켜잡느라 꼼짝도 할 수 없었다. 하지만 돈이 없다는 이유로 병원에는 가지 않고 약만 사다 먹었다. 실제로도 쓸 수 있는 여윳돈은 한 푼도 없었다. 약은 좀체 듣지 않았지만 먹지 않는 것보다는 나았고, 당장 돈이 얼마 들지 않는 방법이었다. 그리고 중요한 건, 병원에 가지 않았어도 목숨은 여전히 붙어 있다는 사실이었다.

결국 성탄절 날, 복통이 눈덩이처럼 거대해져 살아 있다는 것이 전혀 기쁘거나 중요하지 않게 된 그녀는 내 앞에 실려왔다. 도저히 참을 수 없는 날은 결국 오기 마련이었고, 그날이 그녀를 제외한 다른 이들이 모두 행복한 크리스마스였다. 그녀는 복통이 어찌나 심한지

몸을 공처럼 말고 누워 있었다. 허리도 펴지 못했고, 자세를 바꿀 수도 없었다. 그 웅크린 모습은 그간 통증을 꼭꼭 싸매고 있었던 그녀의 모습과 묘하게 일치해 보였다. 나는 촉진을 위해 그녀에게 손을 뻗었다. 그녀는 옆으로 누워서 내 손을 필사적으로 쳐냈다. 나는 반드시 진찰해야 했으므로, 손에 힘을 쥐고 배를 눌렀다. 그 약간의 압력이 배에 닿자마자 그녀는 날카롭고 새된 비명을 질렀다. 그리고 말했다.

"나는 돈이 없어요. 돈이 없으니 아무것도 하지 말아요. 진통제만 맞으면 좀 나을 거예요. 건들면 아프니 배 좀 건들지 마슈. 의사양반도 알겠지만 나이 먹으면 누구나 다 아픈 거요. 여태껏 잘 참아왔는데, 나이 먹으면 못 참을 게 없어요. 난 뭐든 다 참을 거요."

재차 내 손을 막는 그녀의 손길은 절박하고 날렵했다. 눈가에는 원망과 경계가 가득 담겨 있었다. 나는 더이상의 촉진을 포기하고 CT촬영을 설득했다. 완강했던 말과는 다르게, 그녀는 몇 마디 만에 CT촬영에 동의했다. 도저히 어찌할 수 없는 고통은 무엇이든 무너뜨릴 수 있었다.

CT사진은 끔찍했다. 급성과 만성 췌장염이 뒤엉켜 뱃속은 곤죽이 되어 있었다. 만성은 전에 생긴 염증이 굳어진 것이고, 급성은 새로 생긴 염증이다. 고로 그녀의 췌장염은 진작부터 치료되지 않은 상태로 오래되었다는 뜻이었다. 한 부분이 썩어가고, 낫기 전에 다른 부분이 썩어갔을 것이다. 그 결과 췌장의 반 이상은 췌장이라고 부를 수 없는 염증과 통증과 썩은 살덩이였다. 그리고 췌장은 복강 바로 앞에 위치해 있기 때문에 염증은 곧 복막으로 퍼졌다. 치료받지 못한 염증은 복강 전체에 지저분하고 번잡하게 퍼져 있었다.

췌장은 단일 장기의 염증으로는 내가 아는 것 중에 가장 아프다. 통증으로는 기타 장기에 비할 수가 없다. 걷거나, 숨을 쉬거나, 밥을 먹거나, 배가 흔들리거나, 손으로 짚는 대로 통증이 온다. 아프지 않았던 시간은 아마 없었을 것이다. 이 설명을 듣던 할머니는 간단히 말했다. "나이가 먹어서 그래, 나는 그냥 죽어야겠소."

하지만, 이것을 어떻게 참았을까. 도저히, 어떻게 참았을까. 나는 죽음이 굽어살피는 고통이라는 건 어떤 종류인지 알지 못한다. 나는 인간을 견디게 만드는 것이 무엇인지 그 연유가 의심스러웠다. 과연 돈 몇 푼과, 고통을 견디는 인내를 맞바꿀 수 있었을까. 그러고도 지켜야만 했던 가치는 무엇이었을까.

◈

점심나절에는 몇 년간 암으로 투병하다가 결국 다 타버린 촛불처럼 스러져가는 할머니가 실려왔다. 고통에 절은 몰골은 질 나쁜 성냥개비처럼 비쩍 말라 잘못하면 바삭하는 소리를 내며 바스라질 것 같았다. 이미 의학적으로 살릴 방법은 없다고 그녀의 의무기록이 말했다. 하지만 의사가 아닌 보통사람도 그녀의 몰골을 봤다면 그녀가 고통에 찌들어 곧 죽어버릴 것이라는 데 동의할 수밖에 없었을 것이다.

그 옛날 예수님이 성탄구유에서 축복을 받던 날, 응급실은 낮부터 불행으로 아비규환이었다. 여기저기서 터지고 갈라진 사람들이 소리쳐대고 있었다. 우리는 소리를 지르고 소란스러워하는 불행에 먼저 반응한다. 그녀는 이미 오랫동안 병원을 다니면서, 충분한 설명을 듣고, 언제든 죽을 수 있다는 동의서에 사인을 한 상태였다. 이 암덩이를 치료할 가망이 없으므로, 심정지가 왔을 경우에 아무런 처치도 하지 않는다는 동의서. 그래서 더 살 필요가 없다고 본인이 동의하는 의미의 서류였다. 나는 의학을 하는 사람이었으므로, 의학적으로 살리거나 처치할 수 없는 그녀에게 해줄 것이 없었다. 그래서 이 조용한 불행은 내게 항거할 수 없는 숱한 일 중 하나였다.

"할머니, 본인의 경과는 알고 계시죠. 저희가 이미 설명했고, 할머니도 동의하신 그대로 저희는 진통제만 투여할 뿐 아무것도 하지 않겠습니다. 혹여나 못 견디게 되면 저희한테 말씀하세요. 괜찮으시죠?"

"네…… 지금은…… 견딜…… 만…… 해요……"

그녀는 입의 근육을 움직이는 것조차 버거워 보였다. 소리가 거의 나지 않아 나는 귀를 할머니의 입가에 대고서야 간신히 무슨 말인지 알아들을 수 있었다. 할머니는 조용한 구석에서 침묵으로 죽음의 불행을 맞이하고 있었다. 나는 할머니에 관한 내 소임이 마무리되었으므로, 반사적으로 시장통 같은 응급실 한복판으로 뛰어나가 성급한 사람들을 막아내기로 했다.

정신없는 한 시간 여가 훌쩍 지나고 간호사의 노티가 들어왔다.

"할머니가 안 좋으세요. 돌아가실 것 같아요."

나는 그녀가 어떻게 죽어가는지 보고 관리할 의무도 있으므로 구석진 그녀의 침대로 다시 돌아왔다. 이미 심박과 혈압이 안 좋았다. 나는 할머니의 가슴을 꾹꾹 누르며 말했다.

"할머니 괜찮으세요? 정신이 있으신가요? 견딜 만하세요? 힘드시

면 제가 약을 더 쓸게요. 견딜 만하신 거죠?"

할머니는 이미 시체의 낯빛과 별 차이 없는 안색으로 고개를, 아주 느리게 들었다가, 아주 느리게 내렸다. 끄덕. 긍정의 의미였다. 나는 추가로 진통제를 처방하지 않았다. 그리고 유리병에 팔이 터진 환자를 꿰매기 위해 나갔다. 이윽고 10분 남짓한 시간 뒤, 내가 실과 바늘을 들고 살을 뒤집던 중 그녀는 죽었다. 고통에 절여진 그녀는 우리가 느낄 수 있는 가장 큰 고통일 것이라고 쉽게 지껄여버리는, 죽음의 마지막 순간까지, 참을 만했던 것이다.

◈

저녁엔 아버지와 아들이 말다툼했다. 막일하는 아버지와 반항기 넘치는 열네 살짜리 아들은 평소에도 사사건건 다퉜다. 두 남자가 한 번 힘을 쓰고 싸우면 집안의 집기가 남아나지 않았다. 그날은 성탄절이라 아버지는 막일을 공쳤다. 그래서 집안에 들어앉아 아침부터 술을 많이, 아주 많이 마셨다. 평소보다도 더 취한 낯빛이었고, 당연히 두 남자의 싸움도 훨씬 격했다. 그렇게 오늘 아버지의 손에 잡힌 것은 전자기타였다. 15킬로그램이었고, 기타 목은 잡으면 한손에 딱 쥐였다. 술에 취한 아버지는 기타 목을 쥐고 몸통을 허공에 휘저었다. 눈빛이 이글거리는 열네 살의 아들은 자기 머리로 떨어지는 기타를 끝까지 눈으로 좇으며 바라보고 있었다. 그의 두개골은 박살이 났다.

어릴 적부터 구타에 익숙했던 아들은 두개골이 박살난 채로 덤덤하게 병원 안으로 걸어들어와 침대에 누웠다. 그 침대가 그대로 CT

촬영실로 굴러갔다. CT사진에선 뇌와 머리통 안쪽 사이사이에 검은 공기 음영이 보였다. 두개골이 깨져 바깥과 공기가 통할 때 나타나는 전형적인 사인이었다. 평상시에는 진공상태인 뇌 안쪽이, 기타를 맞고 밥솥 뚜껑이 열리듯 열렸다.

뇌가 공기에 닿으면 극심한 두통이 온다고들 한다. 그리고 아주 이질적인 느낌이 난다고 했다. 뇌 자체에는 통증을 느끼는 신경이 없지만, 분명 그 전반적인 이질감과 뇌압의 변화로 통증이 올 것이다. 나는 실은, 듣고 보는 것만으로는 뇌에 공기가 닿는 통증이 어떤 느낌일지 전혀 짐작이 가지 않는다. 뇌가 비틀리거나 압력의 차이로 조여드는 막연한 감각만을 상상할 뿐이다. 게다가 공기뇌증은, 워낙에 진공상태로 잘 보호받아야 할 뇌가 외부에 훤히 노출되는 것이므로, 잘못하면 염증이 생겨 뇌가 썩어버리기도 한다. 아니면 잘못된 압력으로 뇌가 쪼그라들거나 예기치 못한 출혈을 불러일으킬 수도 있다. 그러므로 이 공기가 자연스럽게 빠져나갈 때까지 열네 살짜리 소년은 두통을 견디며 항생제를 맞고 중환자실에 누워 있어야 했다. 어머니가 달려와서 말했다.

"의사선생님, 저희가 잘못 말한 게 있어요. 알고 보니 그 기타는 일렉 기타가 아니라 베이스 기타더라고요."

"일렉이건 베이스건 머리통이 부서졌는데 많이 다르겠습니까? 상황은 아무것도 바뀌지 않습니다. 중환자실 입실 동의서를 바로 작성해주시죠."

나는 그 중학생에게 덧붙였다.

"두통이 심할 겁니다. 그래도 아직 살날이 많이 남은 학생이니, 어떻게 살아야 할지 깊게 생각해보세요. 중환자실에서는 아무도 때리거나 괴롭히지 않을 것 아닙니까. 끔찍한 일이지만, 인생의 전환점으로 삼을 수 있게 진통제를 쓰겠습니다. 항생제도 뇌가 썩지 않게 넉넉히 같이 쓸 겁니다. 제가 상황을 잘 몰라서 충고하긴 어렵지만, 이런 일이 다시 일어나지 않도록 어떻게 하면 될지 깊게 생각을 한번 해보세요."

◈

어느덧 하루가 쏜살같이 지나고 있었다. 이제 깊은 밤이었고, 덩치가 곰 같은 사내가 왔다. 그가 서 있는 것만으로 진료실이 꽉 찼다. 그는 그리 불편해 보이지 않는 표정으로 뚜벅뚜벅 걸어와 나에게 곰 발바닥같이 거대한 손을 내밀었다.

"집에서 소주를 먹고 있었습니다. 그러면서 무심코 반지 낀 손가락을 만지작거리고 있었는데, 어느 순간 이 손가락이 붓기 시작했습니다. 언젠가부터 반지가 안 빠지더니 아프기 시작했어요. 이걸 좀 뺄 수 있겠습니까?"

그가 내민 왼손 약지에는 크고 두꺼운 백금 반지가 끼워져 있었다. 안그래도 두꺼운 손가락들 중 왼손 약지는 다른 손가락들과 비교해도 심하게 부어 안쓰러워 보였다. 빼려고 노력한 흔적인지 반지 부위의 살이 벌겋게 쓸려 있었고, 붉으락푸르락한 손가락은 이제 거의 썩어가기 직전이었다. 그 와중에도 빛나는 백금 반지는 무척이나 굳건하게 자리잡고 있었다. 내가 난감한 표정을 짓자 그는 말했다.

"아, 이게 어려운 문제인가요? 다른 방법을 찾아봐야 할까요?"

"아닙니다. 여기 오셨으니, 제가 어떻게든 해보겠습니다. 반지는 잘라야 할 것 같은데, 나중에 녹여서 다시 반지를 만들어도 되겠습니까?"

"그러시죠. 지금은 답답해서 이것만 빠져도 소원이 없을 것 같습니다."

나는 찾아가보지도, 심지어 연락해보지도 않은 수위실에 연락해서 자물쇠를 자르는 펜치와 집게를 얻었다. 수위실에선 내가 의사 가운을 입고 커다란 펜치를 들고 가자 이상한 눈빛을 보내며 말했다.

"이 밤중에 참, 응급실에선 별 일을 다 벌이는구만."

나는 하얀 가운을 입고, 손에 커다란 펜치를 들고 사내에게 말했다.

"저는 의사이지, 철을 자르는 사람은 아닙니다. 실은, 이런 도구를 써본 적도 몇 번 없습니다. 하지만 이런 성탄절 날, 여기까지 와주신 것은 저를 믿어주신 것이라고 생각합니다. 반지를, 제가 어떻게든 잘라보겠습니다. 제가, 어떻게든 해결할 겁니다."

봉합실로 이용되는 하얀 배경의 처치실에서 그 남자와 나는 말없이 각자의 일에 몰두했다. 30분 이상 거대한 펜치로 반지를 갈자 손이 얼얼해지고, 팔 힘이 빠져나가고 어깨와 목이 쑤셔왔다. 평소에도 힘을 쓰는 일을 한 적이 없으니, 근육이 쑤시고 결리는 느낌은 갈수록 더 심해졌다. 하얀 가운이 땀에 젖어갔다. 그는 비장한 나를 방해하지 않으려고, 진득하게 자신의 손가락을 누르는 고통을 참고 있었다. 그 우직한 표정을 보니 죄송스러워 팔에는 더욱 힘이 들어갔다.

응급실 주치의가 30분 이상 한 가지 일을 하면 다른 환자들이 쌓이고, 점차 이 공간은 아우성으로 가득찬다. 이미 처치실 문이 몇 번이고 벌컥 열려 인턴들이 번갈아가면서 10여 명의 환자를 노티했다. 그들은 자신들이 기다리는 이유가, 주치의가 커다란 펜치로 반지를 자르고 있기 때문이라는 것을 몰랐을 것이다. 의사가 그런 일을 하고 있을 것이라고는 상상하기 어려우니까.

30분 새 열 몇번째 노티를 듣고난 후 반지 자르기가 잠시 중단되었다. 나는 처치실 밖으로 나가 상태가 나빠지는 환자의 급한 불을 끄고, 몇 개의 간단한 지시를 하고 돌아와 반지를 잘랐다. 그 남자는 부은 손가락과 반쯤 잘린 반지를 바라보며 우두커니 기다리고 있었다. 20분쯤 시간을 더 들이자 반지는 거의 가루가 되어 열렸다. 나는 그 조각과 가루를 모아 그 남자의 오른손에 쏟아부었다. 곰만한 덩치의 그는 고맙다고 나에게 꾸벅 인사했다. 나는 그 감사를 받아줄 기력이 없어 간신히 손짓으로 인사를 받았다.

처치실을 나가느라 문고리를 돌렸으나, 힘이 빠져 문고리가 헛돌았다. 다시 한번 양손을 모아 문고리를 간신히 돌려 처치실의 육중한 철문을 빠져나왔다. 그 사이 내원한 열다섯 명의 환자가 나를 기다리고 있었다. 그들의 그 수많은 눈동자가 정확히, 처치실에서 나오는 지쳐빠진 나를 동시에 쳐다보았다. 그 원망스러운 눈빛들과 내 시선이 허공에서 마주쳤다.

성탄절에 나를 찾아와 영문도 모르고 기다렸던 수십 명의 환자를 급히 진료했다. 몇 명은 성급했고, 몇 명은 다짜고짜 화를 냈고, 두세 명은 정말로 간절하게 아팠다. 이미 나는 20시간이 넘게 깨어 있었고, 200명이 넘는 환자를 진료했다. 벌써 두 명이 죽었고, 일곱 명이 중환자실에 들어갔다. 화면엔 내가 진료했던 환자 명단이 길게 늘어서 있었다. 그 명단은 지나치게 많아 나조차도 믿을 수 없었다. 저 사람들을 전부 내 눈으로 보고, 내 손으로 진료했다. 그 결과로 죽거나, 보호자도 없는 중환자실에 누웠을지라도, 내가 전부 책임지고 진료해낸 것이다.

명단이 그럭저럭 정리되고, 밤이 깊어 응급실의 분위기가 차분해지자 성탄절에 겪은 육체적, 정신적 피로가 몰아쳤다. 나는 스테이션에 있는 키 큰 의자에 걸터앉아 의료용 모니터에 머리를 박고 깜빡 졸았다. 반지를 자를 때 무리한 팔부터 계속 뛰어다녔던 전신이 욱신거렸다. 고작 몇 분 만에 인턴이 차트 하나를 들고와 조심스럽게 나를 깨웠다.

"담도암이 있던 71세 여자 환자입니다. 어제부터 감기 기운이 있어 내원……"

"정말로 안 좋으면 다시 알려주겠어? 담도암은 워낙에 안 좋은 병이야. 어차피 죽을 사람이라고. 감기에 걸려 기분이 좀 안 좋았겠지."

나는 극심한 피로에 지쳐 제정신이 아닌 말을 지껄였다. 머리를 다시 박고 졸았으나 곧 꿈도 무엇도 아닌 광경에서 악마를 보았다. 깊이 잠들지 못해 그 광경은 너무 생생했다. 불구덩이 속에서 흉악한 형상을 한 것이 내 무의식 속에서 활보하고 나를 고문했다. 그것은 앞으로도 끝없는 시간 동안 나를 괴롭게 할 참이었다.

꿈에서 책임이 시작된다.* 나는 두 눈을 뜨고 벌떡 일어났다. 아주 긴 꿈 같았지만 겨우 5분이 지나 있었다. 꽉 쥔 손과 목덜미에 식은땀이 맺혀 있었다. 나는 그녀에게 달려갔다. 그녀는 숨이 가빠 식은땀에 젖어 있었다. 그녀의 가슴에 청진기를 대자마자 턱턱거리는 악설음(수포음이라고도 불리며 호흡기관에서 들리는 부스럭거리는 소리)이 또렷하게 들렸다. 체온은 높았고, 혈압은 떨어져갔다. 오늘 갑자기 발병한 급성 중증 폐렴성 패혈증이었다.

그녀는 어제까지는 멀쩡히 생활했다고 했다. 시기를 놓치지 않고 잘 내원했으므로, 치료를 잘 받았으면 절대로 죽을 사람은 아니었다. 하지만, 증상이 급히 악화되어 내가 진료했을 때는 이미 의식이 사라져가고 있었다. 나는 정신이 번쩍 들어 중심정맥관을 가져다 달라고 소리치고, 내가 할 수 있는 처치를 즉시 시행했다. 그녀의 살을 몇 번 꿰뚫고, 독한 항생제를 투여했으며, 각종 지표를 확인해서 생체 징후를 교정하자 간신히 그녀의 의식이 다시 돌아왔다. 그녀는 살아났다. 죽을 수도 있었던 사람이 죽지 않게 되었다.

다만 나는 이 참극에서, 내가 정신을 잃고 곯아떨어졌으면 그녀도 영원히 곯아떨어졌으리라고 확신했다. 악마가 나를 깨워 이 사람을 살려냈다. 아, 악마들, 나에게 붙어 떨어질 줄도 모르는 이 지긋지긋한 악마와 죽음들.

◈

할머니가 기진맥진한 채로 살아나자마자 그 새벽에 두개골이 부서진 20대 여자가 또 왔다. 사실혼 관계였던 동거남과 크리스마스를 맞이해 집에서 밤새 술을 마셨다고 했다. 그러다 남자가 말다툼 끝에 망치를 들어 여자를 때렸다고, 같이 몰려온 사람 중 하나가 말해줬다. 왜냐하면 그녀는 의식 없이 침대에서 뒹굴고만 있을 뿐 입을 열어 무언가를 말할 상황이 아니었으니까. 망치로 사람 얼굴을 박살내 버리다니, 나는 억한 생각을 하며 다친 곳을 면밀히 뒤졌다.

타격은 정확히 세 군데였다. 하나는 그녀의 왼쪽 광대뼈였고 이로 인해 왼쪽 광대뼈와 볼이 움푹 무너져내렸다. 또 하나는 오른쪽 안면에 맞았고, 역시 오른쪽 안구 아래 뼈부터 입 윗부분까지 망치 자국과 그 자국을 둘러싼 부분이 푹 꺼져 있었다. 그 두 개만으로도 그녀의 얼굴은 울퉁불퉁하고 심하게 비대칭했다. 원래 어떠한 얼굴이었겠다는 짐작조차 쉽게 들지 않는, 으깨놓은 감자 같았다. 마지막 세번째의 일격은 두개골 한복판에 맞았는데, 그건 누군가 잘 부서지는 목재를 바닥에 놓고 망치로 후려친 것 같았다. 그 두개골은 동그란 모양으로 움푹 깨져나가, 조각난 두개골이 뾰족한 모양으로 안쪽의 뇌를 찌르고 있는 것이 보였다. 진단명은 안면부 복합 골절, 경막하 출혈과 경막외 출혈, 뇌내 출혈, 공기 뇌증 및 복합함몰성 두개골 골절이었다. 복잡한 진단명이었다. 나는 이런 진단명을 전산상으로 입력하고, 이게 과연 어떤 의미가 부여된 단어인지 의심스러웠다. 이건 그냥, 얼굴과 머리가 전부 깨져나간 사람이라고 불러야 할 것 같았다.

곧이어 그녀에게 필요한 각종 처방을 전산상으로 입력했다. 내 옆에서 사건을 조사하던 여경이 붙어 경위를 설명했고, 동거남이 지금 구속되어 경찰서에 있다고 일러줬다. 내겐 전혀 쓸모없는 정보였다. 나는 그 동거남이 구속됐든, 사형을 당했든 지금은 알 바가 아니었다. 가해자가 처벌을 받았다고 환자의 두개골이 다시 펴지거나, 없던 일이 되는 것은 아니었으니까. 내 곁에는 항상 피해자만이 있었고, 그들의 실존만이 내게 가치가 있었다.

응급수술을 하기 위해 환자를 발가벗기고 수술 준비를 했다. 뇌가 찔려 피떡이 되고, 얼굴이 형체를 알아볼 수 없게 일그러진 그녀는 의식이 떨어져 벌거벗은 채로 몸부림쳤다. 그 광경은 구식 영화에 나오는, 제물로 바쳐지는 여자나, 살인마에게 처참하게 당하는 여자 같았다. 바지를 입히려는 간호사의 손길을 그녀는 자꾸 걷어차고 있었다. 나는 아랑곳 않고 뇌수술을 위해 면도칼을 들어 그녀의 긴 머리채를 잘랐다. 그녀가 날뛰는 바람에 자꾸 두피와 두피 밑의 살이 같이 잘려나갔다. 살점이 붙어 피범벅이 된 머리채가 주변으로 쌓여나가자, 망치에 맞은 합판같이 생긴 두개골이 훤하게 드러났다. 그 사이로 뇌가 보이고 그녀가 머리를 흔들어 뇌수가 튀자, 수사를 하겠다고 그녀의 사진을 찍던 여경이 카메라를 팽개치고 옆에서 갑자기 구토했다. 감염의 위험이 심각했으므로 나는 수사고 뭐고 다 집어치우고 빨리 꺼져버리라고 크게 화를 내며 소리질렀다. 그 여경은 안 그래도 자신의 입을 틀어막고 중환자 구역을 기어나가고 있었다. 간호사가 기저귀를 바닥에 아무렇게나 던져 토사물을 닦았다.

삽관 후 수술을 위한 진정제를 맞자 그녀는 정자세로 누웠다. 그리고 일생 동안 다시 이 진정에서 깨어날 수 있을지 없을지도 알 수 없는 수술방으로 실려갔다. 세번째의 일격이 머리에 닿아 두개골이 깨져나가는 순간, 그녀는 이미 온전한 그녀로 돌아올 수 있는 가능성이라곤 존재하지 않았다.

'그래도 저 환자는 젊으니까 목숨은 건질 가능성이 높겠어'라고 나는 중얼거렸다. '높은 확률로 식물인간이 되거나 죽어버릴 테지.' 이 말은 실은, 그녀가 이미 어딘가로 건너가버렸다는 말과 크게 다를 바가 없었다.

해가 어스름하게 뜬 새벽까지 성탄절을 버텨낸 나는 이미 혼절해버릴 것 같았다. 정신을 붙들고 지난 하루의 보고를 준비했다. 매일 아침마다 근무한 날과 그전 연휴 내내 내원한 환자의 기록을 전부 암기해서 브리핑해야 했다. 이 연휴의 잔해를 버티는 것은 너무 힘겨웠다. 8시 정각에 시작하는 브리핑이 얼마 안 남았고, 나는 몽롱한 정신으로 불행들을 암기하고 있었다.

밤이 물러가고 어렴풋이 해가 떠올라 약간은 푸르스름한 배경으로 응급실 문이 열리며 비틀거리는 남녀가 들어왔다. 나이트클럽에서 밤새 술을 마시다가 사고를 당했다고 했다. 둘이 무슨 사이냐 묻자 남자가 당당히 우린 서로 사랑하는 사이라고 했다. 언제 만난 사이냐고 했더니 간밤에 만났다고 했다. 두 사람의 차트를 조회해보니 남자는 폭력의 피해자 및 가해자로 수차례 응급실 내원 및 입원 기록이 있었고 여자는 산부인과 등 각종 과로 입원 후 수차례 탈원한 기록이 있었다.

짧은 시간에 나이트클럽에서 서로에게 눈이 맞은 그들은, 늘 시간을 보내곤 했던 나이트클럽에서 제집처럼 버릇없게 굴었고 다른 패거리와 시비가 붙었다. 남녀는 술에 취해 비틀거리면서 시비를 피해 사랑의 도주를 했다. 하지만, 그 거리가 그 거리고, 숨을 곳이 곧 모두에게 보이는 그 도시에서 술 취한 남녀를 찾는 것은 쉬웠다. 그들을 찾아낸 패거리는 어디서 구했는지 그들의 눈에 스프레이로 된 독한 화학약품을 뿌려댔다. 남녀는 삽시간에 눈물을 흘리며 휘적거렸다. 그들은 시뻘겋게 불타는 눈을 치켜뜨고 따갑고도 찔리는 듯한 고통으로 제자리에서 맴돌기도 했고, 큰소리를 지르기도 했고 주저앉아 그르렁대기도 했다.

"눈, 눈알이 뽑혀나갈 것 같아요."

간밤을 질펀하게 즐긴 술 담배 냄새가 코를 찔렀다. 그 냄새는 병원 고유의 소독약 냄새와 섞여 지독한 향취를 냈다. 그 냄새와 그 꼴을 하고, 여기까지 반쯤 기어온 그들은 식량을 찾지 못해 방황하는 좀비떼 같았다. 눈이 벌겋게 감염되어 불행에 신음하는, 정말로 나에게 찾아온 괴물 같았다.

펜라이트를 들고 충혈된 네 개의 눈과 가볍게 눈을 마주쳤다. 특별한 이물은 보이지 않았다. 눈을 씻고 안과 진료를 권유할 뿐, 별다르게 처치할 것이 없었다. 브리핑이 얼마 남지 않았으므로 눈에 식염수를 부어주라고 지시하고, 나도 좀비 같은 걸음걸이로 의국에 들어갔다. 뒤에서 그들은 나란히 누워 눈알로 쏟아지는 식염수를 맞고 있었다.

브리핑에선 성탄절에 불행을 겪고 응급실 문턱을 넘어온 사람 300여 명을 보고했다. 그 300개의 불행은, 브리핑 속 모니터 활자에 불과할 뿐 자막이 없어 읽히지 않는 고통** 같았다. 나는 성탄절에 집에서 잘 쉬고 나온 다른 사람들에게 300명을 각각 두 문장 이내로 간략하게 기술했다.

"…… 복통으로 온 사람, 췌장염이었습니다. 담도암 말기, 죽었습니다. 머리 맞은 두 명, 한 명은 망치 다른 한 명은 베이스 기타였고 둘 다 중환자실에 갔습니다. 안 빠지는 반지, 잘랐습니다. 다 합쳐 두 명이 죽고, 네 명이 머리가 터졌으며, 서른다섯 개의 상처를 봉합했고,

열두 명이 중환자실에 갔습니다."

발표를 다 마치자 과장님은 가정폭력 신고를 했느냐고 물었다. 나는 워낙 빈번한 폭력이고, 아이가 거의 다 큰데다가, 어머니도 같이 있어 언제든 신고가 가능할 것이라고 얼버무렸지만, 결국 신고를 누락한 죄로 문책당했다. 그리고 과장님은 마지막에 온 좀비들의 눈에 들어간 화학약품의 정확한 성분을 물었다. 나는 그런 것까지 파악할 겨를이 없었기에 결국 다시 꾸중을 들었다. 나는 어떠한 경우에도 무조건적으로 지탄받아야 했다. 이것이 지난날 당직의 성적표였다.

나는 잠이 들지 않으면 미쳐버릴 것 같다는 생각으로 응급실 문밖을 나섰다. 전날 내려 쌓인 눈이 사람들의 발길에 뒤섞여 검게 곤죽이 되어 있었다. 그래서 온 거리가 진창이었다. '아, 어제 눈이 내렸구나. 성탄절의 하얀 눈…… 사람들은 눈을 맞으며 행복했겠구나.' 나는 기절할 것 같은 정신에도, 내가 도저히 가질 수도, 알 수도 없었던 행복에 관해 생각하며 진창이 된 거리를 걸어나갔다. 이대로 잠이 들면 크리스마스는 이렇게 기억되고 다음날이 될 것이었다. 어서 집으로 돌아가 죽음과도 같은 잠을 자고 싶었다. 내가 딛는 발걸음마다 검게 곤죽이 되고 짓뭉개진 눈죽이 붙어 불결하고 서늘한 기운이 발뒤로 끌려가고 있었다.

* 예이츠, 「책임들responsibilities」, 1914.

** 「비정성시」 중 '내 고통은 자막이 없다 읽히지 않는다' 변형.
(김경주, 『나는 이 세상에 없는 계절이다』, 문학과지성사, 2012)

후기

내가 쓴 몇 개의 글이 사람들 사이에 화제가 되었다. 연일 글이 퍼져나갔고, 주위 사람마다 이야깃거리 삼았으며, 그중 일부는 우쭐하게 하는 말을 해주었다. 돌이켜보면 알량한 자만심이 생겼던 것 같다. 나는 자랑하고픈 마음으로 평소엔 잘 전화하지도 않는 집에 전화를 걸었다. 어머니는 당연히 잘된 일이라고, 자랑스러운 아들이라 해주셨다. 부디, 이번 일로 몸 상하고, 마음 상하는 일이 없었으면 한다는 말로 짧은 통화를 끊었다. 그리하여 나는 옹졸하게도 우쭐했다.

오랜만에 집에 갔을 때였다. 하릴없이 방바닥에서 비비적거리다가 과일을 깎고 계신 어머니께 글 자랑이 하고 싶어졌다. "아내도 안 읽는 글을 어머니가 읽더라는 시를 쓴 시인이 있었어요." 평소처럼 이말 저말 주워대며 어머니께 잘된 글이라고 뽑아 건넸다. "제가 쓴 글이 사람들에게 퍼져나가고 있어요." 반 무릎을 꿇고 묵묵히 글을 보시던 어머니는 별 대답이 없으셨다. 큰 반응이 없자 나는 몇 개를 더 뽑아 건넸다. 어머니는 그 자세 그대로 묵묵히 받아 더 읽으셨다. 여전히 크게 칭찬 같은 건 하지 않으셨다. "그만 읽으련다." 나는 자랑이 끝났으므로 어머니가 깎아주신 과일을 집어먹다가 혼자 사는 집으로 돌아왔다. 그러고는 발 뻗고 잠이 들었다.

이튿날 어머니한테서 한 통의 전화를 받았다. 지하철이 플랫폼으로 들어오려는 덜컹거리는 순간이었다. 잘 지내고 있냐는, 흔한 어머니의 물음이었다. 나는 쾌활하게 잘 지내고 있다고 대답했다. 그러자 어머니는 참았던 이야기를 풀어놓았다. '네가 건네준 글을 보는 순간 나는 아들을 사지死地로 밀어넣었다는 죄책감뿐이었다. 네가 하는 일이 힘들 것이라고는 생각했지만, 그런 일들 사이에서 네가 어찌 될까 두려웠다. 나는 몸이 떨려 간밤에 한숨도 잠들지 못했다.'

생각해보면, 당신에게 의료계의 현실이나 타인의 불행은 그리 중요한 게 아니었다. 글 속에서 당신의 못난 아들은 사체를 붙잡고 머리를 싸매며 늘 불행한 곳에서 눈을 떴다. 때로는 갈피를 잡지 못하고 방황하며 항상 죽을 것 같은 충동에 휩싸이는, 당신에게는 그 글들이 그렇게만 읽혔을 것이다. 잠이 오지 않는 어두운 침대에서 당신은 그 자리를 당신 스스로 방관했다는 생각에 이르렀을 거다. '자식을 불행 속에 내팽개쳤구나', 내가 생각지도 못했던 당신의 결론은 그것이었다.

나는 경솔했다. 내 글을 그렇게 읽는 사람이 세상에 한 분 있다. 전화기로 전해오는 순간이, 그것을 움켜쥔 손이 덜컹거렸다.

명절이라 따뜻한 밥을 차릴 테니 저녁을 먹으러 오너라고 어머니께 전화가 왔다. 여전히 자라지 않는 못난 자식에게 전하는 말에 목이 메었다. 채비를 하고, 진심이 담긴 인사를 드리러 가야겠다. 저는 잘 지내고 있다고, 또 당신을 위해 앞으로도 무탈히 잘 지내겠다는.

만약은 없다

1판 1쇄 2016년 7월 4일
1판 32쇄 2024년 4월 22일

지은이 남궁인

기획 김소영 함유지 | 책임편집 김소영 | 편집 구민정
디자인 표지 김선미 본문 최정윤 | 저작권 박지영 형소진 최은진 서연주 오서영
마케팅 정민호 서지화 한민아 이민경 안남영 왕지경 정경주 김수인 김혜원 김하연 김예진
브랜딩 함유지 함근아 고보미 박민재 김희숙 박다솔 조다현 정승민 배진성
제작 강신은 김동욱 이순호 | 제작처 영신사

펴낸곳 (주)문학동네 | 펴낸이 김소영
출판등록 1993년 10월 22일 제2003-000045호
주소 10881 경기도 파주시 회동길 210
전자우편 editor@munhak.com | 대표전화 031)955-8888 | 팩스 031)955-8855
문의전화 031)955-3576(마케팅) 031)955-2671(편집)
문학동네카페 http://cafe.naver.com/mhdn
트위터 @munhakdongne | 인스타그램 @munhakdongne
북클럽문학동네 http://bookclubmunhak.com

ISBN 978-89-546-4150-0 03810

www.munhak.com